KB093466

피터 팬과 웬디

PETER AND WENDY

제임스 매슈 배리 지음
박중서 옮김

현대문학

|차 례|

Liza   Michael   Mrs Darling

Nana

Wendy

❧
제1장

—

피터가
뚫고 들어오다

Peter Breaks Through

Mr Darling

John

아이들은 누구나 자라게 마련이다. 비록 예외도 하나 있긴 하지만. 아이들은 머지않아 자기가 자라게 된다는 것을 아는데, 웬디는 다음 과 같은 방식으로 이 사실을 알게 되었다. 그녀가 두 살일 때에 하루 는 정원에서 놀다가, 꽃을 또 한 송이 꺾어서 들고 어머니에게 달려간 적이 있었다. 아마도 웬디는 십중팔구 기뻐하는 모습이었나 보다. 왜 냐하면 달링 부인이 한 손을 자기 가슴에 얹으면서 이렇게 탄식했기 때문이다. "아, 너는 왜 이런 상태로 영원히 남아 있을 수는 없는 거 니!" 이 주제에 관해서 두 사람 사이에 오간 말은 이게 전부였지만, 그 때 이후로 웬디는 자기가 반드시 자라게 된다는 것을 알았다. 여러분 도 나이 두 살이 지난 뒤에는 틀림없이 알고 말 것이다. 두 살이야말 로 종말의 시작이다.

물론 그들은 14번지에 살았고, 웬디가 태어나기 전까지는 그녀의 어머니가 이 집에서 제일 중요한 사람이었다. 달링 부인은 사랑스러운 숙녀였으며, 낭만적인 정신을 가졌고, 매우 귀엽고 조롱하는 듯한 입을 지니고 있었다. 그녀의 낭만적인 정신은 마치 저 수수께끼 같은 동양에서 건너온 작은 상자들처럼, 하나 안에 또 하나가 들어 있는 식이었다. 이럴 경우 여러분이 아무리 많은 상자를 발견하더라도, 거기에는 항상 또 하나의 상자가 남아 있게 마련이다. 그녀의 귀엽고 조롱하는 듯한 입에는 키스가 하나 달려 있었는데, 이 키스로 말하자면 웬디조차도 결코 얻을 수 없는 것이었다. 비록 분명히 거기, 오른쪽 입가에 완벽하고 뚜렷하게 나타나 있는데도 말이다.[1]

달링 씨가 부인을 얻게 된 경위는 이러했다. 달링 부인이 소녀였을 때에 소년이었던 여러 신사들은 자기가 그녀를 사랑한다는 것을 동시에 깨달았고, 급기야 청혼을 하려고 모두 그녀의 집까지 뛰어갔다. 반면 달링 씨 혼자만큼은 마차를 잡아타서 모두를 간발의 차이로 따돌렸으며, 그리하여 부인을 얻게 된 것이었다. 그는 그녀의 다른 모든 것을 얻었지만 가장 깊은 곳에 있는 상자와 키스만큼은 예외였다. 그는 상자에 관해서는 전혀 알지 못했고, 키스를 얻으려는 노력은 머지않아 포기하고 말았다. 웬디가 생각하기에는 나폴레옹 정도는 되어야 그걸 얻을 수 있을 것 같았다. 하지만 내 머릿속에는 나폴레옹조차도 시도했다가 버럭 화를 내면서 문을 쾅 닫고 나가 버리는 모습이 떠오른다.

달링 씨가 종종 웬디에게 자랑하는 바에 따르면, 그녀의 어머니는 그녀의 아버지를 사랑할 뿐만 아니라 존경하기까지 했다. 그는 주식에 대해서도 아는, 깊이 있는 인물이었다. 물론 어느 누구도 주식을 진짜로 알지는 못하겠지만, 그는 잘 안다는 인상을 강하게 풍겼다. 그리고 종종 주식이 올랐다느니 내렸다느니 하는 이야기를, 모든 여성이 그를 존경하지 않을 수 없는 방식으로 했다.

달링 부인은 하얀 드레스를 입고 결혼했으며, 신혼 때만 해도 가계부를 완벽하게, 거의 기뻐하면서까지 기입하는 모습이, 마치 그게 게임이라도 되는 양 콜리플라워 하나 빼먹지 않을 정도였다. 하지만 시간이 흐르면서 콜리플라워가 통째로 빠져 버리는 대신, 얼굴 없는 아이들의 그림이 나타나기 시작했다. 그녀는 금액을 합산해야 할 때에 이런 그림을 그렸다. 이런 그림은 달링 부인의 추측이었다.

웬디가 맨 먼저, 다음으로 존이, 다음으로 마이클이 태어났다.

웬디가 태어나고 한두 주는 과연 두 사람이 이 아기를 키울 수 있을지 의심스러웠는데, 왜냐하면 입이 하나 더 늘어난 셈이었기 때문이다. 달링 씨는 부인이 대단히 자랑스러웠지만, 한편으로 명예를 무척이나 지키는 인물이었던지라, 부인의 침대 가장자리에 앉아서 부인의 손을 붙잡고 비용을 계산했으며, 그러면 부인은 남편을 애원하듯 바라보았다. 그녀는 앞으로의 일을 운에 맡기고 싶어 했으나, 그의 방식은 그렇지가 않았다. 그의 방식은 연필과 종잇조각을 가지고 하는 것이었으며, 만약 그녀가 뭔가 말을 해서 정신을 헛갈리게 하면, 그는 처음부터 다시 계산을 시작해야 했다.

"이제부터 방해하지 말아요." 그는 이렇게 말하곤 했다. "내가 지금 가진 건 1파운드 17실링[2]이고, 사무실에 2실링 6펜스가 있지. 사무실에서 마시는 커피를 끊으면 그게 10실링쯤 될 거니까, 모두 2파운드 9실링 6펜스가 되고, 거기다가 당신의 18실링 3펜스를 합치면 3파운드 9실링 7펜스고,[3] 거기다가 내 수표책에 있는 5파운드 0실링 0페니를 더하면 8파운드 9실링 7펜스가 되는군. 저기 움직이는 게 누구지? 8파운드 9실링 7펜스, 자릿수를 올리고 나면 7펜스. 아무말 말아요, 여보. 그리고 당신이 그때 문간에 찾아온 남자한테 빌려준 1파운드가 있었지. 조용히, 아가. 자릿수를 올리고 나면, 아가, 이런, 결국 저질러 버렸군! 내가 방금 9파운드 9실링 7펜스라고 했던가? 그래, 내가 방금 9파운드 9실링 7펜스라고 했었지. 문제는 이거야. 우리가 이 9파운드 9실링 7펜스로 1년 동안 살아갈 수 있을까?"

"당연히 살아갈 수 있죠, 조지!" 달링 부인이 소리쳤다. 하지만 그녀는 무엇에서든 딸을 두둔하는 입장이었고, 부부 두 사람 중에서는 아버지 쪽이 실제로 중요한 인물이었다.

"볼거리도 기억해야지." 그는 위협하듯이 그녀에게 경고하며 다시계산을 시작했다. "볼거리라면 1파운드는 들 거야. 내 생각에는 그렇지만, 어쩌면 30실링일 가능성이 더 클 것도 같군. 아무 말 말아요. 홍역은 1파운드 5실링, 독일 홍역은 반 기니, 모두 합쳐 2파운드 15실링 6펜스로군. 손가락 흔들지 말아요. 백일해는 일단 15실링이라고 치지." 이런 식으로 해서, 매번 계산할 때마다 금액이 다르게 추가되었다. 하지만 마침내 웬디가 이 질병들을 앓을 무렵에는 볼거리는 12실링 6펜스로 금액이 낮아져 있었으며, 두 가지 종류의 홍역은 한 번에 치료가 가능했다.

Peter and Wendy

이와 똑같은 소동은 존이 태어났을 때에도 마찬가지였고, 마이클이 태어났을 때에는 그야말로 위기일발이 아닐 수 없었다. 그럼에도 부모는 두 아이 모두를 키우기로 했으며, 머지않아 세 아이가 줄줄이 유모를 따라 풀섬 양의 유치원에 가는 광경을 아마 여러분도 보았을 것이다.

달링 부인은 무엇이든지 깔끔한 것을 좋아했으며, 달링 씨는 이웃과 완전히 똑같이 하려는 열망을 지니고 있었다. 그리하여 당연히 두 사람은 유모를 하나 두었다. 이들 부부는 가난했으니, 아이들이 마시는 우유의 양 때문에라도 그럴 수밖에 없었다. 그렇게 해서 이들이 고용한 유모는 뉴펀들랜드종 개였는데, 이름은 나나라고 했고, 달링 부부가 데려오기 전까지만 해도 딱히 주인이 없었다. 하지만 이 개는 항상 아이들을 중요하게 여겼으며 달링 부부는 켄징턴 가든스[4]에서 이 개와 안면을 익혔다. 그곳에서 이 개는 한가한 시간 내내 여기저기의 유모차를 들여다보곤 했는데, 부주의한 유모들에게는 무척이나 미움을 샀으니, 왜냐하면 그런 유모들의 집에까지 굳이 따라가서 안주인에게 항의했기 때문이었다. 이 개는 유모 중에서도 그야말로 최고임이 밝혀졌다. 목욕 시간에는 얼마나 철저한지 몰랐다. 자기가 맡은 아이가 작은 울음소리라도 내면 한밤중의 어느 때라도 벌떡 일어났다. 물론 개집은 육아실 안에 있었다. 이 개는 천재였으니, 기침이라는 것을 참을 수 없게 되는 때가 언제인지, 그리고 민간요법대로 여러분의 목 주위에 양말을 둘러 주어야 할 때가 언제인지를 누구보다도 잘 알았다. 이 개는 죽을 때까지 대황 잎사귀를 이용하는 등의 구식 치료법을 신봉했으며, 세균에 관한 저 모든 최신의 이야기를 들으면 그저 경멸의 소리를 냈다. 이 개가 아이들을 인솔하여 학교로 가는 모습을 보는 것이야말로 예절 훈련이나 다름없었다. 아이들이 올바르게 행동하면 조용히 옆에서 걸어갔고, 아이들이 열에서 벗어나면 머리로 툭 받아서 도로 들어가게 했다. 존이 축구를 하는 날에는 단 한 번도 그의 스웨터를 잊어버린 적이 없었고, 비가 내릴 때를 대비해서 평소에도 우산을 하나 입에 물고 다녔다. 풀섬 양의 유치원 지하에는 유모들이 대기하는 방이 하나 있었다. 다른 유모들은 긴 의자에 앉았고 나나는 바닥에 누웠지만, 양쪽의 차이는 이것 하나뿐이었다. 저들은 이 개가 자기네보다 더 낮은 사회적 지위에 있다고 간주하여 무시해 버렸고, 이 개는 저들의 가벼운 대화를 경멸했다. 이 개는 달링 부인의 친구들이 육아실을 찾아오는 것을 무척 싫어했지만, 그래도 손님이 오면 맨 먼저 마이클의 앞치마 유아복을 벗기고 파란 자수가 놓인 옷으로 갈아입혔으며, 웬디의 옷 주름을 펴고 존의 머리를 매만져 주었다.

그 어떤 유모의 일도 이보다 더 정확하게 수행된 적은 없었을 것이며, 달링 씨 역시 그런 사실을 알고 있었지만, 그래도 가끔은 이웃들이 뭐라고 말하는지 궁금해하면서 불편해했다.

그로선 이 도시에서 신경 써야 할 지위가 있었던 것이다.

달링 씨는 나나로 인해 또 한 가지 점에서 고민이 생겼다. 가끔 이 개가 자신을 존경하지 않는 것 같다는 느낌을 받았기 때문이다. "저 녀석이 당신을 무지막지 존경한다는 걸 나는 알아요, 조지." 달링 부인은 이렇게 남편을 안심시켰고, 그런 다음에는 아이들을 향해서 아버지에게 특별히 잘해 드리라고 눈치를 주곤 했다. 곧이어 멋진 춤판이 벌어졌고, 이때에는 이 집에서 다른 하인으로는 유일했던 라이자가 가끔 참가하도록 허락을 받았다. 긴 치마에 하녀 모자를 착용하면 그녀는 워낙 땅꼬마로 보였지만, 고용 당시에는 자기가 열 살은 이미 넘었다고 맹세했다. 이 장난꾸러기들의 쾌활함이란! 그중에서도 가장 쾌활한 사람은 단연 달링 부인이었으니, 발끝으로 맴돌기를 그야말로 격렬하게 했기 때문에, 여러분의 눈에 보이는 그녀의 모습은 입가에 달린 그 키스뿐일 지경이었고, 만약 여러분이 그녀에게 달려들면 그걸 얻을 수 있을 것 같기도 한 지경이었다. 이보다 더 소박하고 더 행복한 가족은 결코 없었는데, 다만 그것은 어디까지나 피터 팬이 찾아오기 전까지의 이야기였다.

달링 부인이 처음 피터의 이야기를 접한 것은 자기 아이들의 정신을 정리할 때였다. 이는 모든 훌륭한 어머니가 밤마다 되풀이하는 습관인데, 자기 아이들이 잠들고 나면 그들의 정신을 뒤져서, 그날 하루 동안에 이리저리 떠돌아 다녔던 갖가지 항목들을 저마다의 올바른 자리에 도로 넣어 두어, 다음 날 아침을 위해 똑바로 정리해 놓는 일이었다. 만약 여러분이 자지 않고 깨어 있다면(물론 여러분은 그럴 수 없겠지만) 여러분의 어머니가 이 일을 하는 광경을 볼 수 있을 테고, 어머니가 이 일을 하는 모습을 지켜보는 게 재미있다는 사실을 알 것이다. 그건 마치 서랍 안을 정리하는 일과도 상당히 비슷하다. 내 생각에 여러분의 어머니는 무릎을 꿇고 앉은 상태에서, 여러분 정신에 들어 있는 내용물 가운데 일부를 재미있다는 듯 만지작거리고, 도대체 여러분이 이걸 어디에서 주워 왔는지 궁금해하고, 좋거나 또는 좋지 않은 것들을 발견하고, 어떤 것은 새끼 고양이처럼 귀여워하며 자기 뺨에 갖다 대기도 하고, 또 어떤 것은 눈에 안 보이는 곳에다가 황급히 넣어 두는 등의 일을 할 것이다. 여러분이 다음 날 아침에 일어나 보면, 침대에 들어갈 때 정신에 있었던 장난기와 못된 열정은 조그맣게 착착 개어져서 여러분의 정신 맨 밑바닥에 들어가 있을 것이다. 그리고 정신 맨 위에는 그보다 더 예쁜 여러분의 생각들이 잘 말려진 채 고이 펼쳐져서 금방이라도 쓸 수 있게 되어 있을 것이다.

혹시 여러분은 어떤 사람의 정신을 묘사한 지도를 본 적이 있는지 모르겠다. 가끔은 의사들이 여러분의 다른 부분에 관한 지도를 그리는데, 여러분 자신에 대한 지도는 극도로 흥미로울 수도 있다. 하지만 어린아이의 정신은 워낙 혼란스러울 뿐만 아니라 계속해서 변화하는 통에, 이를 묘사한 지도를 그리려는 시도는 성공할 수가 없다. 그 지도에는 마치 여러분의 체온 기록표에 나온 것과 같은 지그재그 선이 그어져 있으며, 이는 아마도 섬에 나 있는 길일 것이다. 왜냐하면 네버랜드[5]는 십중팔구 섬이기 때문이다. 섬의 여기저기에는 놀라운 색깔들이 흩뿌려져 있고, 앞바다에는 산호초와 경쾌한 모습의 배가 보이고, 야만인들과 고독한 거처와 대개는 재봉사인 땅신령이 있고, 강물이 흐르는 동굴들이 있고, 여섯 명의 형을 둔 왕자들이 있고, 빠른 속도로 썩어 가는 오두막이 있고, 매부리코를 지닌 아주 작고 늙은 할머니가 한 명 있다. 이걸로 끝이기만 했어도 지도는 아주 그리기 쉬운 편이었을 것이다. 하지만 거기에는 또한 학교에서의 첫날, 종교, 아버지들, 둥근 연못, 바느질, 살인, 교수형, 여격을 취하는 동사들, 초콜릿 푸딩이 나오는 날, 멜빵을 차는 날, 1부터 99까지 세기, 혼자서 이 뽑고 3펜스 받기 등등이 들어 있으며, 이 역시 섬의 일부거나, 혹은 그런 모습들이 언뜻언뜻 보이는 또 하나의 지도기 때문에 비교적 혼란스러운 편이며 특히나 어느 것 하나 가만히 멈춰 서 있지 않는 것이다.

물론 네버랜드들은 사람마다 상당히 다르게 나타난다. 예를 들어 존의 섬에는 석호가 하나 펼쳐져 있고 그 위를 날아가는 홍학들도 있어서 존이 종종 그 새 떼를 향해 총을 발사하는 반면, 마이클은 워낙 어린지라 홍학이 하나 있고 그 위를 날아가는 석호들이 펼쳐져 있는 식이었다. 존은 모래밭에 뒤집어 놓은 보트 안에서 살았고, 마이클은 움막에서 살았으며, 웬디는 잎사귀를 솜씨 좋게 꿰매어 만든 집에 살았다. 존에게는 친구가 하나도 없었지만, 마이클은 밤만 되면 친구들과 어울렸고, 웬디는 어미에게서 버림받은 늑대 한 마리를 애완동물로 길렀다. 하지만 전반적으로 네버랜드들에는 일종의 가족 유사성이 있었으니, 그 섬들을 나란히 세워 놓고 바라보면 서로 코가 닮았느니 어디가 닮았느니 하는 말을 여러분도 할 수 있을 것이다. 노는 아이들은 영원히 이 마법의 바닷가에 자기네 가죽배를 띄워 놓는다. 우리 역시 그곳에 다녀온 적이 있다. 우리는 지금도 여전히 그 파도 소리를 들을 수 있지만, 더 이상 그곳에 상륙하지는 않는다.

그 모든 유쾌한 섬 중에서도 네버랜드는 가장 아늑하면서 가장 아담한 곳이었다. 여러분도 알다시피, 너무 광활한 나머지 한 가지 모험과 또 한 가지 모험의 거리가 지루할 정도로 멀지도 않았으며, 대신 기분 좋게 비좁은 편이었다. 여러분이 대낮에 의자와 식탁보를 가지고 놀 때에도 그곳은 전혀 놀라운 모습이 아니지만, 여러분이 잠들기 직전의 2분 동안, 그곳은 매우 현실에 가까워진다. 야간등이 있는 이유도 바로 그래서다.

자기 아이들의 정신 속을 여행할 때마다 달링 부인은 때때로 차마 이해할 수 없는 것들을 발견하곤 했는데, 이 가운데서도 가장 당혹스러운 것이 바로 '피터'라는 단어였다. 그녀가 아는 사람 중에는 피터가 결코 없는데도, 존과 마이클의 정신에는 그가 곳곳에 들어 있었으며, 웬디의 정신에는 그의 이름이 곳곳에 낙서처럼 적히기 시작하고 있었다. 이 이름은 다른 단어보다도 유독 굵은 글자로 적혀 두드러져 보였고, 달링 부인은 그걸 바라보면서 이 이름이 이상하게도 거들먹거리는 모습을 하고 있다는 느낌을 받았다.

"맞아요, 그 애는 좀 거들먹거리는 편이니까요." 웬디는 아쉽다는 듯 시인했다. 어머니가 딸에게 그 이름에 관해 물어보았을 때의 일이었다.

"그런데 그 애라니, 도대체 누굴 말하는 거니, 애야?"

"그 애가 피터 팬이잖아요, 어머니도 아시면서."

처음에는 달링 부인도 알 수가 없었다. 하지만 자신의 어린 시절을 돌이켜 보고 난 뒤에, 그녀는 요정과 함께 산다던 피터 팬을 간신히 기억해 냈다. 그에 관해서는 이상한 이야기들이 있었다. 예를 들어 어린아이가 죽으면, 그가 길의 일부분을 동행함으로써 죽은 아이가 두려워하지 않도록 도와준다고 했다. 어린 시절에만 해도 그녀는 피터 팬이 있다고 믿었지만, 이제는 결혼해서 상식을 갖춘 사람이 되었으므로 그런 자가 이 세상에 있다는 사실에 오히려 의구심을 품었다.

"게다가" 그녀는 딸 웬디에게 말했다. "그 아이도 지금은 이미 다 자랐을 거야."

"어, 아니에요. 피터는 자라지 않아요." 웬디는 자신 있게 대답했다. "크기도 딱 저랑 같다고요." 그녀의 말은 피터가 정신과 육체 모두에서 자기 크기와 같다는 의미였다. 어떻게 해서 그런 사실을 알았는지는 웬디도 몰랐으며, 단지 그렇다는 걸 알 뿐이었다.

달링 부인은 달링 씨와 이 문제를 의논했지만, 남편은 미소와 함께 그저 흘려 넘겼다. "내 말이 맞는다니까." 그가 말했다. "분명히 나나가 아이들의 머릿속에 집어넣은 황당무계한 생각에 불과해. 그야말로 개나 머릿속에 품음 직한 생각 말이지. 내버려 두면 결국 사라져 버리겠지."

하지만 그 생각은 사라지지 않을 것이었다. 그리고 머지않아 이 말썽꾸러기 소년은 달링 부인에게 상당한 충격을 가할 예정이었다.

아이들은 무척이나 기묘한 모험을 하면서도 정작 그 사실로 고민하지는 않게 마련이다. 예를 들어 아이들은 어떤 일이 벌어지고 무려 일주일이 지난 뒤에야 그 사실을 기억하고 무심코 언급한다. 이미 돌아가신 아버지를 우연히 숲에서 만나서 같이 놀았다는 식으로 말이다. 어느 날 아침에 웬디가 한 가지 심란한 사실을 폭로할 때에도 이처럼 무심코 언급하는 방식을 취했다. 육아실 바닥에서 웬 나뭇잎이 발견되었는데, 아이들이 침대에 들어갈 때에는 분명히 없었던 것이어서, 달링 부인이 이 문제를 놓고 어리둥절하던 차에 웬디가 인내심 있는 미소를 지으며 말했다.

"피터가 다시 왔다 간 거라고 난 믿어요!"

"그게 무슨 말이니, 웬디?"

"그나저나 치우지도 않고 가다니, 참 못됐네요." 웬디는 한숨을 쉬며 말했다. 워낙 깔끔한 아이였기 때문이다.

그녀가 상당히 사무적인 어조로 태연하게 설명한 바에 따르면, 자기 생각에는 피터가 밤에 가끔씩 육아실로 찾아와서 자기 침대 발치에 앉고는, 팬파이프를 연주해 준다는 것이었다. 불행히도 그녀는 한번도 깬 적이 없었고 그래서 자기가 어떻게 그런 사실을 아는지조차 몰랐지만, 그래도 그냥 안다고 했다.

"무슨 말도 안 되는 이야기니, 웬디. 현관문을 두들기지 않고서는 어느 누구도 이 집에 들어올 수가 없는데."

"내 생각에 그 애는 창문을 통해 들어오는 것 같아요." 웬디의 대답이었다.

"얘, 여기는 무려 3층이거든."

"혹시 창턱에도 나뭇잎이 떨어져 있지 않았어요, 어머니?"

그 말은 사실이었다. 창문과 아주 가까운 곳에서도 잎사귀가 발견되었으니까.

달링 부인은 이 상황을 어떻게 생각해야 할지 알 수가 없었으니,

왜냐하면 웬디에게는 이 모두가 워낙 자연스러운 일 같아서, 차마 너는 그저 꿈을 꾸었을 뿐이라며 일축할 수 없었기 때문이었다.

"얘!" 어머니가 소리쳤다. "그런데 왜 나한테는 그동안 아무 말도 안 했니?"

"잊어버렸어요." 웬디는 태연하게 대꾸했다. 그러고는 아침을 먹으러 서둘러 달려가 버렸다.

아, 분명히 저 애는 꿈을 꾸었을 뿐일 거야.

하지만 다른 한편으로 잎사귀가 분명히 있기는 했다. 달링 부인은 그것을 유심히 살펴보았다. 잎맥만 남은 나뭇잎들이었지만, 영국에서 자라는 나무의 잎이 아니라는 사실은 그녀도 확신했다. 그녀는 바닥을 엉금엉금 기고 촛불을 비춰 가면서 혹시 낯선 발자국이 있는지 찾아보았다. 부지깽이로 굴뚝을 쑤시고, 벽을 두들겨 보기도 했다. 줄자를 가지고 창문에서 보도까지의 길이를 쟀더니 무려 9미터가 넘는 높이였으며, 기어오르는 데에 사용할 만한 관管도 없었다.

웬디는 꿈을 꾸었을 뿐인 것이 분명했다.

그러나 웬디는 꿈을 꾼 것이 아니었으며, 이 사실은 바로 다음 날 밤에 증명되었다. 어쩌면 이 집 아이들의 경이로운 모험은 바로 이날 밤부터 시작되었다고 말할 수 있을 것이다.

우리가 이야기하는 바로 그날 밤, 아이들은 모두 다시 침대에 들어가 있었다. 마침 나나가 쉬는 날이어서 달링 부인이 직접 아이들을 씻기고 노래를 불러 주었으며, 아이들은 하나하나 어머니의 손에서 벗어나 잠의 나라로 스르륵 미끄러져 들어갔다.

만사가 워낙 안전하고 아늑해 보였으므로, 그녀는 이전의 두려움을 떠올리며 이제는 미소를 지었고, 바느질을 하려고 평온한 마음으로 난롯가에 앉았다.

바느질감은 마이클의 것이었으니, 이번에 생일을 맞으면서부터 셔츠를 입게 되었기 때문이었다. 하지만 불이 따뜻한 데다 육아실에는 야간등이 세 개뿐이라서 침침했던 터에, 이내 바느질감은 달링 부인의 무릎에 놓이게 되었다. 곧이어 그녀는 고개를, 아, 무척이나 우아하게 끄덕였다. 그녀는 잠든 것이었다. 이 네 사람을 보라. 웬디와 마이클은 저쪽에, 존은 이쪽에, 그리고 달링 부인은 난롯가에. 이곳에는 야간등이 하나 더 있어야 마땅했을 것이다.

잠자는 동안 그녀는 꿈을 꾸었다. 꿈에서는 네버랜드가 지척으로 다가오고, 낯선 소년이 그곳에서 이곳으로 뚫고 들어왔다. 그녀는 그의 모습에도 놀라지 않았으니, 자녀를 두지 않은 여러 여성의 얼굴에서 그의 얼굴을 본 적이 있다고 생각했기 때문이었다. 어쩌면 자녀를 둔 일부 어머니의 얼굴에서도 그를 발견할 수 있을지 몰랐다. 하지만 그녀의 꿈속에서 그는 네버랜드를 가려서 흐릿하게 만드는 일종의 막을 찢어 버렸고, 이제 그녀는 웬디와 존과 마이클이 틈새 너머를 바라보고 있음을 알았다.

그 꿈 자체는 하찮은 것이었을지 몰라도, 그녀가 꿈을 꾸고 있는 동안 육아실의 창문이 활짝 열리면서 한 소년이 실제로 바닥에 내려섰다. 그의 곁에는 기묘한 불빛이 동행하고 있었는데, 겨우 여러분의 주먹 크기밖에는 안 되어 보이는 그 불빛은 생물처럼 방 안을 이리저

The window
flew open!

리 날아다녔다. 내 생각에는 바로 이 불빛 때문에 달링 부인이 잠에서 깨어났던 것 같다.

그녀는 깜짝 놀라 소리를 지르며 깨어났고, 소년을 보자마자 어째서인지 즉시로 그가 바로 피터 팬이라는 사실을 알아차렸다. 여러분이나, 또는 나나, 또는 웬디가 거기 있었다고 치면, 우리는 그가 달링 부인의 키스와 매우 닮은 모습이었다는 사실을 눈치챘을 것이다. 그는 사랑스러운 소년이었으며, 온몸이 잎맥만 남은 나뭇잎으로 그리고 나무에서 흘러나온 진액으로 뒤덮여 있었다. 무엇보다 그에게서 가장 매력적인 부분은 그가 젖니를 모조리 간직하고 있다는 점이었다. 달링 부인이 어른이라는 사실을 깨닫자, 그는 그녀를 바라보며 저 작은 진주 같은 이를 꾹 악물었다.

PETER FLEW IN

제2장

그림자

The Shadow

달링 부인은 비명을 질렀고, 그러자 마치 종을 울렸을 때에 응답하는 것처럼 방문이 벌컥 열리더니, 마침 저녁 산책에서 돌아오던 나나가 방으로 들어왔다. 개가 으르렁거리며 낯선 남자아이를 향해 달려들자, 남자아이는 가볍게 창밖으로 몸을 날렸다. 달링 부인은 다시한 번 비명을 질렀는데, 이번에는 그 남자아이 때문에 걱정이 되어서였다. 그녀는 남자아이가 죽었으리라 생각한 나머지 거리로 뛰어 내려가 그 작은 시신을 찾아보았지만, 그곳에는 아무도 없었다. 그녀는위를 쳐다보았는데, 어두운 밤하늘에는 아마도 별똥별이 아닐까 싶은것 하나를 빼면 아무것도 없었다.

그녀는 육아실로 돌아왔고 나나가 입에 뭔가를 물고 있음을 발견했는데, 그것은 바로 그 남자아이의 그림자로 밝혀졌다. 남자아이가창밖으로 몸을 날린 순간에 나나는 상대를 바짝 쫓고 있어서, 비록 붙잡지는 못했지만 남자아이의 그림자는 미처 빠져나갈 시간 여유가 없었던 것이었다. 창문이 쾅 하고 닫히자, 그림자가 거기 딱 끼어 버린 것이었다.

여러분도 익히 짐작이 가겠지만 달링 부인은 그림자를 유심히 살펴보았는데, 지극히 일반적인 그림자였다.

나나는 이 그림자를 가지고 뭘 해야 제일 좋은지를 의심의 여지 없이 알고 있었다. 개는 그림자를 창문에 내걸었으니, 결국 이런 의미였다. '그 녀석은 당연히 이걸 가지러 올 겁니다. 아이들을 괴롭히는 일 없이 이걸 그냥 가져가게끔 여기 걸어 두자고요.'

하지만 불운하게도 달링 부인은 그걸 차마 창문에 매달아 둘 수가 없었다. 그림자는 빨래와 너무 흡사하게 생겨서, 집의 전체적인 분위기를 저하시켜 버렸다. 그녀는 그림자를 달링 씨에게 보여 줄까도 생각했지만, 그는 존과 마이클이 입을 겨울용 방한 외투를 사기 위해 돈 계산을 하고 있었으며, 두뇌가 맑아지라고 머리에 젖은 수건을 감고 있었기 때문에 그를 괴롭히는 것은 부끄러운 일이 될 것만 같았다. 아울러 그녀는 그가 뭐라고 말할지를 정확히 알고 있었다. "이게 다 개를 유모로 삼는 바람에 생긴 일이라니까."

그녀는 그림자를 둘둘 말아서, 서랍 안에 조심스레 넣어 두는 쪽을 택했다. 남편에게 이야기할 만한 기회가 올 때까지 말이다. 아, 이런!

기회는 일주일 뒤에, 결코 잊지 못할 그 금요일에 찾아왔다. 물론 금요일이었다.

"금요일이니만큼 내가 특히 조심했어야 했는데." 그녀는 그 일 이후에 자기 남편에게 이렇게 말하곤 했는데, 반대편에 나나가 있는 경우에는 개의 한쪽 앞발을 붙잡고 말했다.

"아니, 아니야." 달링 씨는 항상 이렇게 대꾸했다. "그 일은 모두 내 책임이에요. 나, 조지 달링이 그렇게 한 거라고. '메아 쿨파, 메아 쿨파.'[6]" 그는 고전 교육을 받은 바 있었다.

이들은 이렇게 밤마다 앉아서 그 치명적인 금요일을 회상했고, 급기야 그 사건의 모든 세부 사항이 이들의 두뇌에 각인되어서, 마치 잘못된 경화硬貨에 찍힌 얼굴들처럼 반대편으로 도드라져 나타나게 되었다.

"내가 27번지에서의 저녁 초대를 받아들이지만 않았더라도." 달링 부인이 말했다.

"내가 나나의 밥그릇에 내 약을 붓지만 않았더라도." 달링 씨가 말했다.

'내가 약을 좋아하는 척만 했더라도.' 나나의 젖은 눈은 이렇게 말했다.

"내가 파티를 좋아한 탓이에요, 조지."

"내가 치명적인 유머 감각을 지닌 탓이에요, 여보."

'하찮은 일에 대한 제 까다로운 성격 때문이에요, 주인님과 주인마님.'

그러면 그들 중 하나, 또는 더 여럿이 대성통곡을 했다. 나나는 이렇게 생각했다. '맞아, 맞아, 이분들은 애초에 개를 유모로 두지 마셨

어야 했어.' 이럴 때면 대개 달링 씨가 손수건으로 나나의 눈을 닦아
주었다.

"그 못된 놈이!" 달링 씨는 이렇게 소리를 질렀고, 나나도 맞는다
는 듯 컹컹 짖었지만, 달링 부인은 결코 피터를 비난한 적이 없었다.
그녀의 입 오른쪽 한구석에는 피터를 욕하고 싶은 마음이 들지 않게
하는 뭔가가 있었기 때문이다.

이들은 텅 빈 육아실에 앉아서, 그 끔찍한 날 저녁의 모든 사소한
세부 사항까지도 애틋하게 회고하곤 했다. 그 일은 워낙 평범한, 다른
백여 번의 저녁과 완전히 똑같이 시작되었으니, 바로 나나가 마이클
을 목욕시킬 물을 준비하고 아이를 자기 등에 태워서 데려간 것이 시
작이었다.

"침대에 안 갈 거야!" 아이는 이렇게 소리를 질렀다. 마치 자기가
그 문제에 대해 최종적 권한을 가졌다고 여전히 생각하는 사람처럼

말이다. "안 갈 거야, 안 갈 거야.
나나, 아직 6시밖에 안 되었잖아.
아, 정말, 아, 정말, 그럼 나는 널
더 이상은 좋아하지 않을 거야, 나
나. 분명히 말하는데 나는 목욕 안
할 거야, 안 할 거야, 안 할 거야!"

그러자 하얀 이브닝드레스 차림
의 달링 부인이 방으로 들어왔다.
그녀는 일찌감치 옷을 차려입었는

데, 왜냐하면 그녀가 이브닝드레스를 입고 조지에게 선물 받은 목걸이를 한 모습을 웬디가 무척 좋아했기 때문이었다. 그녀는 웬디의 팔찌도 한쪽 팔에 차고 있었다. 그녀는 딸에게 팔찌를 빌려 달라고 부탁했고, 웬디는 기꺼이 자기 팔찌를 어머니에게 빌려 주었다.

그녀는 나이 많은 두 아이가 어머니와 아버지 놀이를 하고 있는 광경을 보았다. 상황은 웬디가 태어날 때였다. 존이 말했다.

"당신이 이제 어머니가 되었다는 사실을 전하게 되어 매우 기쁘군요, 달링 부인." 그야말로 달링 씨가 실제 상황에서 썼을 법한 목소리 그대로였다.

웬디는 기뻐서 춤을 추었는데, 이 역시 달링 부인이 실제로 했을 법한 행동이었다.

곧이어 존이 태어났는데, 아들의 탄생인지라 이때에는 아버지 역할을 하는 아들도 먼저보다 더 우쭐거렸다. 마이클이 목욕을 마치고 돌아와 자기도 좀 태어나게 해 달라고 부탁했지만, 존은 자기네 부부가 더 이상은 아이를 원치 않는다고 냉정하게 대답했다.

마이클은 하마터면 울음을 터뜨릴 뻔했다. "아무도 날 원치 않아." 그가 이렇게 말하자, 이브닝드레스 차림의 부인은 더 이상 가만히 듣고 있을 수가 없었다.

"나는 원했는걸." 그녀가 말했다. "나는 셋째 아이를 무척이나 원했어."

"남자로요, 아니면 여자로요?" 마이클이 물었다. 그리 희망에 부푼 모습은 아니었다.

"남자로."

그러자 마이클은 어머니의 품 안으로 뛰어들었다. 달링 씨와 달링 부인 그리고 나나가 지금 회고하는 것은 이처럼 사소한 일들이었지만, 그때가 육아실에서 보낸 마이클의 마지막 밤인 이상에는 결코 아주 사소하다고 할 수가 없었다.

그들은 계속해서 회고했다.

"바로 그때 내가 어뢰처럼 방으로 뛰어들어 갔지, 안 그래?" 달링 씨는 이렇게 말하면서 자기 자신을 비웃었다. 실제로 그는 어뢰같이 굴었으니까.

아마도 그에게는 변명의 여지가 있을 것이었다. 그 역시 파티에 가려고 옷을 입던 중이었는데, 만사가 잘되어 가던 상황에서 넥타이와 맞닥뜨리고야 말았다. 무척이나 놀라운 이야기여서 차마 하기도 뭐하지만, 이 남자로 말하자면 주식에 관해서는 잘 알면서도, 정작 자기 넥타이 매는 법만큼은 전혀 숙달하지 못했다. 때로는 그 물건이 그에게 아무런 어려움도 주지 않았지만, 때로는 그가 자존심을 접어 두고 처음부터 매듭이 지어져 있는 보타이를 이용하는 편이 가정에는 더 나은 경우가 있었다.

그때가 바로 그런 경우였다. 그는 잔뜩 구겨진 그 지긋지긋한 놈의 넥타이를 한 손에 들고 육아실로 달려들어 왔던 것이다.

"아니, 무슨 문제라도 있나요, 애들 아버지?"

"문제!" 그는 소리를 질렀다. 정말로 크게 소리를 질렀다. "이 넥타이! 묶이지가 않는다고!" 그는 위험스러울 정도로 신랄해졌다. "내 목에 묶이지가 않는단 말이오! 침대 기둥에도 묶였는데! 그래, 무려 스무 번이나 나는 이걸 침대 기둥에다 묶었다고. 하지만 내 목에는 묶이지가 않는다니까, 안 된다고! 글쎄, 여보, 안 된다니까! 제대로 되라고 간절히 빌었건만!"

그는 달링 부인이 사태의 심각성을 제대로 이해하지 못했다고 생각한 나머지, 좀 더 단호하게 말했다. "내가 분명히 경고하는데, 애들 어머니, 이 넥타이가 내 목에 묶이지 않는 한 우리는 오늘 밤 저녁 외출을 하지 않을 거요. 내가 오늘 밤 저녁 외출을 하지 않는다면, 나는 두 번 다시 사무실에 나가지도 않을 거요. 내가 두 번 다시 사무실에 나가지 않는다면, 당신과 나는 굶게 될 거고, 우리 아이들은 거리로 쫓겨나게 될 거예요."

그런 이야기를 듣고 나서도 달링 부인은 침착하기만 했다. "내가 한번 해 볼게요, 여보." 그녀는 이렇게 말했고, 사실 그가 여기까지 달려와서 그녀에게 부탁하려고 한 일도 바로 그것이었다. 예쁘고도 침착하게 손을 놀려서 그녀는 남편에게 넥타이를 매 주었고, 아이들은 주위에 둘러서서 자기들의 운명이 결정되는 모습을 지켜보았다. 남자들 중에는 그녀가 넥타이 매기를 그토록 쉽게 해치운다는 사실에 분개하는 사람도 있을지 모르겠지만, 달링 씨는 몹시도 훌륭한 천성을 타고난 사람이어서 차마 화를 낼 수 없었다. 그는 그녀에게 고마움을 솔직히 표현했고, 자신의 분노는 단박에 잊어버렸으며, 곧이어 마이클을 등에 업고 방 안을 이리저리 춤추며 돌아다녔다.

"우리가 얼마나 신 나게 뛰어놀았는지!" 이제 와서 달링 부인은 그

The gaiety of
those romps!

때 일을 회고하며 이렇게 말했다.

"우리의 마지막 뛰어놀기였는데!" 달링 씨가 신음하며 말했다.

"아아, 조지, 마이클이 갑자기 나한테 이런 말 했던 것 기억나요? '그런데 어떻게 나를 알게 되었어요, 어머니?'"

"기억나지!"

"아이들은 귀여워요, 그렇게 생각 안 해요, 조지?"

"그 아이들은 우리의, 우리의 아이들이었으니까. 그런데 이제는 사라져 버렸지."

그날 이들의 뛰어놀기는 나나가 등장하면서 끝나 버렸고, 불운하게도 달링 씨는 개와 부딪치면서 바지에 개털이 잔뜩 묻어 버렸다. 그바지는 새것이었을 뿐만 아니라 그가 가진 바지 중에서 유일하게 장식용 수술이 달린 것이었기 때문에, 그는 눈물을 참기 위해 입술을 꾹 깨물어야만 했다. 물론 달링 부인이 바지를 솔질해 주었지만, 그는 또다시 개를 유모로 둔 것은 실수라는 이야기를 늘어놓기 시작했다.

"조지, 나나는 보물이에요."

"그야 의심의 여지가 없지. 하지만 나는 이 개가 우리 아이들을 강아지처럼 바라보는 것 같아서 가끔씩 불편한 기분이 든다니까."

"아, 아니에요, 여보. 나는 확신해요. 우리 아이들이 영혼을 갖고 있다는 걸 개도 알고 있을 거라고요."

"나는 의심스러워." 달링 씨는 뭔가를 숙고하는 투로 말을 이었다. "나는 의심스럽다고." 이때가 바로 기회라고 그의 아내는 생각했다. 그남자아이에 대한 이야기를 할 기회 말이다. 처음에는 그도 콧방귀만

꿰고 말았지만, 그녀가 그림자를 보여 주자 점차 숙고하는 태도가 되었다.

"내가 아는 사람은 전혀 아닌데." 그는 그림자를 자세히 살피며 말했다. "하지만 악당처럼 보이기는 하는군."

"우리는 계속 그 이야기를 했죠, 당신도 기억하다시피." 달링 부인이 말했다. "그때 나나가 마이클의 약을 들고 들어왔죠. 너도 앞으로는 두 번 다시 입에 약병을 물고 다닐 일이 없을 거야, 나나. 이게 모두 내 잘못이야."

달링 씨는 확실히 강한 남자였지만, 약에 관해서라면 오히려 어리석게 행동했던 것이 분명했다. 그에게 어떤 약점이 있다면 바로 자기가 평생 동안 약을 대범하게 먹어 왔다고 생각한 것이었다. 그리하여 이제 나나가 자기 입에 문 숟가락으로 떠먹이려는 약을 회피하는 마이클의 모습을 보자, 그는 이렇게 꾸짖었다. "남자답게 굴어야지, 마이클."

"안 할 거야, 안 할 거야!" 마이클은 막무가내로 외쳤다. 달링 부인은 아이를 달랠 초콜릿을 가지러 방에서 나갔는데, 달링 씨는 그렇게 하면 엄격함이 결여되었음을 보여 주는 것이라고 생각했다.

"애들 어머니, 이 녀석을 응석받이로 키우지는 말아야지." 그는 그녀의 뒤에 대고 말했다. "내가 네 나이 때에는 아무런 군소리 없이 약을 먹었어. 오히려 이랬지. '감사합니다, 자애로우신 부모님, 저를 낫게 해 줄 약을 주셔서요.'"

그는 이게 사실이라고 정말로 생각했고, 이때 잠옷 차림이던 웬디도 그게 사실이라고 믿은 나머지, 마이클을 격려하기 위해서 이렇게 말했다. "가끔 드시는 약 있잖아요, 아버지. 그건 훨씬 더 맛이 없을 거예요, 안 그래요?"

"그야 훨씬 더 맛이 없지." 달링 씨는 용감한 척 대꾸했다. "내가 너한테 본보기로 그걸 한 숟가락 먹기라도 하면 좋을 텐데, 마이클. 그 약병을 잃어버리지만 않았어도 말이야."

하지만 그는 약병을 잃어버린 게 아니었다. 그는 한밤중에 옷장 위로 올라가서, 거기다 약병을 숨겨 두었다. 그가 미처 몰랐던 사실은, 성실한 라이자가 약병을 이미 찾아다가 세면대에 도로 가져다 두었다는 것이었다.

"약병이 어디 있는지 제가 알아요, 아버지." 웬디가 큰 소리로 외쳤는데, 그녀는 항상 아버지에게 도움이 되는 것을 기뻐했던 까닭이었다. "제가 가져올게요." 그러면서 그녀는 달링 씨가 차마 멈춰 세우기도 전에 방을 나섰다. 곧바로 그의 사기는 가장 기묘한 방식으로 가라앉았다.

"존." 그가 몸을 떨면서 말했다. "그건 가장 끔찍한 물건이란다. 정말이지 끔찍하고, 끈적끈적하고, 달아 빠진 종류지."

"금방 끝날 거예요, 아버지." 존이 쾌활한 어조로 대꾸했다. 곧이어 웬디가 유리잔에 약을 담아서 부리나케 들어왔다.

"최대한 빨리 다녀온 거예요." 그녀가 숨을 헐떡였다.

"정말 놀라울 정도로 빠르구나." 그녀의 아버지가 대꾸했는데, 그 말투에는 딸에게 던지는 원망 섞인 인사치레가 담겨 있었다. "마이클이 먼저 마셔야지." 그는 끈덕지게 말했다.

"아버지가 먼저 마셔야죠." 마이클이 대답했다. 이 아이는 원래 의심이 많은 성격이었다.

"내가 아파야 마시지, 너도 알다시피." 달링 씨가 위협하듯 말했다.

"얼른요, 아버지." 존이 말했다.

"너는 입 다물어, 존." 그의 아버지가 야단쳤다.

웬디는 무척이나 어리둥절했다. "저는 무척 쉽게 드실 줄 알았는데요, 아버지."

"여기서 핵심은 그게 아니야." 아버지가 꾸짖었다. "핵심은 뭔가 하면, 내 유리잔에 든 약은 마이클의 숟가락에 들어 있는 약보다 더 많다는 거지." 그의 자부심 많던 가슴은 터지기 일보 직전이었다. "게다가 이건 공평하지가 않아. 나는 죽을 때까지 말할 거야, 이건 공평하지가 않다고."

"아버지, 저 기다리고 있잖아요." 마이클이 냉정하게 대꾸했다.

"네가 기다리고 있다니 잘됐구나. 그럼 나도 기다려야지."

"아버지는 겁쟁이 약골이에요."

"그럼 너도 겁쟁이 약골이야."

"나는 겁 안 나요."

"나도 겁 안 난다."

"그럼 어디, 마셔 보세요."

"그럼 어디, 너부터 마셔 보든가."

웬디가 묘책을 떠올렸다. "그럼 두 사람이 동시에 마시면 되잖아요?"

"그래, 그러면 되겠네." 달링 씨가 말했다. "준비됐니, 마이클?"

웬디가 신호를 보냈다. 하나, 둘, 셋. 그러자 마이클은 자기 약을 먹었지만, 달링 씨는 자기 약을 등 뒤로 감춰 버렸다.

마이클이 화를 내며 소리를 질렀다. 그리고 웬디도 "아, 아버지!" 하고 고함을 질렀다.

"그게 무슨 말이냐, '아, 아버지'라니?" 달링 씨가 다그쳤다. "소란 피우지 마라, 마이클. 나도 원래는 약을 먹을 생각이었어. 그런데 그만— 그만 깜박한 거야."

세 아이가 그를 바라보는 모습은 정말이지 섬뜩해서, 마치 결코 아버지를 존경하지 않는 듯했다. "이것 좀 봐라, 너희 전부." 그는 애원하듯이 이렇게 말을 이었다. 마침 나나가 화장실로 들어간 직후의 일이었다. "방금 끝내주는 장난이 하나 생각났거든. 내 약을 나나의 밥그릇에 붓는 거야. 그러면 저 녀석은 그걸 마시겠지. 약이 우유인 줄로 알고 말이야!"

약은 우유와 같은 색깔이었다. 하지만 아이들은 아버지와 같은 유머 감각을 갖고 있지 않았으므로, 그가 나나의 밥그릇에 약을 붓는 동안 나무라는 표정으로 바라보았다. "얼마나 재미있을까!" 그는 뭔가 자신 없는 투로 이렇게 말했으며, 곧이어 달링 부인과 나나가 돌아왔지만 아이들은 차마 이 사실을 폭로하지 못했다.

"나나, 착하지." 그는 개를 토닥이며 말했다. "네 밥그릇에 우유를 조금 따라 놨단다."

나나는 꼬리를 흔들더니 약 있는 곳으로 달려가서 핥기 시작했다. 그러고는 달링 씨를 바라보았는데, 화난 표정은 전혀 아니었다. 대신 훌륭한 개가 우리에게 미안함을 느끼게 만들 때와 마찬가지로 커다랗고 붉은 눈물을 그에게 보이고는, 곧이어 개집 안으로 들어가 버렸다.

달링 씨는 자기 행동이 무척이나 부끄러웠지만 그렇다고 굴복할 생각은 없었다. 섬뜩한 침묵 속에서 달링 부인은 밥그릇에 들어 있는 액체의 냄새를 맡았다. "아니, 조지, 이건 당신 약이잖아요!"

"그냥 장난이었어!" 그가 버럭 소리를 질렀다. 달링 부인은 아들들을 달래고, 웬디는 나나를 끌어안았다. "잘한다." 그가 씁쓸하게 말했다. "내가 이 집 사람들을 재미있게 해 주려고 애를 썼는데도 말이야."

그런데도 웬디는 여전히 나나를 끌어안고 있었다. "좋아!" 그가 소리를 질렀다. "개를 소중히 여기다니! 아무도 나를 소중히 여기지는 않으면서. 아, 이런, 아니야! 나는 이 집에서 유일하게 밥벌이를 하는 사람인데, 왜 나는 소중히 여겨지면 안 되는 거지, 왜, 왜, 왜!"

"조지." 달링 부인이 남편에게 애원했다. "너무 크게 말하지 말아요. 하인들이 듣겠어요." 이들은 당황한 나머지 하인 라이자를 얼떨결에 '하인들'이라고 부르는 지경에 있었다.

"들으려면 들으라지!" 그는 되는 대로 대답했다. "세상 누가 달려와도 소용없어. 누가 뭐래도 나는 지금부터 한 시간 동안 저 개가 내 집 육아실에 들어와서 주인 노릇을 하지는 못하게 금지할 거니까."

아이들은 울었고, 나나는 애원하듯 그에게 달려갔지만, 그는 손을 저어서 개를 물리쳤다. 그는 다시 한 번 강한 남자가 된 기분이었다.

"소용없어, 소용없다고!" 그가 소리를 질렀다. "너에게 어울리는 장소는 마당이야. 그리고 넌 이 시간부로 거기 묶여 있게 될 거야."

"조지, 조지." 달링 부인이 속삭였다. "내가 그 남자아이에 관해서 했던 이야기를 생각해 봐요."

아아, 그는 말을 듣지 않았다. 그는 이 집에서 누가 가장인지를 보여 주기로 작정한 상태였다. 나나가 명령에도 불구하고 개집에서 나오지 않자, 그는 달콤한 말로 일단 개를 꾀여 낸 다음, 거칠게 부여잡고 육아실에서 끌어냈다. 스스로도 자기 행동이 부끄러웠지만, 그럼에도 불구하고 그런 일을 했다. 이 모두가 그의 지나치게 다정한 성격 때문이었으니, 그런 성격 때문에 그는 존경을 열망했던 것이다. 뒷마당에 개를 묶어 놓은 다음, 이 비참한 아버지는 복도로 가서 주저앉은 채, 양손 관절 마디를 자기 눈에 갖다 댔다.

그사이에 달링 부인은 이례적인 침묵 속에서 아이들을 침대에 눕히고 야간등을 켜 두었다. 나나가 짖는 소리가 들리자, 존이 칭얼거렸다. "아버지가 나나를 마당에 사슬로 묶어 놓는 바람에 저러는 거야." 하지만 웬디는 더 똑똑했다.

"슬퍼서 짖는 소리는 아니야." 그녀의 말이었다. 하지만 앞으로 무슨 일이 벌어질지는 전혀 예상을 못 하고 있었다. "저건 나나가 위험의 냄새를 맡았을 때에 내는 소리야."

위험!

"그게 정말이니, 웬디?"

"아, 그럼요."

달링 부인은 몸을 떨면서 창가로 다가갔다. 창문은 단단히 잠겨 있었다. 창밖을 내다보았더니 밤하늘에는 별이 총총했다. 별들이 집 주위에 잔뜩 몰려 있는 모습이 마치 거기서 앞으로 벌어질 일을 구경하고 싶어 호기심이 인 것 같았지만, 그녀는 이를 눈치채지 못했고, 그 별들 중에서 더 작은 별들 한두 개가 그녀를 향해 눈을 깜박이는 것도 눈치채지 못했다. 하지만 알 수 없는 두려움이 가슴을 엄습하는 바람에, 그녀는 급기야 소리를 지르고 말았다. "아, 차라리 오늘 밤만큼은 파티에 가지 않을 수 있다면 얼마나 좋을까!"

심지어 마이클조차도 이미 반쯤 잠든 상태에서 그녀가 불안해한다는 것을 느끼고 이렇게 물었다. "뭔가가 우리를 해칠 수도 있을까요, 어머니? 야간등을 켜 두어도요?"

"그런 건 전혀 없어, 내 아가." 그녀가 말했다. "야간등이야말로 자기 아이를 보호하기 위해 어머니가 뒤에 두고 가는 눈이니까."

그녀는 침대마다 다니면서 아이들에게 잘 자라고 마법의 주문을 외워 주었다. 막내인 마이클은 양팔로 어머니를 끌어안았다. "어머니!" 그가 외쳤다. "어머니가 계셔서 기뻐요." 이것이야말로 이후 한동안, 그녀가 막내아들로부터 들은 마지막 한 마디였다.

27번지는 그곳에서 불과 몇 미터 떨어져 있었지만, 밖에는 눈이 약간 내린 상태여서 달링 집안의 아버지와 어머니는 신발을 버리지 않으려고 눈 위를 재치 있게 골라 걸었다. 거리에는 사실상 두 사람뿐이었고, 하늘의 모든 별이 이들을 바라보고 있었다. 별들은 아름다웠다. 별들은 그 어떤 일에서도 적극적인 역할을 맡지는 않았는데, 대신

영원히 바라볼 수밖에 없었다. 이는 그들이 행한 어떤 일로 인해 그들에게 부과된 형벌이었으며, 그 일은 워낙 오래되어서 별들 중 누구도 그게 뭐였는지 알지 못했다. 그리하여 더 나이 많은 별들은 눈이 흐릿해지고 말수도 적어졌지만(눈을 깜박이는 것이야말로 별들의 언어였다) 아직 어린 별들은 여전히 그게 뭔지 궁금해하고 있었다. 별들은 피터와 아주 친하지는 않았으니, 그가 별들의 뒤로 몰래 돌아가서 별들을 날려 보내는 장난을 쳤기 때문이었다. 하지만 별들은 재미있는 일을 무척 좋아했으므로 오늘 밤만큼은 그의 편이었고, 어른들이 얼른 비켜나기를 고대하고 있었다. 그렇게 달링 씨와 부인의 등 뒤로 27번지의 문이 닫히자마자, 하늘에는 동요가 일어났으며, 은하수에 있는 모든 별 중에서도 가장 작은 별이 소리를 질렀다.

"지금이야, 피터!"

제3장

함께 가자, 함께 가자!

Come Away, Come Away!

달링 부부가 집을 떠나고 나서 잠시 동안은 세 아이의 침대 옆에 하나씩 놓인 야간등이 또렷하게 타올랐다. 세 개 모두 놀라우리만치 멋지고 작은 야간등이었기 때문에, 세 개 모두 계속 깨어서 피터를 보았으면 좋았겠다고 생각했을 법했다. 하지만 웬디의 야간등은 깜박이더니 크게 하품을 했고, 다른 두 개의 야간등도 하품을 하더니만, 차마 입을 다물 새도 없이 세 개 모두 꺼져 버리고 말았다.

이제 방 안에는 또 다른 불빛이 있었는데, 야간등보다도 천배나 더 밝았다. 우리가 지금 이 이야기를 하느라 들인 시간 동안에 그 불빛은 육아실에 있는 서랍이란 서랍에 모조리 들어갔다 나오면서 피터의 그림자를 찾았고, 옷장을 뒤지고 옷마다 주머니를 밖으로 꺼내 놓았다. 그것은 사실 불빛이 아니었다. 매우 빨리 움직이다 보니 그렇게 보였지, 불빛이 1초 동안 멈추면 여러분은 그것이 바로 요정임을 알 수 있을 텐데, 키가 겨우 여러분의 손보다 더 크지도 않았지만 여전히 자라는 중이었다. 요정은 여자아이였고 이름은 팅커 벨이었으며, 잎맥 하나를 짧고 네모나게 잘라서 정교하게 가운을 만들었는데, 그걸 입어서 자기 몸매가 가장 훌륭하게 보이도록 하고 있었다. 그녀는 원래 약간 '비만한' 편이었다.

요정이 들어온 지 얼마 후에 작은 별들의 숨에 의해 창문이 활짝 열리더니, 피터가 안으로 들어왔다. 여기까지 오면서 팅커 벨을 운반하느라 그의 손은 요정 가루로 범벅되어 있었다.

"팅커 벨." 아이들이 잠들어 있음을 확인한 후에 그가 나지막이 불렀다. "팅크, 어디 있어?" 그녀는 잠시 주전자 안에 들어가 있었는데, 그게 무척 좋았던 모양이었다. 이전까지는 주전자에 들어가 본 적이 없었으니까.

"그 주전자에서 얼른 나와. 그리고 말해 봐. 그들이 내 그림자를 어디 넣어 두었는지 알아?"

황금 종처럼 가장 아름다운 방울 소리가 그에게 대답했다. 이것은 요정의 언어였다. 여러분 같은 평범한 어린이는 결코 들을 수 없지만, 혹시나 듣게 된다면 여러분은 이전에도 그런 소리를 들은 적이 있었음을 알아차릴 것이다.

팅크의 말에 따르면, 그림자는 커다란 상자 안에 있었다. 그녀가 말한 상자란 서랍장이었고, 피터는 곧바로 서랍으로 달려들어서 그 안의 물건들을 양손으로 꺼내 방바닥에 흩어 놓았는데, 그 모습은 마치 왕들이 반 페니 동전을 군중에게 던져 주는 것과도 비슷했다. 순식간에 그는 자기 그림자를 되찾았으며, 몹시도 기뻤던 나머지 자기가 팅커 벨을 넣은 채로 서랍을 닫았다는 사실조차 잊고 말았다.

나로선 그가 한 번이라도 생각을 했으리라고는 믿지 않지만, 혹시 그가 생각이란 것을 했다고 치면, 그건 아마 자기 몸과 자기 그림자를 서로 가까이 놓기만 해도 양쪽이 물방울처럼 자연스레 합쳐지리라는 생각이었을 것이다. 하지만 그렇게 되지 않자 그는 깜짝 놀랐다. 그는 화장실에서 가져온 비누로 그림자를 붙여 보려고 했지만, 이 역시 실패했다. 피터는 몸을 부르르 떨더니, 방바닥에 주저앉아 울었다.

그의 울음소리 때문에 웬디는 잠에서 깨었고, 침대에 일어나 앉았다. 웬 낯선 사람이 육아실 방바닥에 앉아서 울고 있는 모습을 보았지만, 그녀는 놀라지 않았다. 다만 즐거운 마음으로 관심을 가졌을 뿐이었다.

"애." 그녀는 예의 바르게 물었다. "너 왜 울고 있니?"

피터 역시 극도로 공손하게 굴 수 있었는데, 요정의 의식에 참석하여 훌륭한 태도를 배운 까닭이었다. 그는 자리에서 일어나 그녀에게 아름답게 절을 했다. 그녀는 무척 기뻐하면서 침대에 앉은 채로 역시나 아름답게 절을 했다.

"너, 이름이 뭐니?" 그가 물었다.

"웬디 모이라 앤절라 달링." 그녀는 어딘가 만족감을 느끼며 대답했다. "너는 이름이 뭔데?"

"피터 팬."

그녀는 벌써부터 그가 바로 피터일 거라고 확신하고 있었지만, 어쩐지 좀 짧은 이름인 것 같았다.

"그게 전부야?"

"그래." 그는 어쩐지 날카롭게 대답했다. 난생처음으로 자기 이름이 짧은 편이라고 느낀 까닭이었다.

"무척 안됐구나." 웬디 모이라 앤절라가 말했다.

"그건 중요하지 않아." 피터가 꾹 참고 대답했다.

그녀는 어디 사느냐고 그에게 물었다.

"오른쪽으로 두 번째."[7] 피터가 말했다. "그런 다음에 아침이 될 때까지 곧장 가면 돼."

"진짜 웃기는 주소네!"

피터는 맥이 풀렸다. 난생처음으로 그게 웃기는 주소일 수 있다고 느낀 까닭이었다.

"아니, 그렇지 않아." 그가 말했다.

"내 말은" 웬디는 좋게 대답했는데, 지금은 자기가 이 집의 주인이라는 점을 기억한 까닭이었다. "편지를 쓸 때 그렇게 적는다는 거니?"

그녀가 편지 이야기는 차라리 안 했으면 하는 것이 그의 바람이었다.

"편지는 전혀 안 받아." 그는 경멸하듯이 말했다.

"하지만 네 어머니는 받으시지 않아?"

"어머니 없어." 그가 말했다. 그에게는 어머니가 없었을 뿐만 아니라, 어머니가 있었으면 하는 열망조차도 전혀 없었다. 하지만 웬디는 곧장 자기가 비극에 직면하고 있다고 느꼈다.

"아하, 피터. 네가 울고 있었던 것도 이상한 일은 아니구나." 그녀가 이렇게 말하더니, 침대에서 나와 그에게 달려갔다.

"나는 어머니 때문에 운 게 아니야." 그는 어딘가 화난 투로 말했다. "내가 운 건 내 그림자를 붙일 수가 없어서였어. 그렇지 않았다면 나는 울지 않았을 거야."

"그림자가 떨어져?"

"그래."

그러자 웬디는 방바닥에 놓인 그림자를 바라보았는데, 워낙 후줄근한 모습이었던지라 피터가 몹시도 딱하게 여겨졌다. "어찌나 끔찍한지!" 말은 이렇게 했지만, 그녀는 그가 비누를 가지고 그림자를 붙이려 했던 것을 알아채자마자 미소를 짓지 않을 수 없었다. 어쩌면 이렇게 딱 남자아이 같은지!

다행히도 그녀는 뭘 해야 할지 단박에 알았다. "이건 반드시 꿰매야만 해." 그녀는 약간 생색을 내면서 말했다.

"꿰매는 게 뭔데?" 그가 물었다.

"넌 엄청나게 무식하구나."

"아니야, 나 안 무식해."

하지만 그의 무지 때문에 그녀는 의기양양해졌다. "내가 너 대신 꿰매어 줄게, 꼬마 손님." 그녀는 이렇게 말했지만, 사실 그의 키는 그녀만큼이나 컸다. 웬디는 반짇고리를 꺼내서 그림자를 피터의 발에 꿰매어 붙였다.

"미리 말해 두지만, 조금 아플 수도 있어." 그녀가 그에게 경고했다.

"흥, 난 울지 않을 거야." 피터가 이렇게 말했는데, 이미 자기가 평생 한 번도 운 적이 없었다는 견해를 지니게 된 다음이었다. 그는 이를 악물고 정말 울지 않았다. 곧이어 그의 그림자는 제대로 움직이기 시작했다. 물론 여전히 약간 주름이 잡히긴 했지만.

"어쩌면 다리미로 다려야 할지도 몰라." 웬디는 숙고하는 투로 말했다. 하지만 역시나 남자아이답게 피터는 외모에는 관심이 없었으며, 이제는 가장 요란하게 기쁨을 표시하며 이리저리 뛰었다. 아아, 그는 자신의 희열이 웬디 덕분이라는 사실을 진작 잊고 말았다. 그는 자기가 그림자를 직접 붙였다고 생각했다. "나는 어찌나 똑똑한지!" 그는 무척이나 거들먹거렸다. "아, 나의 똑똑함이란!"

피터의 이런 자만심이야말로 그의 가장 매력적인 성품 가운데 하나라고 고백해야 한다는 것은 굴욕적인 일이다. 이를 퉁명스럽고도 솔직하게 표현하자면, 그보다 더 거들먹거리는 남자아이는 이 세상에 없었다.

그러나 그 순간만큼은 웬디도 깜짝 놀랐다. "너는 자만심이 있구나!" 그녀는 소리를 지르고는, 대놓고 빈정거렸다.

"그러니 나는 당연히 한 일이 없다고 치겠지."

"너도 약간은 한 일이 있어." 피터는 무신경하게 대꾸하고는 계속해서 춤을 추었다.

"약간이라고!" 그녀는 오만하게 되뇌었다. "내가 아무런 소용도 없더라도, 최소한 물러날 수는 있지." 그러면서 그녀는 가장 위엄 있

Peter and Wendy

는 태도로 다시 침대로 뛰어 올라가더니 이불을 머리끝까지 푹 뒤집어썼다.

그녀가 자기를 바라보게 유도하려고 피터는 밖으로 나가는 척했지만, 이 시도가 실패하자 침대 끝에 앉아서 한쪽 발로 그녀를 살살 건드렸다. "웬디." 그가 말했다. "물러나지 마. 나는 우쭐거리지 않을 수가 없어, 웬디. 내가 나 자신 때문에 즐거울 때에는 말이야." 하지만 그녀는 여전히 그를 바라보지 않았다. 물론 귀로는 열심히 듣고 있었지만 말이다. "웬디." 그가 말을 이었는데, 그 목소리로 말하자면 어떤 여자도 이제껏 저항하지 못한 것이었다. "웬디, 여자아이 한 명이 남자아이 스무 명보다 더 소용이 있다고."

그런데 웬디는 한 뼘 한 뼘이 모두 여자였으며, 물론 어린아이라서 아주 여러 뼘까지는 아니었어도 여자는 여자였다. 그리하여 그녀는 담요 밖으로 슬쩍 시선을 주었다.

"정말 그렇게 생각해, 피터?"

"응, 그래."

"내 생각에 너는 완벽하게 상냥한 것 같아." 그녀가 단언했다. "그럼 나도 다시 일어날게." 그렇게 그녀는 침대가에 그와 나란히 앉았다. 심지어 그에게 괜찮다면 키스도 해 주겠다고 말했지만, 피터는 웬디가 무슨 말을 하는지 몰랐기 때문에 기대에 찬 표정으로 한 손을 내밀었다.

"키스가 뭔지 분명히 알기는 아는 거지?" 그녀가 소스라치며 물었다.

"네가 나한테 주면 나도 알게 될 거야." 그는 어색하게 대답했다. 그의 기분을 상하게 하지 않으려고 그녀는 골무를 건네주었다.

"이제는" 피터가 말했다. "내가 너한테 키스를 주는 거야?" 그러자 그녀는 약간 새침을 떨며 대답했다. "네가 원한다면 그러든가." 그녀는 자존심을 꺾으면서까지 자기 얼굴을 그가 있는 쪽으로 돌렸지만, 그는 단지 도토리 단추를 그녀의 손에 떨어뜨렸을 뿐이었다. 그리하여 그녀는 자기 얼굴을 원래 있던 곳으로 천천히 돌리고 말았으며, 그가 준 키스를 사슬에 묶어서 목에 걸고 다니겠다고 좋게 대답해 주었는데, 사실 이 물건은 나중에 그녀의 생명을 구하게 된다.

우리가 사는 곳에서는 사람들이 인사를 나눌 때에 서로의 나이를 묻는 것이 관례이므로, 항상 정확하게 행동하기 좋아하는 웬디도 피터에게 몇 살이냐고 물어보았다. 이것은 사실 그에게 하기에는 좋은 질문이 아니었다. 마치 여러분이 영국 국왕에 대한 문제를 기대하고 있는 상황에서, 엉뚱하게도 문법에 대한 문제가 적힌 시험지를 받는 것과도 비슷한 일이었다.

"나도 몰라." 그는 불편한 듯 대답했다. "하지만 나는 무척 어려." 정말로 그는 이 문제에 관해 전혀 몰랐다. 그저 추측만 할 뿐이었으며, 아무렇게나 그냥 말해 본 것이었다. "웬디, 나는 태어난 바로 그날 도망쳐 버렸거든."

웬디는 상당히 놀랐지만, 한편으로는 흥미가 생겼다. 그녀는 매력적인 응접실 예절을 선보이며, 자기 잠옷을 한 손으로 만지작거리면서 더 가까이 다가와서 앉아도 된다고 그에게 알렸다.

"왜냐하면 아버지와 어머니의 말을 내가 들었기 때문이야." 그는 낮은 목소리로 설명했다. "내가 어른이 되면 어떻게 될지를 이야기하고 있더라고." 이제 그는 크게 동요하고 있었다. "나는 한 번도 어른이 되기를 원한 적이 없었어." 그는 열정적으로 이야기했다. "나는 항상 작은 남자아이기를, 그리고 재미있게 놀기를 원했어. 그래서 켄징턴 가든스로 도망쳐서 아주아주 오랫동안 요정들과 함께 살았어."

그녀는 그에게 가장 강렬한 존경의 표정을 지어 보였다. 그는 아마도 자기가 도망쳤다는 이야기 때문에 그러는 모양이라고 생각했지만, 사실은 그가 요정과 알고 지냈다는 이야기 때문이었다. 웬디는 지금 같은 가정환경에서 살아왔으므로 요정을 알고 지낸다는 것은 상당히 즐거운 일처럼 여겨졌다. 그녀는 요정들에 관한 질문을 쏟아 냈는데, 피터로서는 이것이야말로 놀라운 일이었으니, 그에게 요정이란 오히려 성가시고 그의 앞길을 가로막는 존재였으며 때로는 그들을 때려주지 않을 수 없었기 때문이었다. 하지만 그는 전반적으로 요정을 좋아했으므로, 요정의 시작에 관해서 그녀에게 들려주었다.

"너도 알다시피, 웬디. 갓 태어난 아기가 처음으로 웃음을 터뜨릴 때, 그 웃음은 천 개의 조각으로 깨져 나가는데, 그런 조각들이 이리 저리 뛰어다니게 되면 그게 바로 요정들의 시작이야."

이와 같은 장황한 소리였지만, 집에만 틀어박혀 있던 그녀는 그 이야기를 좋아했다.

"그렇게 해서" 그는 친절하게 이야기를 이어 갔다. "모든 남자아이와 여자아이에게는 요정이 하나씩 있어야 마땅한 거야."

"있어야 마땅하다고? 그러면 실제로는 아니라는 거야?"

"그래. 너도 알다시피 요즘 아이들은 무척 많은 걸 알기 때문에 금세 요정을 믿지 않게 되거든. 그래서 한 아이가 '나는 요정을 믿지 않아' 하고 말할 때마다 어디선가 요정 하나가 땅에 떨어져 죽게 돼."

솔직히 그는 이제 요정에 관해서는 둘이서 충분히 이야기를 했다 싶었는데, 그때 문득 팅커 벨이 아주 조용하다는 생각이 머리를 스쳤다. "어디로 갔는지 알 수가 없네." 그가 이렇게 말하며 일어나더니, 팅크의 이름을 불렀다. 웬디는 갑작스러운 전율에 가슴이 쿵쾅거렸다.

"피터!" 그녀가 소리를 지르며 그를 붙들었다. "설마 이 방에 요정이 있다는 뜻으로 나한테 이야기한 건 아니겠지!"

"그녀는 바로 지금 여기 있어." 그는 약간 초조하게 대꾸했다. "너한테도 그 목소리가 전혀 들리지 않지, 안 그래?" 두 사람은 가만히 귀를 기울였다.

"내 귀에 들리는 거라고는" 웬디가 말했다. "종이 딸랑거리는 것 같은 소리뿐이야."

"아, 그럼 팅크일 거야. 그게 요정의 언어니까. 나도 그녀의 소리를 들은 것 같아."

그 소리는 서랍장에서 들려왔고 피터는 즐거운 표정을 지었다. 어느 누구도 피터만큼 무척 즐거운 표정을 지을 수는 없었으며, 그의 웃음소리는 깔깔대는 소리 중에서도 가장 사랑스러웠다. 그는 갓 태어났을 때의 첫 번째 웃음을 여전히 간직하고 있었다.

"웬디." 그는 즐거운 듯 속삭였다. "아마 내가 그녀를 서랍에 넣고 닫아 버린 모양이야!"

그는 불쌍한 팅크를 서랍에서 나오게 해 주었고, 그녀는 화가 나서 소리소리 지르며 육아실을 이리저리 날아다녔다. "그런 말은 해서는 안 돼." 피터가 대꾸했다. "물론 나도 무척 미안하기는 하지만, 네가 서랍 속에 들어 있는 줄 내가 어떻게 알았겠어?"

웬디는 그의 말을 듣지 않고 있었다. "아아, 피터!" 그녀가 외쳤다. "그녀가 가만있기만 한다면, 나도 그녀를 볼 수 있을 텐데!"

"요정이 가만히 있는 경우는 거의 없어." 그가 말했지만, 어느 순간 웬디는 낭만적인 형체가 뻐꾸기시계 위에 앉아 쉬는 모습을 보았다. "정말 사랑스러워!" 그녀가 소리를 질렀지만, 팅크의 얼굴은 여전히 화가 나서 찡그려져 있었다.

"팅크." 피터가 상냥하게 말했다. "이 숙녀께서는 네가 자기 요정이었으면 좋겠다고 말씀하시는데."

팅커 벨은 뭔가 거만한 투로 대답했다.

"뭐라고 말한 거야, 피터?"

그는 통역을 해 주어야만 했다. "그녀는 아주 공손하지는 않아. 그녀가 말하길, 너는 덩치 크고 못생긴 여자아이고, 자기는 나만의 요정이래."

그는 팅크와 언쟁을 이어 가려 했다. "너도 알다시피, 너는 나만의 요정이 될 수가 없어, 팅크. 왜냐하면 나는 신사고 너는 숙녀니까."

이 말에 팅크는 다음과 같이 대답했다. "이 멍청한 바보야!" 그러면서 요정은 화장실로 사라져 버렸다. "그녀는 그냥 아주 보통의 요정이야." 피터는 미안한 듯 설명했다. "이름은 팅커 벨[땜장이의 종]인데, 왜냐하면 그녀가 냄비와 주전자를 수리하기 때문이지."

이번에 두 사람은 안락의자에 나란히 앉았고, 웬디는 그에게 더 많은 질문을 내놓았다.

"네가 지금 켄징턴 가든스에 살지 않는다면—"

"가끔은 살기도 해."

"하지만 지금 제일 많이 사는 곳은 어딘데?"

"잃어버린 아이들이랑 같이 있어."

"그들은 또 누구야?"

"유모가 다른 데를 보고 있을 때 유모차에서 떨어진 남자아이들이야. 7일 안에 찾으러 오는 사람이 없으면, 그 아이들은 비용 절감을 위해서 네버랜드로 멀리멀리 보내지는 거야. 내가 그곳의 대장이지."

"정말 재미있겠다!"

"그래." 교활한 피터가 말했다. "하지만 우리는 오히려 외로워. 너도 알다시피, 우리한테는 여자와의 교제가 전혀 없으니까."

"여자아이는 하나도 없어?"

"응, 없어. 여자아이들이란, 그러니까, 너무 똑똑하기 때문에 자기 유모차에서 떨어지지 않거든."

이 말에 웬디는 어마어마하게 우쭐해졌다. "내 생각에" 그녀가 말했다. "네가 여자아이들에 관해서 이야기하는 방식은 완벽하게 사랑스러운 것 같아. 저기 있는 존은 우리를 경멸하는데 말이야."

이에 대한 답변으로 피터는 자리에서 일어나더니, 존을 발로 걸어

차서 이불 등등과 함께 침대 밖으로 떨어뜨렸다. 단 한 번의 발길질로. 웬디가 보기에는 이것이야말로 첫 번째 만남에서 하는 행동치고는 너무 앞서 나가는 것으로 느껴졌기에, 우리 집에서까지 네가 대장은 아니라고 그에게 똑똑히 일러 주었다. 하지만 존은 방바닥에 떨어져서도 여전히 평온하게 자고 있었으므로 그녀는 동생을 계속 거기에 내버려 두었다. "나는 네가 친절을 보이려고 그랬다는 걸 알아." 그녀는 상냥하게 말했다. "그러니 나한테 키스를 해 줘도 좋아."

바로 그 순간 그녀는 그가 키스에 무지하다는 사실을 깜박 잊어버린 것이었다. "네가 그걸 도로 달라고 할 줄 알았어." 그는 약간 씁쓸한 어조로 대꾸하면서, 그녀에게 돌려주려는 듯 골무를 내밀었다.

"아, 이런." 착한 웬디가 말했다. "내가 말하려던 건 키스가 아니야. 내가 말하려던 건 골무였어."

"그게 뭔데?"

"바로 이런 거야." 그녀는 그에게 키스를 했다.

"웃기는데!" 피터는 진지하게 말했다. "그럼 이제 나도 너한테 골무를 줘야 하는 거야?"

"네가 원한다면 그래도 돼." 웬디는 이렇게 말하며, 이번에는 자기 머리를 똑바로 했다.

피터는 그녀에게 골무를 줬는

데, 거의 그 즉시로 그녀는 날카로운 비명을 질렀다. "무슨 일이야, 웬디?"

"누군가가 내 머리카락을 잡아당기는 것 같았어."

"그렇다면 분명히 팅크일 거야. 그녀가 이렇게 못되게 군 적은 한 번도 없었는데."

실제로 팅크는 또다시 이리저리 날아다니며 무례한 말을 내뱉었다.

"그녀의 말로는, 자기가 너한테 앞으로도 그럴 거래, 웬디. 내가 너한테 골무를 줄 때마다 말이야."

"하지만 왜?"

"왜 그러는데, 팅크?"

또다시 팅크가 대답을 했다. "이 멍청한 바보야!" 피터는 왜 그러는지 이해할 수 없었지만, 웬디는 이해했다. 애초에 육아실 창문으로 다가온 것도 그녀를 보기 위해서가 아니라, 단지 이야기를 듣기 위해서였다는 사실을 그가 순순히 인정하자, 그녀는 약간 실망했다.

"너도 알다시피, 나는 이야기를 아무것도 몰라. 잃어버린 아이들 중에도 이야기를 아는 녀석은 아무도 없어."

"얼마나 완벽하게 끔찍한지." 웬디가 말했다.

"혹시 너 아니?" 피터가 물었다. "왜 제비는 집의 처마에다가 집을 짓는지? 그건 바로 이야기를 듣기 위해서야. 아아, 웬디, 너희 어머니는 너희한테 무척 사랑스러운 이야기를 해 주시더라."

"어떤 이야기를 말하는 거야?"

"유리 실내화를 신은 숙녀를 찾아내지 못했던 왕자 이야기 말이야."

"피터." 웬디는 신이 나서 말했다. "그건 신데렐라야. 왕자는 그녀를 찾아냈고, 두 사람은 이후 영원히 행복하게 살았어."

피터가 어찌나 기뻐했는지, 두 사람이 앉아 있던 방바닥에서 벌떡 일어나더니 서둘러 창문으로 달려갔다. "어디 가는 거야?" 그녀는 불안한 나머지 소리를 질렀다.

"다른 아이들에게 이야기해 주려고."

"가지 마, 피터." 그녀가 애원했다. "나는 그런 이야기들을 무척 많이 알아."

그녀의 말은 딱 이러했기 때문에, 그녀가 먼저 그를 유혹했다는 사실을 차마 부정할 수는 없을 것이다.

그는 다시 돌아왔고, 이제 그의 눈에는 탐욕스러운 빛이 떠올라 있어서, 그녀는 이에 놀라야 마땅했겠지만, 실제로는 그렇지 않았다.

"그 이야기들을 나는 아이들에게 해 줄 수 있어!" 그녀가 소리를 지르자, 피터는 그녀를 붙들더니 창가로 끌고 가기 시작했다.

"이거 놔!" 그녀가 그에게 명령했다.

"웬디, 나랑 같이 가서 다른 아이들에게도 이야기해 줘."

물론 이런 부탁을 받은 것이 무척 기뻤지만, 그녀는 이렇게 대답했다. "아니, 이런, 그럴 수는 없어! 엄마를 생각하면! 게다가 나는 날아다닐 수도 없잖아."

"내가 가르쳐 줄게."

"아아, 날아다닌다는 건 얼마나 멋질까."

"바람의 등 위로 뛰어오르는 방법을 내가 가르쳐 줄게. 그러면 우리는 멀리 갈 수 있어."

"아아!" 그녀는 황홀한 듯 소리를 질렀다.

"웬디, 웬디, 네가 저 어리석은 침대에서 잠들어 있을 시간에, 넌 나와 함께 날아다니면서 별들에게 웃기는 이야기를 들려줄 수도 있어."

"아아!"

"그리고 웬디, 거기에는 인어도 있어."

"인어라고! 꼬리도 있어?"

"아주 긴 꼬리가 있지."

피터는 무서울 정도로 교활해져 있었다. "웬디." 그가 말했다. "우리 모두가 널 얼마나 존경하게 될까."

그녀는 고민하면서 몸을 이리저리 뒤틀었다. 마치 육아실 바닥에 남아 있으려고 애를 쓰는 것처럼 보였다.

하지만 그는 가차 없이 그녀를 대했다.

"웬디." 그가 교활한 한마디를 던졌다. "밤에는 네가 우리를 재워 줄 수도 있어."

"아아!"

"우리 중에 누구도 밤에 누가 재워 준 적은 없었거든."

"아아!" 그녀가 그에게로 양팔을 뻗었다.

"너는 우리 옷을 꿰맬 수도 있고, 우리 옷에 주머니를 달아 줄 수도 있어. 우리 중에 누구도 옷에 주머니가 있진 않거든."

그녀가 어떻게 저항할 수 있었겠는가. "물론 그건 엄청나게 매력적이지!" 그녀가 소리를 질렀다. "피터, 그러면 존과 마이클한테도 날아다니는 방법을 가르쳐 줄 수 있어?"

"네가 원한다면 그렇게 할게." 그는 무관심하게 말했다. 그러자 그녀는 존과 마이클에게 달려가서 흔들어 깨웠다. "일어나!" 그녀가 소리를 질렀다. "피터 팬이 왔어. 우리한테 날아다니는 방법을 가르쳐 준대."

존은 두 눈을 비볐다. "그러면 나도 일어나야겠네." 물론 그는 이미 방바닥에 내려와 있었다. "이야, 난 벌써 일어나 있잖아!"

그때쯤 마이클도 일어났는데, 그 표정은 마치 여섯 개의 날이 달린 칼과 톱처럼 날카롭기만 했다. 하지만 갑자기 피터가 조용히 하라고 손짓하자, 이들의 얼굴에는 어른의 세계에서 들려오는 소리에 귀를 기울이는 아이들 특유의 엄청난 교활함이 떠올랐다. 사방은 소금처럼 고요했다. 그렇다면 만사가 형통인 셈이었다. 아니, 잠깐! 만사가 잘못된 셈이었다. 저녁 내내 괴로운 듯 짖어 대던 나나까지도 지금은 조용했다. 개의 침묵을 모두가 들었던 것이다.

"밖에 불빛이 있어! 숨어! 얼른!" 존이 소리를 질렀다. 모험 전체를 통틀어서 그가 지휘를 맡은 것은 이때가 처음이었다. 그리하여 라이자가 나나를 붙들고 안으로 들어왔을 때, 육아실 안은 좀 전과 마찬가지로 조용했으며 아주 어두웠다. 아마 여러분조차도 세 명의 사악한 아이들이 잠자는 숨소리가 천사의 숨소리같이 들렸다고 맹세할 수 있었으리라. 그들은 창문 커튼 뒤에 숨어서 솜씨 좋게 그런 소리를 내고 있었다.

한편, 부엌에서 크리스마스 푸딩 재료를 섞다가 그걸 고스란히 내버려 두고, 뺨에는 건포도가 하나 붙은 채로 이곳으로 달려와야 했던 라이자는 성미가 단단히 뻗친 상태였다. 이게 다 나나의 터무니없는 의심 때문이었다. 그녀가 생각하기에, 약간의 고요를 얻는 최선의 방법은 잠깐 동안이나마 나나를 육아실에 데려왔다가 곧바로 다시 구금하는 것뿐이었다.

"보렴, 이 의심 많은 짐승아." 그녀는 이렇게 말했고, 나나가 굴욕을 당하는 것에 대해서는 전혀 안타까워하지도 않았다. "아이들은 완벽하게 안전하잖아, 안 그래? 이 작은 천사들은 하나같이 침대에서 고이 잠들어 있어. 저 곤한 숨소리 좀 들어 보라니까."

바로 이 대목에서, 성공에 도취한 나머지 마이클이 너무 크게 숨을 쉬는 바람에 이들은 하마터면 들킬 뻔했다. 나나는 그와 같은 종류의 숨소리를 잘 알았기 때문에 라이자의 손아귀에서 벗어나려고 애를 썼다.

하지만 라이자는 어리석었다. "더 이상은 안 돼, 나나." 그녀는 엄하게 말하면서 개를 끌고 방에서 나갔다. "분명히 경고하는데, 또다시 짖었다가는 내가 곧바로 주인님과 주인마님한테 달려가서, 파티를 그만두고 집에 오시라고 할 거야. 그러면 아무렴, 주인님께서 너한테 채찍질을 하시지 않을까."

그녀는 불만에 찬 개를 다시 묶어 두었지만, 여러분이 생각하기에 과연 나나가 짖기를 그만두었겠는가? 주인님과 주인마님을 파티에서 집으로 불러올 수 있다니! 왜, 그거야말로 개가 원하는 바가 아닌가, 자기가 맡은 아이들이 안전할 수만 있다면. 여러분이 생각하기에는 과연 나나가 채찍질을 꺼렸을 것 같은가? 불운하게도 라이자는 푸딩 만드는 일로 돌아갔고, 나나는 그녀로부터 아무런 도움을 얻을 수 없으리라는 것을 알자, 쇠사슬을 잡아당기고 잡아당겨서 마침내 끊어버리고 말았다. 잠시 후에 개는 27번지의 식당에 들어가서 앞발을 하늘로 쳐들었는데, 이것이야말로 이 개가 할 수 있는, 가장 눈에 띄는 의사소통 방법이었다. 달링 씨와 부인은 자기네 집 육아실에서 뭔가 끔찍한 일이 벌어지고 있음을 곧바로 알아챘고, 집주인에게 인사조차 남기지 않고 거리로 달려 나갔다.

그러나 세 명의 악당들이 커튼 뒤에서 숨소리를 낸 지 이미 10분이 지나 있었다. 그리고 피터 팬은 10분 동안에도 무척 많은 일을 할 수 있었다.

이제 우리는 육아실로 다시 돌아가 보자.

"이젠 됐어." 존이 이렇게 말하면서 숨어 있었던 곳에서 나왔다. "그런데 피터, 너 진짜로 날 수 있어?"

굳이 대답하느라 고생할 필요도 없이 피터는 방을 한 바퀴 날아서 돌았는데, 중간에 벽난로 선반을 만지기도 했다.

"정말 대단한데!" 존과 마이클이 말했다.

"정말 멋져!" 웬디가 소리를 질렀다.

"그래, 나는 멋져, 와, 나는 멋져!" 피터가 말했다. 다시 한 번 예의 범절을 잊어버린 것이었다.

날아다니는 일은 무척이나 쉬워 보여서 그들은 우선 바닥에서 시도했고, 다음에는 침대에서 시도했다. 하지만 계속 위로 떠오르지 못하고 아래로 떨어지기만 했다.

"그런데 말이야, 넌 어떻게 한 거야?" 존이 무릎을 문지르며 물었다. 그는 상당히 현실적인 남자아이였다.

"그냥 사랑스럽고 멋진 생각만 하면 돼." 피터가 설명했다. "그러면 그 생각들이 너를 공중으로 들어 올릴 거야."

그는 다시 한 번 시범을 보였다.

"너는 무척 빠르게 하는구나." 존이 말했다. "아주 천천히 한 번만 해 줄 수 있어?"

피터는 천천히, 그리고 빠르게, 양쪽 모두를 해 주었다. "이제는 나도 알았어, 웬디!" 존이 소리를 질렀지만, 그는 자기가 아직 알지 못한다는 사실을 금세 발견하고 말았다. 한 뼘이라도 날 수 있는 사람은 셋 중에 아무도 없었다. 심지어 마이클마저 두 음절로 된 단어를 알고 있었지만, A와 Z가 어떻게 다른지조차 모르는 피터처럼 날지는 못했다.

물론 피터는 이들을 데리고 장난치고 있었으니, 요정 가루를 뒤집어쓰지 않은 사람은 어느 누구도 날 수가 없기 때문이었다. 다행히도 아까 이야기했듯이, 그의 한 손은 요정 가루로 범벅이 되어 있었다. 그는 일부를 그들 각자에게 훅 불어서 뒤집어씌웠고, 덕분에 매우 훌륭한 결과가 나타났다.

"이제는 이런 식으로 어깨를 움직여 봐." 그가 말했다. "그리고 힘을 빼."

그들은 모두 침대 위에 올라갔고, 씩씩한 마이클이 맨 먼저 힘을 뺐다. 정말로 힘을 뺄 생각까지는 아니었지만 그렇게 했고, 그러자 곧바로 그는 방을 가로질러 움직여 갔다.

"내가 날았어!" 그는 여전히 공중에 떠 있는 상태에서 소리를 질렀다.

존도 힘을 뺐고, 화장실 근처에서 웬디와 마주쳤다.

"우와, 멋있어!"

"우와, 끝내줘!"

"나 좀 봐 봐!"

"나 좀 봐 봐!"

"나 좀 봐 봐!"

비록 피터만큼 아주 우아하지는 못했고 약간 발을 구르지 않을 수 없었지만, 그들의 머리가 천장에 쿵 하고 부딪치자, 세상에 그보다 더 즐거운 일은 또 없을 것 같았다. 피터는 웬디에게 먼저 손을 내밀었지만 곧 그만두어야 했으니, 팅크가 워낙 화를 냈기 때문이었다.

그들은 위아래로, 그리고 빙글빙글 날았다. 웬디는 감탄해 마지않았다.

"그런데 말이야," 존이 소리쳤다. "우리 모두 바깥에 나가지 못할 건 없잖아?"

물론 피터가 이들을 꼬였던 것이 바로 그 일을 하기 위해서였다.

마이클은 준비가 되었다. 그는 10억 킬로미터를 날아가는 데에 얼

John was last
because he had
stopped to put
on his Sunday hat.

마나 시간이 걸리는지 알
고 싶어 했다. 하지만 웬디
는 머뭇거렸다.

"인어들!" 피터가 다시
말했다.

"우와!"

"그리고 거기에는 해적
들도 있어."

"해적들이래!" 존이 외
치며, 일요일에만 쓰는
실크해트를 집어 들
었다. "우리 당장
가 보자!"

바로 이 순간에
달링 씨와 부인은
나나와 함께 27번

지를 서둘러 빠져나왔다. 이들은 거리 한가운
데로 달려오며 육아실 창문을 올려다보았다. 그런데 정말로, 창문은
여전히 닫혀 있었지만 방 안에는 불빛이 환했고, 다른 무엇보다도 가
슴이 철렁한 광경은, 커튼에 비친 그림자로 보건대 세 개의 작은 형체
가 잠옷 차림으로 빙글빙글 원을 그리고 있었으며, 그것도 방바닥이
아니라 공중에서 그리고 있다는 것이었다.

Peter and Wendy

아니, 세 개의 형체가 아니라, 네 개였다!

그들은 몸을 떨면서 바깥쪽 대문을 열었다. 달링 씨는 당장 위층으로 달려 올라가고 싶어 했지만, 달링 부인은 그에게 조용히 가라고 손짓했다. 그녀는 심지어 자기 가슴도 조용히 뛰도록 만들려고 노력했다.

그들은 과연 제때 육아실에 도착했을까? 만약 그랬다면, 그들에게는 얼마나 다행이었으며 우리 역시 안도의 한숨을 내쉴 수 있었겠지만, 그랬더라면 이 이야기는 없었을 것이다. 다른 한편으로, 만약 그들이 제때 도착하지 못했다 하더라도, 나는 모든 일이 결국에 가서는 올바르게 될 것이라고 엄숙하게 약속하는 바이다.

작은 별들이 그들을 지켜보고 있지만 않았더라도, 그들은 제때 육아실에 도착했을 것이다. 하지만 별들은 다시 한 번 바람을 불어서 창문을 열었고, 그중에서도 가장 작은 별이 이렇게 소리를 질렀다.

"조심해, 피터!"

곧이어 피터는 허비할 시간이 없다는 사실을 알아차렸다. "가자!" 그는 다급하게 소리를 지르더니 단번에 밤하늘로 솟아올랐고, 존과 마이클과 웬디가 그 뒤를 이었다.

달링 씨와 부인과 나나가 육아실로 뛰어들어 왔을 때에는 이미 늦은 다음이었다. 새들은 날아가 버렸던 것이다.

THE BIRDS WERE FLOWN

제4장

날아가기

The Flight

"오른쪽으로 두 번째, 그리고 아침이 될 때까지 곧장 가면 돼."

그것이 바로 네버랜드로 가는 길이라고 피터는 웬디에게 일러 주었다. 하지만 지도를 갖고 다니며 바람 부는 모퉁이에서 들여다보는 새들이라 하더라도 이런 설명만 가지고는 그곳을 눈으로 보지 못했을 것이다. 여러분도 알다시피, 피터는 뭐든지 머리에 떠오르는 대로 말할 뿐이니까.

처음에 동행자들은 그를 무조건 신뢰했으며, 날아가기의 기쁨이 워낙 대단했기 때문에 교회 첨탑을 비롯해서 날아가는 동안에 자기네 마음에 드는 높은 물체가 있으면 그 주위를 빙글빙글 도느라 시간을 허비했다.

존과 마이클은 경주를 했고, 마이클이 앞서 나갔다.

그러면서, 아주 오래전의 일까지는 아닌데, 고작 방 안을 빙글빙글 날아다닐 수 있다는 이유로 스스로를 멋진 친구들이라고 생각한 적이 있다며 창피해했다.

오래전의 일은 아니었다. 하지만 과연 얼마나 오래된 것일까? 이 생각으로 웬디가 심각하게 불안해하기도 전에, 이들은 바다를 날아서 건너고 있었다. 존은 이 바다가 자신들이 건너는 두 번째 바다이며, 이날은 자신들이 날아가는 세 번째 밤이라고 생각했다.

때로는 어둡고 때로는 빛이 있었으며, 지금은 너무 추웠다가 다시 너무 더워지기도 했다. 그들은 정말 때때로 배가 고팠던 것일까, 아니면 그저 배고픈 척 시늉만 했던 것일까? 왜냐하면 피터는 그들에게 먹을 것을 마련해 주는 유쾌하고도 새로운 방법을 가지고 있었기 때문이다. 그의 방법은 인간이 먹을 수 있는 먹이를 부리에 물고 날아가는 새를 쫓아가서, 그 먹이를 낚아채는 것이었다. 그러면 새들도 쫓아와서 그걸 도로 낚아채 갔다. 그러다 보면 그들은 몇 킬로미터씩이나 즐겁게 서로를 쫓아다니곤 했으며, 나중에 가서는 서로 호의를 표시하면서 헤어지곤 했다. 하지만 웬디는 그 모습을 지켜보면서 약간 걱정이 되었다. 그것은 일용할 양식을 얻는 방식으로는 오히려 기묘한 편이며, 이 세상에는 그것 말고 다른 방법도 있다는 사실을 피터가 전혀 알지 못하는 듯했기 때문이었다.

물론 그들은 정말로 졸렸으므로 그저 졸린 시늉만 하지는 않았다. 이건 위험한 일이었는데, 왜냐하면 잠들어 버리는 순간, 그들은 아래로 떨어지기 때문이었다. 더 끔찍한 사실은 피터가 이를 재미있게 생각했다는 점이다.

"LET HIM KEEP WHO CAN

"저기 또 시작이네!" 그는 즐거운 듯 소리를 질렀다. 마이클이 갑자기 돌멩이처럼 뚝 떨어졌기 때문이었다.

"구해 줘, 구해 주라고!" 웬디는 공포에 떨면서 소리소리 지르며 저 아래 있는 잔인한 바다를 바라보았다. 결국 피터가 공중을 가로질러 아래로 몸을 날렸고, 바다에 빠지기 직전에야 마이클을 붙잡았는데, 그가 그렇게 하는 모습은 정말이지 멋있었다. 하지만 그는 항상 마지막 순간까지 기다리곤 했으므로, 사람 목숨을 구하는 일보다는 단지 자기 똑똑함에 관심이 있을 뿐이라고 여러분도 느꼈을 것이다. 아울러 그는 다양성을 좋아해서, 한 순간에는 마음을 빼앗았던 놀이가 갑자기 흥미를 끌지 못하기도 했으므로, 다음번에 여러분이 떨어질 때에는 그가 가만 내버려 둘 가능성이 항상 있었다.

그는 공중에서 자면서도 떨어지지 않을 수 있었으며, 단지 등을 아래로 하고 누워서 둥둥 떠가기만 하면 그만이었는데, 어쨌든 어느 정도는 그가 워낙 가볍다 보니 만약 여러분이 뒤에서 그에게 입김을 불어 주면 더 빨리 날아갈 수 있을 정도였기 때문이었다.

"그에게 더 공손하게 대해 줘." 웬디가 존에게 속삭였다. 두 사람이 '나 따라 해 봐' 놀이를 할 때의 일이었다.

"그럼 그에게 잘난 척 좀 그만하라고 하든가." 존이 말했다.

'나 따라 해 봐' 놀이를 할 때에 피터는 수면 가까이 날면서 물 위를 지나는 동안 상어의 꼬리를 하나하나 만졌는데, 그 모습은 여러분이 철책을 지나가는 동안 손가락으로 그 살을 하나하나 만지는 것과 똑같았다. 그들은 그를 따라 했지만 그리 성공을 거두지는 못해서,

어쩌면 상대방이 잘난 척하는 듯 보였을 것이며, 특히 그들이 놓친 꼬리가 몇 개나 되는지를 확인하기 위해 피터가 계속 뒤를 돌아볼 때에는 더더욱 그랬을 것이다.

"너희는 그에게 착하게 굴어야만 해." 웬디는 남동생들에게 신신당부했다. "만약 그가 우리만 놔두고 가 버리면 어떻게 되겠어!"

"우리가 알아서 돌아갈 수 있어." 마이클이 말했다.

"그가 없는데 돌아갈 길을 어떻게 찾으려고?"

"음, 그러면, 계속 가면 되지." 존이 말했다.

"그건 끔찍한 일이야, 존. 당연히 우리는 계속 가야만 할 거야. 어떻게 멈추는지를 모르니까 말이야."

그건 사실이었다. 피터는 멈추는 방법을 그들에게 시범으로 알려 주는 일을 잊어버리고 있었다.

존의 말에 따르면, 만약 최악의 상황에 처한다 하더라도 그들이 할 수 있는 일이라고는 계속 나아가는 것뿐인데, 왜냐하면 세계는 둥글어서 시간이 지나면 자기네 집의 창문으로 반드시 되돌아갈 것이기 때문이었다.

"그러면 우리 먹을 건 누가 가져다주는데, 존?"

"나는 저 독수리의 부리에서 조금씩 낚아채기를 상당히 잘하고 있다고, 웬디."

"무려 스무 번이나 시도해서 말이지." 웬디가 그에게 상기시켰다. "그리고 설령 우리가 먹을 것 구하기는 잘하게 된다 하더라도, 혹시 구름이나 다른 것과 부딪쳤을 때 그가 곁에 없어서 우리를 도와주지 않으면 어떻게 될지 봐."

실제로 이들은 계속해서 뭔가에 부딪치고 있었다. 비록 여전히 발을 너무 많이 굴러야 하긴 했지만, 이제 힘차게 날아갈 수는 있었다. 하지만 저 앞에 구름이라도 보일 경우, 이들이 구름을 피하려 하면 할수록 틀림없이 거기에 부딪치곤 했다. 만약 나나가 이들과 함께 있었다면, 그 개는 지금쯤 마이클의 이마에 붕대를 둘둘 감아 주었을 것이었다.

바로 그 순간에 피터는 함께 있지 않았고, 그 높은 곳에는 오로지 이들만 있어서 어쩐지 외로운 느낌이었다. 그는 이들보다 훨씬 더 빨랐으므로 순식간에 시야에서 사라지곤 했는데, 이들과는 절대 공유할 수 없는 어떤 모험을 하기 위해서였다. 그는 어느 별에게 자기가 해준 무척이나 우스운 이야기 때문에 깔깔거리며 아래로 내려왔지만, 정작 그게 무엇이었는지는 이미 잊어버린 다음이었으며, 또는 인어의 비늘이 몸에 달라붙은 채 위로 올라왔지만, 정작 밑에서 무슨 일이 일어났는지는 확실히 말할 수가 없었다. 인어를 한 번도 본 적이 없던 아이들에게는 이것이야말로 오히려 좀 짜증스러운 일이었다.

"게다가 그런 일들을 저렇게 빨리 잊어버린다면" 웬디가 주장했다. "그가 계속 우리를 기억해 주리라고 기대할 수도 없는 것 아니겠어?"

정말로 가끔은 그가 어딘가에 다녀와서는 그들을 미처 기억하지 못하기도 했고, 설령 기억하더라도 아주 잘 기억하지는 못했다. 웬디는 그렇다고 확신했다. 하마터면 그가 이들에게 가벼운 인사만 건네고 무심코 지나갈 뻔했던 찰나, 그의 눈에 간신히 알아본 기색이 떠오르는 것도 그녀는 보았다. 한번은 그녀가 자기 이름을 그에게 다시 말해 주어야 하는 일도 있었다.

"나 웬디야." 그녀는 초조해하면서 말했다.

그는 매우 미안해했다. "저기, 웬디." 그가 그녀에게 속삭였다. "언제라도 내가 널 잊어버린다면, 그때마다 말해 줘. '나 웬디야' 하고. 그러면 나도 기억이 날 거야."

물론 이 정도로는 여전히 불만족스러웠다. 하지만 상황을 개선시키기 위해 그는 그들이 가는 방향으로 부는 강한 바람 위에 편하게 눕는 시범을 보여 주었고, 이는 무척이나 즐거운 변화였기 때문에 이들은 이 방법을 여러 번 시도한 끝에 이제 자기들이 안전하게 잠을 잘 수 있음을 알게 되었다. 실제로 그들은 더 오래 잘 수도 있었겠지만, 피터는 잠자는 것에도 금세 싫증을 내고는 이내 특유의 대장 목소리로 크게 소리를 질렀다. "우리는 여기서 내려야 돼!" 그리하여 이들은 때때로 말다툼을 벌이기는 했지만, 전반적으로는 신이 나서 떠들면서 네버랜드 근처로 다가갔다. 여러 번 달이 뜬 뒤에야 이들은 마침내 이곳에 도착했으며, 그뿐만 아니라 줄곧 가장 빠른 길로 가고 있었는데 이것은 피터나 팅크의 안내 덕분이라기보다는 오히려 그 섬이 그들을 찾아 나섰기 때문이었다. 누군가 그곳에 있는 마법의 바닷가를 목격하는 것은 오로지 그런 경우뿐이었다.

"저기 있어." 피터가 차분하게 말했다.

"어디, 어디?"

"화살들이 모두 가리키는 곳에."

Their first
view of the
Island »

실제로 백만 개나 되는 황금 화살이 아이들에게 그 섬을 가리켜 보이고 있었다. 그 모든 화살은 이들의 친구인 태양이 겨냥한 것으로, 그는 밤이 되어 떠나기 전에 이들이 갈 길을 확실히 알려 주고 싶었던 것이다.

웬디와 존과 마이클은 공중에서 까치발로 일어나 그 섬을 처음으로 바라보았다. 이상한 이야기지만, 이들은 그곳을 첫눈에 알아보았으며 두려움이 엄습하기 전까지 환호성을 질렀는데, 이들의 기분은 오랫동안 꿈꾸어 왔던 뭔가를 마침내 보았을 때라기보다는 오히려 명절을 맞아 고향에 돌아와서 친한 친구를 만났을 때와 같았다.

"존, 저기 석호가 있어."

"웬디, 거북이들이 모래밭에 알 낳는 것 좀 봐."

"있잖아, 존, 다리가 부러진 너의 홍학을 나는 봤어."

"저것 봐, 마이클, 저기 너의 동굴이 있어!"

"존, 저기 관목 숲에 있는 저건 뭐지?"

"그건 늑대와 그 새끼들이야, 웬디. 내 생각에는 저기에 누나의 작은 새끼 늑대도 있을 것 같아."

"저기 있는 건 내 보트야, 존. 양쪽 옆구리에 구멍이 났으니까!"

"아니, 그렇지 않아. 왜, 우리는 네 보트를 불태워 버렸잖아."

"그건 누나의 보트였어, 여하간. 있잖아, 존, 내 눈에는 인디언 마을의 연기도 보여!"

"어디? 나도 봐 봐. 연기가 둘둘 말리는 모습을 보고, 그들이 전쟁에 나서는지 어떤지를 내가 맞힐 수 있으니까."

"저쪽이야. 미스티리어스 리버〔신비스러운 강〕 바로 건너편에."

이들이 이처럼 많은 것을 알고 있다는 사실 때문에 피터는 약간 짜증이 났다. 하지만 만약 이들 위에 군림하고 싶어 한다면, 그의 승리는 손쉬울 것이었다. 왜냐하면 곧이어 그들에게 두려움이 엄습하게 된다고 내가 여러분에게 이야기하지 않았던가?

그 일은 황금 화살이 날아가자마자, 섬이 어스름에 잠기면서 닥쳐 왔다.

예전에 집에 있을 때에도, 잠잘 시간이 되면 네버랜드는 항상 어딘가 어둡고 위협적으로 보이기 시작했다. 곧이어 그 안에서도 미처 탐험되지 못한 구역들이 떠올라 펼쳐졌으며, 검은 그림자가 이리저리 움직였다. 육식동물들의 으르렁대는 소리도 그즈음에는 상당히 달라졌으며, 다른 무엇보다도 여러분은 자기가 이길 것이라는 확신을 잃어버리고 만다. 여러분은 야간등이 들어와 있다는 사실에 매우 기뻐한다. 심지어 여기 있는 것은 벽난로 선반에 불과하다는, 그리고 네버랜드는 모두 꾸며 낸 것이라는 나나의 말조차도 여러분은 좋아하게 되는 것이다.

물론 네버랜드는 그 당시에만 해도 꾸며 낸 것에 불과했다. 그러나 지금은 현실이었으며, 야간등도 없었기 때문에 시간이 지날수록 점점 더 어두워졌지만, 도대체 나나는 어디 있단 말인가?

이들은 한때 서로 떨어져서 날아갔지만, 이제는 피터 곁에 바짝 붙어 있었다. 그의 무신경한 태도도 이제는 사라져 버렸고, 그의 눈은 반짝였으며, 서로의 몸에 닿을 때마다 이들의 몸에는 짜릿한 흥분이 훑고 지나갔다. 이제 그들은 두려운 섬 위에 있었고, 워낙 낮게 날아간 터라 가끔은 나무 꼭대기가 발에 스쳤다. 공중에는 무서운 것이 전혀 보이지 않았지만 이들의 진행은 점차 느리고도 힘들어졌으니, 마치 적대적인 힘들에 맞서서 나아가는 것과도 똑같았다. 때때로 이들은 공중에 가만히 매달려 있다가, 피터가 공중을 양쪽 주먹으로 때린 다음에야 움직이곤 했다.

"그들은 우리가 내리는 것을 원하지 않아." 그의 설명이었다.

"그들이 누군데?" 웬디는 몸을 떨며 속삭였다.

하지만 그는 말할 수가 없었거나 또는 말하지 않을 작정이었다. 팅커 벨은 그의 어깨 위에서 잠들어 있었는데, 이제 그는 그녀를 깨워서 자기 앞에서 날아가게 했다.

때때로 그는 공중에서 뭔가 자세를 잡았고, 한 손을 귓바퀴에 갖다 대고 유심히 귀를 기울였으며, 또다시 무척이나 빛나는 눈으로 아래를 응시하는 것이 땅에다 두 개의 구멍이라도 뚫을 태세였다. 이런 일을 한 다음, 그는 다시 앞으로 나아갔다.

그의 용기는 섬뜩하기까지 한 지경이었다. "너희는 지금 당장 모험을 하고 싶니?" 그가 태연한 어조로 존에게 물었다. "아니면 차를 먼저 마시고 싶니?"

웬디는 "차를 먼저" 마시겠다고 재빨리 말했고, 마이클은 고맙다는 표시로 그녀의 한 손을 꾹 눌렀지만, 용감한 존은 머뭇거리기만 했다.

"어떤 모험인데?" 그는 조심스럽게 물어보았다.

"바로 우리 아래의 초원에는 해적이 한 명 잠들어 있어." 피터가 그에게 말했다. "너만 좋다면, 우리는 아래로 내려가서 그를 죽일 거야."

"나한텐 해적이 안 보이는데." 한참 침묵한 후에야 존이 말했다.

"난 보여."

"만약에" 존은 약간 목쉰 소리로 말을 이었다. "그가 깨어난다면 어쩌지?"

피터가 화난 듯 말했다. "설마 내가 그를 잠든 사이에 죽일 거라고 생각한 건 아니겠지! 나는 우선 그를 깨우고 나서 죽이려고 했던 거야. 내가 항상 하는 방식이 그러니까."

"잠깐! 너는 많이 죽였어?"

"몇 톤쯤 되지."

존은 "정말 대단한데" 하고 말하기는 했지만, 일단 차를 먼저 마시기로 결심했다. 그는 지금 당장 이 섬에 있는 해적이 여러 명이냐고 물었고, 피터는 자기가 아는 한 아주 많지는 않다고 대답했다.

"지금 선장은 누구지?"

"후크." 피터가 대답했다. 이 증오스러운 단어를 말하는 순간, 그의 얼굴은 매우 굳어졌다.

"재스 후크?"

"그래."

그러자 실제로 마이클은 울기 시작했고, 심지어 존조차도 대답 없이 침을 꿀꺽 삼키는 소리만 낼 수 있을 뿐이었다. 왜냐하면 이들은 후크의 평판을 알고 있었기 때문이다.

"그는 블랙비어드〔검은 수염〕[8]의 갑판장이었지." 존이 목쉰 소리로 속삭였다. "그중에서도 최악이었어. 바비큐[9]가 유일하게 두려워한 사람도 바로 그였으니까."

"바로 그였지." 피터가 말했다.

"그는 어떤 사람이야? 키가 커?"

"예전에 그랬던 것만큼 크지는 않아."

"그건 무슨 말이야?"

"내가 그를 한 부분 잘라 버렸거든."

"네가!"

"그래, 내가." 피터가 날카롭게 대답했다.

"무례하게 굴려고 한 말은 아니야."

"아아, 괜찮아."

"하지만, 있지, 어떤 부분을?"

"그의 오른손이었어."

"그럼 이제 그는 못 싸우는 거야?"

"설마!"

"왼손잡이야?"

"오른손 대신에 쇠갈고리를 달았어. 그래서 그걸 가지고 할퀴지."

"할퀸다고!"

"있지, 존." 피터가 말했다.

"응."

"'예, 알겠습니다, 대장님'이라고 해."

"예, 알겠습니다, 대장님."

"그리고 한 가지," 피터가 말을 이었다. "내 밑에서 일하는 아이라면 반드시 약속해 줘야 하는 게 있는데, 그러니까 너도 반드시 약속해야 해."

존의 표정이 창백해졌다.

"바로 이런 거야. 만약 우리가 전면전에서 후크를 만날 경우, 너는 반드시 그를 내 몫으로 남겨 두어야 해."

"약속할게." 존은 충성스럽게 대답했다.

그 순간 이들은 아까보다는 섬뜩한 기분을 덜 느꼈는데, 왜냐하면 팅크가 이들과 함께 날아가고 있었으며 요정의 불빛 덕분에 서로를 분간할 수 있었기 때문이었다. 불운하게도 요정은 이들처럼 아주 느리게 날 수는 없었던 터라 계속 원을 그리며 빙글빙글 주위를 돌아야만 했고, 결국 이들은 일종의 후광 속에서 움직이는 형국이 되었다. 웬디는 이런 상황을 상당히 좋아했지만, 바로 그때 피터가 이 일의 한 가지 단점을 지적해 주었다.

"그녀가 내게 말하기론" 그가 말했다. "어둠이 닥치기 전에 해적들이 우리를 보고는, '롱 톰'을 꺼냈다는 거야."

"대포 말이야?"

"그래. 그들은 당연히 그녀의 불빛을 보았을 테고, 우리가 그 불빛 근처에 있다고 추측했다면 틀림없이 포탄을 날리겠지."

"웬디!"

"존!"

"마이클!"

"그럼 그녀에게 얼른 가 버리라고 말해, 피터!" 세 명이 동시에 소리를 질렀지만, 그는 단박에 거절했다.

"팅크가 생각하기에, 우리는 길을 잃어버린 것 같대." 그는 딱딱한 어조로 말을 이었다. "게다가 그녀가 되레 겁을 먹었어. 겁까지 먹은 상황에서 내가 그녀를 혼자 보내 버릴 거라고 생각하는 건 아니겠지!"

순간적으로 빛의 원이 흩어지더니, 뭔가가 피터를 사랑스럽게 살짝 꼬집었다.

"그러면 그녀에게 말해 줘." 웬디가 애원했다. "그 불빛을 좀 끄라고 말이야."

"그녀는 끌 수가 없어. 그거야말로 요정이 할 수 없는 유일하다시피 한 일이니까 말이야. 그녀가 잠들면 저절로 빛이 꺼져 버리기는 해. 별들과 마찬가지로."

"그러면 그녀에게 얼른 자라고 해." 존은 명령조로 말했다.

"그녀는 졸릴 때가 아니면 잠잘 수가 없어. 그것 역시 요정이 할 수 없는 또 한 가지 일이니까 말이야."

"내가 보기에는 말이야," 존이 투덜거렸다. "이 두 가지야말로 지금 상황에서는 유일하게 할 만한 가치가 있는 일인 것 같은데."

이 대목에서 뭔가가 그를 꼬집었는데, 사랑스럽게 꼬집은 것까지는 아니었다.

"만약 우리 중에 호주머니를 가진 사람이 하나라도 있다면" 피터가 말했다. "그녀를 그 안에 넣어서 데려갈 수 있어." 하지만 워낙 서둘러서 출발했기 때문에, 네 명 모두 호주머니라고는 하나도 갖고 있지 않았다.

피터는 멋진 방법을 떠올렸다. 존의 실크해트였다!

누군가 실크해트를 들어 주기만 한다면, 그 안에 들어간 채로 여행을 하겠다고 팅크도 동의했다. 존이 실크해트를 들었는데, 사실 요정은 피터가 실크해트를 들고 갔으면 좋겠다고 내심 바라고 있었다. 그리고 날아가는 동안 실크해트가 무릎에 자꾸 부딪친다고 존이 불평해서 이제 웬디가 실크해트를 들게 되었다. 우리가 앞으로 살펴보게 되듯이 이 결정은 어떤 불운을 낳았는데, 왜냐하면 팅커 벨은 웬디에게 신세 지는 것을 싫어했기 때문이었다.

검정색 실크해트 안에서는 팅크의 불빛이 완전히 가려졌고, 이들은 침묵 속에서 날아갔다. 이것이야말로 이들이 지금까지 알았던 가장 적막한 침묵이었으며, 한번은 멀리서 물 찰싹이는 소리가 나면서 침묵이 깨졌는데, 피터의 설명에 따르면 야생동물이 여울에서 물을 마시는 소리라고 했고,

Tink agreed
to travel
by Hat

Peter and Wendy

또 한번은 나뭇가지가 스치면서 나는 것처럼 서로 쓸리는 소리였는데, 그의 말로는 인디언들이 자기네 칼을 예리하게 다듬는 소리라고 했다.

이런 소음조차도 결국에는 멈추었다. 마이클에게는 이 외로움이 끔찍스러웠다. "뭔가가 소리를 내기만 한다면 얼마나 좋을까!" 그가 외쳤다.

이 요청에 답변이라도 하듯이, 그가 이제껏 들어 본 소리 중에서도 가장 어마어마한 폭발 소리에 공기가 쩌렁쩌렁 울렸다. 해적들이 '롱 톰'을 그들에게 발사한 것이었다.

굉음은 산을 관통하면서까지 메아리쳤고, 그 메아리는 마치 이렇게 난폭하게 외치는 것만 같았다. "그놈들 어디 있나, 그놈들 어디 있나, 그놈들 어디 있나?"

겁에 질린 세 사람은 꾸며 낸 것으로서의 섬과 현실로 나타난 섬의 차이를 비로소 확실하게 배운 셈이었다.

마침내 하늘이 다시 안정되자, 존과 마이클은 어둠 속에 자기들만 남아 있음을 발견했다. 존은 기계적으로 공기를 밟고 있었고, 마이클은 어떻게 떠 있는지도 모르면서 떠 있었다.

"너 혹시 맞았어?" 존이 몸을 떨면서 속삭였다.

"아직까지는 아닌 것 같아." 마이클이 도로 속삭였다.

이제 우리는 둘 중 어느 누구도 포격에 당하지는 않았음을 알게 되었다. 하지만 피터는 포격에서 생겨난 바람에 떠밀려 바다 멀리까지 날아갔으며, 웬디는 팅커 벨과 단둘이서 하늘로 날아가 버렸다.

차라리 그 순간에 실크해트를 떨어뜨렸더라면 웬디에게는 오히려 좋았을 것이다.

그 생각이 팅크에게 갑자기 생겨났는지 아니면 오는 도중에 계획했는지는 나도 모르겠지만, 그녀는 곧바로 실크해트에서 튀어나와 웬디를 꼬여서 파멸로 이끌기 시작했다.

팅크는 결코 나쁜 요정이 아니었다. 물론 지금 당장에는 아주 나빴지만, 가끔은 아주 착하기도 했다. 요정들은 반드시 이것이나 저것, 둘 중 하나가 되어야 하는데, 왜냐하면 그들은 너무 작아서 불운하게도 한 번에 한 가지 감정이 들어갈 만한 자리밖에는 가지고 있지 않기 때문이다. 하지만 그들은 변화될 수도 있는데, 그 변화란 오로지 완전한 변화여야만 했다. 지금 그녀는 웬디를 향한 질투심으로 가득했다. 그녀가 사랑스러운 딸랑딸랑 소리로 한 말을 웬디는 물론 이해하지 못했지만, 내가 생각하기에 그중 일부는 나쁜 말이었음에도 오히려 친절하게 들렸고, 그녀는 앞뒤로 날아다니면서 한마디로 "나를 따라오면, 아무 문제 없을 거야"라는 뜻을 전달했을 것 같다.

불쌍한 웬디가 다른 어떤 일을 할 수 있었겠는가? 그녀는 피터와 존과 마이클을 불렀지만, 그녀의 목소리를 흉내 내는 메아리만을 답변으로 얻었을 뿐이었다. 팅커 벨이 대단히 여자다운 격렬한 증오를 품고 자기를 미워한다는 사실을 웬디는

아직 알지 못했다. 그리하여 당황한 상태에서, 이제 날아가는 것조차
도 비틀거리면서, 그녀는 팅크를 따라서 불운으로 향하고 있었다.

제5장

현실로 나타난 섬

The Island Come True

피터가 돌아오고 있음을 느끼자, 네버랜드는 또다시 깨어나서 생명을 얻었다. 우리는 과거완료를 이용해서 '깨어나서had wakened'라고 써야 문법에 맞겠지만, 그보다는 '깨어나서had woke'가 더 나을 뿐만 아니라 이쪽이 항상 피터가 사용하는 표현이었다.

그가 자리를 비운 동안, 섬의 상황은 별다른 일 없이 조용하기만 했다. 요정들은 아침에 한 시간 더 여유를 얻었고, 맹수들은 새끼를 돌보았으며, 인디언들은 6일 낮밤을 실컷 먹었고, 해적들과 잃어버린 아이들이 마주칠 때에는 그저 서로를 바라보며 엄지손가락을 깨물기만[10] 했다. 하지만 무기력 상태를 싫어하는 피터가 돌아오면서, 그들은 다시 평소대로 돌아갔다. 만약 여러분이 지금 땅에다가 귀를 대어 보면, 섬 전체가 생명으로 끓어오르는 소리가 들릴 것이다.

이날 저녁에 이 섬의 주된 세력은 다음과 같이 배치되어 있었다.

잃어버린 아이들은 피터가 나타나기를 고대했고, 해적들은 잃어버린 아이들이 나타나기를 고대했으며, 인디언들은 해적들이 나타나기를 고대했고, 맹수들은 인디언들이 나타나기를 고대했다. 그들은 섬을 빙글빙글 돌고 돌았지만 정작 서로 만날 수는 없었으니, 왜냐하면 모두가 같은 속도로 움직였기 때문이다.

모두가 피를 원했지만 아이들은 예외였으니, 이들 역시 평소에는 피를 좋아했으나 오늘 밤만큼은 자기네 대장을 환영하러 나와 있었다. 이 섬에 사는 아이들은 물론 그 수가 들쑥날쑥했는데, 죽임을 당하거나 등등에 따라 달라졌기 때문이다. 그리고 자라고 있는 것처럼 보이는 아이들의 경우, 원칙에 위배되는 것으로 간주해 피터가 솎아 내 버렸다. 이번에는 모두 여섯 명이 있었는데, 쌍둥이를 두 명으로 계산한 것이었다. 지금부터 우리는 사탕수수 밭에 엎드려 있다고 가정하고, 각자 단검을 하나씩 쥐고 그곳으로 살그머니 들어온 아이들을 지켜보도록 하자.

조금이라도 자기와 똑같아 보이는 복장은 피터가 금지했으므로 아이들은 직접 잡은 곰의 가죽을 옷으로 만들어 입고 있었는데, 그걸 입으면 워낙 둥글둥글한 털투성이 모습이 되어서, 일단 쓰러졌다 하면 데굴데굴 구르게 마련이었다. 그래서 아이들은 발에 최대한 힘을 주고 다녔다.

맨 처음 지나간 사람은 투틀스로, 그 씩씩한 무리에서도 전혀 용감하지 않은 데다가 가장 불운한 녀석이었다. 그는 다른 누구보다도 모험에 더 적게 가담했는데, 그가 길모퉁이를 돌아 사라질 때마다 항

상 뭔가 큰일이 벌어진 탓이었다. 만사가 조용한 상태에서 장작으로 쓸 나뭇가지나 몇 개 주워 와야겠다고 자리를 비울 경우, 그가 돌아와 보면 막상 다른 아이들은 대단한 모험을 마치고 피를 닦아 내고 있는 식이었다. 이런 불운 때문에 그의 외모에는 약간의 우울이 깃들었지만, 심술궂게 자라기는커녕 천성 때문에 오히려 감미로워졌으니, 결국 그는 아이들 중에서도 가장 겸손한 아이가 되었다. 불쌍하지만 착한 투틀스, 오늘 밤 공중에는 너를 노리는 위험이 있단다. 별안간 모험이 네 앞에 펼쳐진다면 부디 몸조심하길 빈다. 왜냐하면 그 모험을 받아들이면, 너는 졸지에 가장 깊은 비애 속으로 빠져드는 것이나 다름없으니까. 투틀스, 오늘 밤에 못된 짓을 하려고 작정한 요정 팅크는 그 도구를 찾는 중이며, 네가 아이들 중에서도 가장 쉽게 속아 넘어간다고 생각하고 있어. 부디 팅커 벨을 주의하도록.

그가 우리의 말을 들을 수 있었다면 좋았을 텐데. 하지만 우리는 실제로 그 섬에 있는 것이 아니었기 때문에, 투틀스는 자기 손가락 관절을 깨물면서 그냥 지나가 버렸다.

그다음인 닙스는 쾌활하고 명랑했으며, 그다음인 슬라이틀리는 나무를 깎아 호루라기를 만들어서 자기가 연주하는 곡조에 맞춰 무아지경으로 춤을 추었다. 슬라이틀리는 아이들 중에서도 가장 우쭐거리는 녀석이었다. 자기가 잃어버린 아이가 되기 이전 시절이며, 그곳에서의 예의와 관습도 기억한다고 생각했으므로, 이런 이유로 인해 남들에게 불쾌할 정도로 콧대가 높아져 있었다. 네 번째는 컬리였다. 그는 말썽꾼이었고, 그래서 피터가 엄한 말투로 "그 일을 한 사람, 앞으로 나와"라고 할 때마다 자수해야 하는 경우가 종종 있었으며, 이제는 자기가 정말 그 일을 했건 안 했건 간에, 이 명령을 들을 때면 자동적으로 앞으로 나서곤 했다. 마지막으로는 쌍둥이가 왔는데, 이들은 차마 묘사할 수가 없는 것이, 아무리 자신 있게 말하더라도 결국 둘 중에서 엉뚱한 녀석을 묘사하게 마련이기 때문이었다. 피터는 쌍둥이가 무엇인지 결코 확실히 알지 못했으며, 그가 알지 못하는 것이라면 그의 부하들도 알도록 허락받지 못했으므로, 이 두 사람은 항상 자신들에 대해서 모호한 생각만 갖고 있었고, 뭔가 미안해하는 듯한 방식으로 계속 나란히 붙어 있음으로써 만족을 주려고 최선을 다했다.

아이들은 어스름 속으로 사라졌고 잠시 정적이 흘렀다. 이 섬에서는 만사가 무척 빠르게 이루어졌으므로 아주 오래 정적이 흐르지는 않은 상태에서, 이제 해적들이 아이들의 뒤를 밟았다. 우리는 해적들이 눈에 보이기도 전에 그들의 소리를 들을 수 있었는데, 왜냐하면 항상 다음과 같은 노래가 들려왔기 때문이었다.

"밧줄 감기 멈춰라, 어기영차, 배를 멈춰라,

우리는 해적질 나가신다,

총에 맞아 이 세상을 하직하게 되더라도,

저 아래에서 꼭 다시 만나자!"

'부두 처형장'11)에서도 이보다 더 악당처럼 보이는 일당이 교수형을 당한 적은 일찍이 없었다. 여기서도 약간 앞서 가는 자, 즉 평소와 마찬가지로 머리를 땅에 대고 귀를 기울이고 커다란 두 팔은 맨살을 드러내고 에스파냐 은화를 장신구로 귀에 달고 있는 자는 잘생긴 이탈리아인 체코였는데, 그는 가오의 형무소에서 그곳 형무소장의 등짝에 자기 이름을 피로 새긴 바 있었다. 그 뒤에 오는 저 거인 같은 흑인은 이름이 여러 개인데, 왜냐하면 과조모 강변에 사는 시커먼 어머니들이 지금까지도 자기 아이를 겁주기 위해 사용하는 원래 이름을 그가 버린 까닭이었다. 여기에는 빌 주크스도 있었는데, 그는 몸 전체가 문신으로 뒤덮여 있었다. 포르투갈 금화가 담긴 자루를 파묻기 전에 월러스[바다코끼리]호에서 해적 선장 플린트로부터 채찍질 72대를 당한 빌 주크스가 바로 그였다. 그리고 쿡선[요리사의 아들]은 블랙 머피의 형제라고 일컬어졌다(정말로 그런지는 결코 확인되지 않았다). 그리고 젠틀맨스타키[신사 스타키]가 있었는데, 그는 한때 공립학교의 보조 교사 노릇을 했기 때문에 지금도 여전히 뭘 죽일 때조차 얌전한 편이었다. 그리고 스카이라이츠(모건스 스카이라이츠)가 있었다. 그리고 아일랜드인 갑판장 스미가 있었는데, 그는 기묘하게도 온화한 인물이어서 이른바 칼을 찔러 넣으면서도 불쾌감을 유발하지는 않았으며, 후크의 부하들 중에서도 유일하게 비국교도[12)였다. 그리고 누들러가 있었는데, 그의 양손은 뒤쪽으로 고정되어 있었다. 그리고 롭트 멀린스와 앨프 메이슨이 있었고, 카리브 해에서 오래전부터 알려지고 두려움의 대상이었던 다른 여러 무법자들도 있었다.

이들의 한가운데, 이 어두운 배경 속에서도 가장 시커멓고 가장 덩치 큰 보석이 비스듬히 누워 있었으니, 그가 바로 제임스 후크 또는 본인이 즐겨 서명하듯이 재스 후크였고, 전하는 바에 따르면 그야말로 시쿡[바다의 요리사][13)이 유일하게 두려워하는 사람이었다. 그는 부하들이 밀고 끄는 투박하게 생긴 전차 위에 편안하게 올라앉아 있

었으며, 원래는 오른손이 있어야 할 곳에 달린 쇠갈고리를 가끔 흔들면서 속도를 높이라고 부하들을 재촉했다. 이 끔찍한 남자는 부하를 개처럼 취급하고 개처럼 불렀으며, 부하들도 개처럼 그에게 복종했다. 생김새로 말하자면 그는 시체처럼 여위고 얼굴이 검었는데, 머리카락은 긴 곱슬머리로 손질해 놓아서, 약간 떨어져 바라보면 마치 검은 초 같아 그의 멀끔한 얼굴에 유난히 위협적인 표정을 부여했다. 그의 눈은 물망초처럼 푸른색이었으며, 깊은 우수가 자리 잡고 있었지만, 자기 갈고리를 여러분에게 찔러 넣을 때만큼은 물론 예외여서, 그때가 되면 두 개의 붉은 점이 두 눈에 나타나 섬뜩하게 번뜩였다. 그의 태도에서는 우아한 영주님 같은 분위기가 아직까지도 남아 있어서, 여러분을 찢어발기면서도 점잖은 태도를 유지할 수 있었고, 아울러 내가 들은 바에 따르면 그는 '재담가'로도 이름이 났다고 한다. 그가 가장 정중할 때보다도 더 불길할 때는 없었으니, 이것이야말로 가장 확실한 교양의 판단 기준이었을 것이다. 심지어 욕을 할 때에도 말투가 우아했는데, 이는 행동거지에서 드러나는 차이와 마찬가지로 부하들과 달리 그에게서만 찾을 수 있는 색다른 면모였다. 불굴의 용기를 지닌 인물인 그가 유일하게 두려워하는 것은 자기가 흘린 피뿐이라고도 전해지며, 그의 피는 진하고도 독특한 색깔을 지니고 있었다. 옷차림에서는 찰스 2세의 이름에 수반되는 복장을 어딘가 흉내 내고 있었는데, 그의 경력에서 약간 더 이른 시기에는 이상하게도 저 불운한 운명의 스튜어트 가문 사람과 외모가 흡사하다는 이야기가 들린 바 있었다. 입가에는 궐련 물부리를 하나 물고 있었는데, 직접 발명한 그 장치는 한 번에 두 대의 궐련을 피울 수 있게 해 주는 것이었다. 하지만 그의 몸에서 가장 무시무시한 물건은 단연 쇠갈고리였다.

후크의 방식을 설명하기 위해, 지금부터 해적을 한 명 죽여 보도록 하자. 스카이라이츠가 딱일 것이다. 이들이 지나가는 동안 스카이라이츠는 어설프게 비틀거리며 두목에게 부딪쳤고, 두목의 레이스 칼라를 구겨 버리고 말았다. 그러자 갈고리가 앞으로 튀어나오더니, 뭔가 찢어지는 소리와 함께 긁히는 소리가 한 차례 들렸고, 곧이어 해적들은 시체를 걷어차서 옆으로 치워 놓고 계속 앞으로 나아갔다. 후크는 심지어 자기 입에 문 궐련조차도 떼지 않은 상태였다.

이렇게 끔찍스러운 사람을 피터는 맞이하여 싸우는 것이다. 과연 둘 중에 누가 이길까?

해적들이 지나간 다음, 이번에는 숙련되지 않은 사람의 눈에는 아예 보이지도 않는 출정용 길을 따라 소리도 없이 몰래 움직이는 인디언들이 나타났는데, 이들은 하나같이 두 눈을 부릅뜨고 있었다. 이들은 전투용 도끼와 칼을 들었으며, 벌거벗은 몸은 물감과 기름을 발라 번들거렸다. 이들은 머리 가죽을 두르고 있었고, 그중에는 아이들의 머리 가죽도 있었고 해적들의 머리 가죽도 있었는데, 왜냐하면 이들은 피커니니족으로서, 더 온화한 성품인 델라웨어족이나 휴런족과 혼동되어서는 안 되기 때문이었다. 맨 앞에서 네 발로 엎드려 기어가는 전사는 그레이트빅리틀팬서(위대한 큰 작은 표범)였는데, 머리 가죽을 워낙 많이 두른 터라 지금 같은 자세에서는 오히려 앞으로 나아가는 데에 거추장스럽기만 했다. 대열에서도 가장 위험하다고 할 수 있

The Piccaninny Tribe

는 맨 뒤쪽에는 타이거릴리[참나리]가 도도하게 몸을 꼿꼿이 세우고 걸어갔는데, 그녀는 태생부터 공주였다. 그녀는 거무스름한 피부의 디아나 여신[14] 중에서도 가장 아름다웠으며, 피커니니족 최고의 미녀로, 요염하고 냉랭하고 사랑스럽기를 번갈아 가면서 했다. 전사 가운데 이처럼 제멋대로인 그녀를 아내로 삼기 싫어할 사람은 없었지만, 그녀는 결혼을 마다하고 그 대신 손도끼를 집어 들었다. 이들이 떨어진 나뭇가지 위를 지나가면서도 작은 소리 하나 내지 않는 것을 보라. 유일하게 들리는 소리라고는 약간 가쁜 이들의 숨소리뿐이었다. 이들은 사실 방금 전에 실컷 식사를 했기 때문에 모두 약간 배가 불러 있었지만, 시간이 지나면 그런 상태를 벗어날 것이었다. 하지만 지금 이 순간만큼은 그런 상태가 이들의 주된 위험이었다.

인디언들은 나타났을 때와 마찬가지로 그림자처럼 사라졌고, 곧이어 이들이 있던 자리를 맹수들이 차지해서 거대하고도 잡다한 행진을 벌였다. 호랑이, 사자, 곰이 있었고, 셀 수 없이 많은 더 작은 야생 동물들이 그놈들을 피해 도망치고 있었는데, 왜냐하면 이 온갖 종류의 맹수들이며, 특히나 모든 식인 동물들은 이 혜택 받은 섬에서 서로 가까이 붙어서 살아가고 있었기 때문이었다. 맹수들은 혀를 입 밖으로 늘어뜨리고, 오늘 밤 배가 고픈 상태였다.

맹수들이 지나가고 나자, 이번에는 맨 마지막으로 커다란 악어가

한 마리 등장했다. 이놈이 누굴 찾고 있는지는 우리도 곧 알게 될 것이다.

악어가 지나가자 곧바로 아이들이 도로 나타났는데, 왜냐하면 이 행렬은 여러 집단 가운데 어느 하나가 멈춰 서거나 속도를 바꾸기 전까지는 반드시 무한히 계속되어야 하기 때문이었다.

모두들 전방을 계속해서 유심히 주시하기는 했지만, 어느 누구도 자기 뒤에서 위험이 살금살금 다가오고 있으리라고는 의심하지 않았다. 이 점이야말로 이 섬이 얼마나 현실적인지를 보여 준다.

이렇게 움직이는 원형 대열에서 맨 먼저 떨어져 나온 집단은 바로 아이들이었다. 이들은 어느 잔디밭에 납작 엎드렸는데, 바로 그들이 사는 땅속 집에서 가까운 곳이었다.

"피터가 돌아왔으면 좋겠어." 모두들 신경이 곤두선 듯 이렇게 말했는데, 사실 이들 모두는 자기네 대장에 비해 키도 더 컸고, 몸 둘레는 훨씬 더 컸다.

"해적들을 무서워하지 않는 사람은 오로지 나 하나뿐이야." 슬라이틀리가 말했다. 바로 이런 어조 때문에 그는 평소에도 다른 모두로부터 호감을 얻지는 못하고 있었다. 하지만 멀리서 들려오는 어떤 소리에 그 역시 불안했던 모양인지, 서둘러 이렇게 덧붙였다. "그렇지만 나도 그가 돌아왔으면 좋겠어. 그래야 그가 신데렐라에 관해 혹시 더 들은 게 있는지 아닌지를 우리한테 말해 줄 것 아냐."

이들은 신데렐라에 관해 이야기를 나누었는데, 투틀스는 자기 어머니가 바로 그 여자와 아주 비슷했을 것이라고 확신했다.

오로지 피터가 없을 때에만 이들은 어머니에 관한 이야기를 할 수 있었다. 왜냐하면 어리석은 이야기라는 이유로 그 주제는 아예 금지되어 있기 때문이었다.

"우리 어머니에 대해 내가 기억하는 것이라고는" 닙스가 다른 아이들에게 말했다. "우리 아버지에게 종종 이런 말을 했던 일뿐이야. '아, 나도 나만의 수표책을 하나 가졌으면 얼마나 좋을까!' 수표책이라는 게 뭔지는 나도 모르지만, 나라면 우리 어머니한테 기꺼이 하나 만들어 줬을 거야."

이야기를 나누는 동안, 이들은 멀리서 어떤 소리를 들었다. 여러분이나 나야 숲에 사는 야생의 존재가 아니므로 아마 아무 소리도 못 들었겠지만, 그 아이들은 분명히 들었는데 그것은 바로 다음과 같은 섬뜩한 노래였다.

"요 호, 요 호, 해적의 삶이란,

해골과 뼈다귀를 새긴 깃발,

즐거운 시간, 교수형 밧줄,

데이비 존스[15]와 인사 나누기."

그러자 잃어버린 아이들은— 아니, 도대체 어디로 간 걸까? 그들은 더 이상 그 자리에 있지 않았다. 심지어 토끼조차 그들보다 더 빨리 사라질 수는 없었을 것이다.

그들이 어디 있는지 내가 여러분에게 알려 주겠다. 정찰을 위해 어디론가 달려간 닙스를 제외한 나머지 아이들은 이미 땅속에 있는 자기네 집에 들어가 있었다. 이곳은 아주 멋진 거처였는데, 이에 관해서는 우리도 조만간 자세히 살펴보게 될 것이다. 하지만 도대체 무슨 수로 그리 들어간 것일까? 왜냐하면 입구라고는 전혀 보이지 않으며, 하다못해 동굴 입구를 살며시 가려 놓은 마른 나뭇가지 더미 같은 것도 전혀 보이지 않기 때문이다. 그런데 자세히 살피면, 여러분은 이곳에 커다란 나무가 일곱 그루 서 있으며, 그 각각의 텅 빈 줄기 안에는 아이 하나가 딱 들어갈 만한 구멍이 뚫려 있음을 알게 될 것이다. 이것이 바로 땅속의 집으로 들어가는 일곱 개의 입구였는데, 후크는 최근 여러 번의 달이 뜨는 동안 이것을 찾으려 애썼지만 결국 허탕만 치고 말았다. 과연 오늘 밤에는 그가 발견할 수 있을까?

해적들이 전진하는 도중에, 유난히 눈이 밝은 스타키는 닙스가 숲속으로 사라지는 것을 보았고, 곧바로 그의 권총이 불을 뿜었다. 하지만 쇠갈고리가 그의 어깨를 붙들었다.

"선장님, 이거 놓으세요!" 스타키가 소리 지르며 몸부림쳤다.

이제 처음으로 우리는 후크의 목소리를 듣게 된다. 그야말로 험악한 목소리였다. "우선 그 권총이나 도로 집어넣어." 목소리가 위협적으로 말했다.

"선장님이 증오하시는 그 꼬마 가운데 한 녀석이었어요. 제가 총으로 쏴 죽일 수도 있었다고요."

"그래, 그리고 바로 그 소리 때문에 타이거릴리의 인디언 놈들이 우리 있는 쪽으로 꼬여 들게 되겠지. 네 머리 가죽을 잃어버리고 싶어 안달하는 거냐?"

"그러면 제가 쫓아갈까요, 선장님?" 이 상황을 딱하게 생각한 스미가 물었다. "가서 조니 코르크스크루를 그놈에게 박아 버릴까요?" 스미는 모든 물건에 귀여운 이름을 지어 주는 버릇이 있어서 자기 단검을 조니 코르크스크루(코르크 따개 조니)라고 불렀는데, 왜냐하면 그 무기를 찌르고 비틀어 대는 버릇 때문이었다. 스미에게는 여러 가지 사랑스러운 버릇이 있다고 열거할 수 있었다. 예를 들어서 그는 누군가를 죽이고 나면 자기 무기를 닦는 것이 아니라 오히려 자기 안경을 닦았다.

"조니는 원래 말이 없는 친구거든요." 그가 후크에게 상기시켰다.

"지금은 아니야, 스미." 후크가 음험하게 말했다. "그 꼬마는 겨우 한 녀석이지만, 나는 일곱 녀석 모두를 혼내 주고 싶거든. 흩어져서 놈들을 찾아봐."

해적들은 나무 사이로 사라졌고, 잠시 후에는 선장과 스미 두 사람만 남았다. 후크는 깊은 한숨을 내쉬었는데, 왜 그랬는지는 나도 모르겠다. 어쩌면 저녁의 은은한 아름다움 때문에 그랬을지도 모르지만, 갑자기 그는 자기 인생 이야기를 이 충실한 갑판장에게 털어놓고 싶은 열망을 느꼈다. 그는 길고도 충실하게 말했지만, 비교적 멍청한 인물이었던 스미는 그게 도대체 무슨 소리인지를 전혀 이해하지 못했다.

곧이어 그는 피터라는 단어를 꺼냈다.

"다른 무엇보다도 말이야," 후크는 열정적으로 말했다. "나는 그놈들의 두목인 피터 팬을 잡고 싶어. 내 한쪽 팔을 자른 게 바로 그놈이니까." 그는 쇠갈고리를 위협하듯 위로 치켜들었다. "이걸 가지고 놈의 한쪽 손과 악수를 나누고 싶어서 오랫동안 기다려 왔지. 아무렴, 나는 그놈을 찢어발길 거야!"

"그런데 말이죠." 스미가 말했다. "제가 종종 듣기로, 선장님께서는 그 갈고리가 사람 손 스무 개만큼의 가치가 있다고 하셨죠. 머리를 빗는 데라든지, 다른 일상의 용도에도 쓸모가 있다고요."

"그래." 선장이 대답했다. "내가 만약 어머니였다고 한다면, 우리 아이들이 저것보다는 차라리 이걸 달고 태어나기를 바랐을 거야." 이렇게 말하면서 그는 자신의 갈고리 손을 자랑스러운 표정으로 바라보는 한편, 다른 쪽 손은 경멸하는 표정으로 바라보았다. 그러다가 또다시 그는 얼굴을 찡그렸다.

"피터란 놈이 내 한쪽 팔을 던져 버렸지." 그는 이렇게 말하며 움찔했다. "마침 그곳을 지나가던 어느 악어란 놈한테 말이야."

"사실은 저도 종종 선장님께서 유난히 악어를 무서워하신다는 걸 눈치챘죠."

"악어라고 다 무서워하는 건 아니야." 후크가 상대의 말을 고쳐 주었다. "바로 그 악어 한 마리를 무서워하는 거지." 그는 목소리를 낮

추었다. "그놈은 내 한쪽 팔이 무척 마음
에 든 모양이야, 스미. 그래서 그때 이
후로 나를 계속 쫓아다니고 있지. 이
바다에서 저 바다로, 이 땅에서 저
땅으로, 내 나머지 몸뚱이를 맛보려
고 입맛을 다시면서."

"어떤 면에서는" 스미가 말했다. "칭찬 같기도 한데요."

"그따위 칭찬은 필요 없어!" 후크가 신경질을 부리며 버럭 소리를
질렀다.

그는 커다란 버섯 위에 걸터앉았고, 이제 목소리에는 떨리는 기색
이 깃들어 있었다. "스미." 그가 목쉰 소리로 말했다. "사실 그놈의 악
어는 나를 일찌감치 잡아먹고도 남았을지 몰라. 운 좋게도 놈이 어쩌
다가 시계를 하나 삼키는 바람에, 그 물건이 배 속에서 똑딱똑딱 가
고 있지만 않았다면 말이야. 덕분에 혹시 그놈이 내게 다가올 경우,
나는 똑딱똑딱 소리를 듣고 얼른 내빼는 거지." 그는 웃음을 터뜨렸지
만, 어딘가 공허한 느낌이었다.

"그렇다면 언젠가" 스미가 말했다. "그 시계가 멈추게 되면, 악어가
선장님을 잡아먹겠군요."

후크는 마른 입술을 축였다. "그래." 그가 말했다. "그거야말로 내
머릿속에 자꾸 떠오르는 두려움이지."

거기 앉아 있는 동안, 그는 이상하게도 몸이 더워지는 기분이었다.
"스미." 그가 말했다. "자리가 뜨거운걸." 그는 펄쩍 뛰어 일어났다. "이

런 빌려 먹을, 삭아 빠질, 망치에 부지깽이 같은!16) 이러다 불이라도 붙겠어!"

그들은 버섯을 유심히 살폈는데, 크기에서나 강도에서나 영국에는 전혀 알려지지 않은 것이었다. 그들은 버섯을 위로 잡아당겨 보았고, 그러자 버섯은 단번에 땅에서 뽑혀 이들의 손에 들어왔으니, 왜냐하면 그 버섯에는 뿌리가 없었기 때문이었다. 더 이상한 점은, 버섯이 있던 자리에서 곧바로 연기가 솟아오르기 시작했다는 것이었다. 해적들은 서로의 얼굴을 쳐다보며 동시에 외쳤다. "굴뚝!"

그들은 정말로 땅속의 집과 연결된 굴뚝을 발견한 것이었다. 아이들에게는 적들이 근처에 있을 때마다 굴뚝을 버섯으로 막아 놓는 습관이 있었다.

굴뚝에서는 연기만 나오는 것이 아니었다. 아이들의 목소리도 함께 흘러나왔는데, 왜냐하면 자기네 은신처에서 워낙 안전한 기분이다 보니, 모두들 신 나게 떠들어 댔기 때문이었다. 해적들은 굳은 표정으로 그 목소리를 듣고 나서, 버섯을 다시 제자리에 꽂아 두었다. 그런 뒤에 주위를 둘러보다가, 일곱 그루의 나무에 난 구멍을 찾아냈다.

"피터 팬이 집에 없다는 놈들의 이야기를 들으셨죠?" 스미가 이렇게 속삭이면서, 조니 코르크스크루를 만지작거렸다.

후크는 고개를 끄덕였다. 그는 선 채로 오랫동안 생각에 잠겼고, 마침내 그의 거무스름한 얼굴에 섬뜩한 미소가 떠올랐다. 스미는 그 때만을 기다리고 있던 참이었다. "계획을 말씀해 주시죠, 선장님." 그가 신이 나서 말했다.

"일단 배로 돌아가는 거야." 후크는 잇새로 천천히 대답을 내놓았다. "그리고 큼지막하고 냄새 진한 케이크를 하나 굽는 거지. 아주 두툼한 데다가 초록색 설탕을 위에 뿌린 것으로 말이야. 굴뚝이 하나뿐인 걸로 봐서, 이 밑에는 방이 하나밖에 없을 거야. 저 어리석은 두더지 녀석들한테는 문이 굳이 한 사람당 하나씩 있어야 할 필요까지는 없다는 걸 아는 머리는 없지. 결국 녀석들에게는 어머니가 없다는 뜻이 되는군. 그러니 우리는 그 케이크를 인어들의 석호에 갖다 놓는 거야. 저 녀석들은 항상 거기 가서 헤엄을 치고 인어들과 함께 노니까. 녀석들은 케이크를 발견하면 정신없이 주워 먹겠지. 어머니도 없으니까, 냄새 좋고 촉촉한 케이크를 함부로 주워 먹는 게 얼마나 위험한 일인지도 모를 테니 말이지." 그는 껄껄 웃음을 터뜨렸는데, 이제는 아까처럼 공허한 웃음이 아니라 진짜 웃음이었다. "아하, 저놈들은 죽게 될 거야."

이야기를 듣는 내내 스미의 존경심은 커져만 갔다.

"그야말로 제가 지금까지 들은 가장 악독하고, 가장 멋진 방법인데요!" 그가 소리를 질렀고, 이들은 어찌나 기뻤는지 춤을 추며 노래를 불렀다.

"기다려라! 멈추어라! 내가 나타나면
사람들은 모두가 공포에 사로잡히지.
너의 뼈엔 아무것도 남지 않는다네
요리사[17]와 갈고리로 악수를 하고 나면은."

그들은 노래를 시작하기는 했지만 결코 마무리하지는 못했는데, 왜냐하면 또 다른 소리가 끼어들자마자 입을 다물었기 때문이었다. 처음에는 워낙 작은 소리라서 나뭇잎이라도 하나 떨어지면 묻힐 정도였지만, 점점 더 가까이 다가올수록 소리는 점점 더 뚜렷해졌다.

똑딱똑딱똑딱똑딱.

후크는 몸서리를 치면서 그대로 얼어붙었다. 그것도 한쪽 발을 공중에 치켜든 채로.

"악어야." 그는 숨을 가쁘게 몰아쉬면서 서둘러 도망쳤고, 갑판장도 그 뒤를 따랐다.

그건 정말로 악어였다. 그 짐승은 인디언들을 지나쳐서 온 것이었는데, 왜냐하면 인디언은 지금 다른 해적들의 뒤를 쫓고 있기 때문이었다. 그 짐승은 후크를 쫓아오는 내내 침을 줄줄 흘리고 있었다.

다시 한 번 아이들이 바깥에 나타났다. 하지만 이날 밤의 위험은 아직 끝난 것이 아니었다. 이내 닙스가 숨을 헐떡이며 이들 한가운데로 달려왔다. 그는 늑대 무리에 쫓기고 있었다. 그를 쫓는 맹수들은 혀를 입 밖으로 내밀고 있었다. 그놈들이 짖는 소리도 무시무시했다.

"나 좀 살려 줘! 나 좀 살려 줘!" 닙스가 소리치며 땅에 쓰러져 버렸다.

"그럼 우리가 어떻게 해야 하지, 어떻게 해야 하지?"

아이들은 피터를 워낙 높이 평가했으므로, 이처럼 긴박한 순간이 닥치면 자연스럽게 그를 떠올렸다.

"피터라면 어떻게 했을까?" 아이들은 동시에 이렇게 외쳤다.

"Save me,
        save me!"

그리고 거의 동시에 이들은 또다시 외쳤다. "피터라면 자기 다리
사이로 저놈들을 바라보았을 거야!"

곧이어 이들은 말했다. "그럼 우리도 피터가 했을 것처럼 하자."

이것이야말로 늑대를 물리치는 가장 성공적인 방법이었으며, 아이
들은 마치 한 몸이라도 된 양 몸을 숙여서 자기네 다리 사이로 늑대
들을 바라보았다. 그다음 순간은 상당히 길었지만 승리는 재빨리 찾
아왔으니, 아이들이 그 무시무시한 모습으로 늑대 무리에게 다가가
자, 늑대들은 이내 꼬리를 내리고 도망쳐 버렸던 것이다.

이제는 닙스도 땅에서 몸을 일으켰으며, 그가 뭔가 뚫어져라 바라
보고 있는 것을 본 아이들은 아마 늑대 무리를 바라보겠거니 생각했
다. 하지만 그가 바라보고 있는 것은 늑대들이 아니었다.

"그보다 더 멋있는 걸 보고 있어." 신이 난 아이들이 자기 주위로

몰려들자, 그가 소리쳤다. "크고 새하얀 새야! 이쪽으로 날아오고 있어."

"어떤 새인 것 같아, 네가 보기에는?"

"나도 모르겠어." 닙스는 이렇게 말하면서도 놀라움을 금치 못했다. "하지만 무척 피곤한 것 같고, 날아가는 내내 한탄을 하고 있어. '불쌍한 웬디' 하고."

"불쌍한 웬디?"

"아, 맞아." 곧바로 슬라이틀리가 말했다. "웬디라는 이름의 새가 있었어."

"저기 봐, 이쪽으로 온다." 컬리가 이렇게 말하면서, 하늘을 날아오는 웬디를 가리켜 보였다.

웬디는 이제 거의 아이들의 머리 위를 지나가고 있었는데, 아이들은 그녀의 애처로운 한탄을 똑똑히 들을 수 있었다. 하지만 그보다 더 똑똑히 들려온 것은 팅커 벨의 날카로운 목소리였다. 질투에 사로잡힌 이 요정은 이제 우정의 위장을 모조리 벗어던졌으며, 사방팔방에서 자기 제물을 향해 달려들면서 번번이 매섭게 꼬집었다.

"안녕, 팅크." 아이들이 궁금해하면서 큰 소리로 인사했다.

팅크의 대답이 딸랑딸랑 울려 퍼졌다. "피터는 너희가 이 웬디를 쏘면 좋겠다고 했어."

피터의 명령에 왜냐고 묻는 것은 이들의 성격에 포함되어 있지 않았다. "어서 피터가 원하는 대로 하자!" 단순한 성격의 아이들은 이렇게 소리를 질렀다. "얼른, 활과 화살을 가져와!"

아이들은 모조리 각자의 나무로 뛰어들었지만, 투틀스는 예외였다. 그는 이미 자기 활과 화살을 갖고 있었고, 팅크는 이 사실을 알아차리고는 만족스러운 듯 양손을 비벼 댔다.

"어서, 투틀스, 어서!" 그녀가 소리를 질렀다. "피터가 무척 기뻐할 거라니까!"

투틀스는 신이 나서 자기 활에 화살을 메겼다. "저리 비켜, 팅크!" 그가 소리를 질렀다. 곧이어 그는 활을 쏘았고, 웬디는 가슴에 화살을 맞고 퍼덕이며 땅으로 떨어지고 말았다.

제6장

———

작은 집

The Little House

다른 아이들이 무기를 들고 각자의 나무에서 뛰어나왔을 때, 어리석은 투틀스는 마치 정복자라도 된 것처럼 웬디의 시체를 밟고 서 있었다.

"너희는 이미 늦었어!" 그는 자랑스럽게 외쳤다. "웬디는 내가 쐈어. 피터가 나를 보면 무척 기뻐할 거야."

이들의 머리 위에서 팅커 벨이 소리를 질렀다. "이 멍청한 바보야!" 곧이어 요정은 재빨리 숨으러 가 버렸다. 아이들은 그녀의 목소리를 듣지 못했다. 모두들 웬디 주위에 서서 들여다보는 동안 숲에는 섬뜩한 침묵이 깔렸다. 만약 웬디의 심장이 아직 뛰고 있었다면, 아마 아이들도 그 소리를 모두 들을 수 있었으리라.

슬라이틀리가 맨 먼저 입을 열었다. "이건 새가 아닌데." 그는 겁에 질린 목소리로 말했다. "내 생각에 이건 숙녀가 분명해."

"숙녀?" 투틀스가 이렇게 대꾸하면서 몸을 떨었다.

"그런데 우리는 그녀를 죽인 거야." 닙스가 목쉰 소리로 말했다.

아이들은 모두 자기 모자를 벗었다.

"이제야 알겠군." 컬리가 말했다. "피터가 그녀를 우리에게 데려오고 있었던 거야." 그는 슬퍼하며 자기 몸을 땅에 내던졌다.

"마침내 우리를 돌봐 줄 숙녀가 생긴 거였는데." 쌍둥이 가운데 하나가 말했다. "그런데 네가 그녀를 죽었어."

아이들은 투틀스를 한심스럽게 여기면서도 자신들은 더더욱 한심스럽다고 생각했으며, 투틀스가 한 발짝 자기들 쪽으로 다가오자 모두들 그를 외면해 버렸다.

투틀스의 얼굴은 아주 하얗게 질렸지만, 이전까지 결코 나타난 적이 없었던 위엄 같은 것도 이제 엿보였다.

"내가 그랬어." 그가 곰곰이 생각하며 말했다. "꿈속에서 숙녀들이 내게 다가오면, 나는 이렇게 말했거든. '예쁜 어머니, 예쁜 어머니.' 하지만 마침내 그녀가 정말로 왔는데, 내가 그녀를 쏴 버렸어."

그는 천천히 아이들에게서 멀어져 갔다.

"가지 마." 아이들이 딱한 마음에 그를 불렀다.

"나는 가야만 해." 그는 몸을 떨면서 말했다. "피터가 너무 무섭단 말이야."

바로 이 비극적인 순간에 아이들은 어떤 소리를 들었고, 그로 인해 모두의 심장이 입까지 벌떡 솟구치는 느낌이 들었다. 아이들은 피터의 수탉 울음소리를 들었던 것이다.

"피터!" 아이들이 소리를 질렀다. 그가 돌아올 때에는 항상 이렇게 신호를 보냈기 때문이다.

"그녀를 감추자." 아이들은 이렇게 속삭이고는, 서둘러 웬디를 에워 쌌다. 하지만 투틀스는 저만치 혼자 서 있었다.

다시 한 번 수탉 울음소리가 들리더니, 피터가 아이들 앞에 내려 앉았다. "안녕, 얘들아!" 그가 외치자, 아이들은 기계적으로 경례를 하더니, 이내 다시 입을 다물었다.

그는 인상을 찡그렸다.

"내가 돌아왔어." 그가 열띤 목소리로 말했다. "그런데 왜 환호성을 지르지 않는 거야?"

아이들은 입을 벌렸지만, 환호성은 나오지 않았다. 그는 멋진 소식을 전하려고 마음이 급한 나머지 이 사실을 간과해 버리고 말았다.

"대단한 소식이 있어, 얘들아!" 그가 외쳤다. "너희 모두를 위한 어머니를 한 명 데려왔어."

아이들은 여전히 아무 말도 없었고, 다만 나지막이 털썩 소리와 함께 투틀스가 무릎을 꿇었을 뿐이었다.

"너희 혹시 그녀를 못 봤니?" 피터가 점차 불안해하며 물었다. "그녀는 이쪽으로 날아왔는데."

"아, 이런!" 누군가가 말했고, 또 누군가가 이렇게 말했다. "아아, 애통해할 만한 날이야."

투틀스가 자리에서 일어났다. "피터." 그가 나지막이 말했다. "내가 그녀를 너한테 보여 줄게." 다른 아이들이 여전히 그녀를 숨기고 서 있자, 그가 말했다. "뒤로 물러서, 쌍둥이, 피터한테 보여 주라고."

그리하여 아이들은 모두 뒤로 물러섰고, 피터에게 웬디를 보여 주었다. 피터는 잠시 살펴보았지만, 그다음에는 무엇을 해야 할지 자기도 몰랐다.

"그녀는 죽었어." 그가 불편한 듯 말했다. "이렇게 죽은 상태로 있으면 겁이 날지도 모르겠어."

그는 우스꽝스러운 몸짓으로 펄쩍펄쩍 뛰어가 볼까 하고, 그렇게 해서 그녀의 모습이 보이지 않는 곳까지 가면, 두 번 다시는 이 장소로 돌아오지 말아 버릴까 하고 생각했다. 만약 그가 정말로 그렇게 했다면, 아이들은 기꺼이 그를 따라 하고도 남았으리라.

하지만 여기 화살이 있었다. 그는 그녀의 가슴에 박힌 화살을 뽑아 들고 자기 부하들을 바라보았다.

"누구 화살이야?" 그가 엄한 말투로 물었다.

"내 거야, 피터." 투틀스가 무릎을 꿇고 말했다.

"아아, 비겁한 자의 손 같으니." 피터는 이렇게 말하며, 화살을 단도처럼 치켜들었다.

투틀스는 눈 하나 꿈쩍하지 않았다. 오히려 가슴을 풀어헤쳤다. "찔러, 피터." 그가 굳은 어조로 말했다. "제대로 찌르라고."

피터는 두 번이나 화살을 치켜들었지만, 두 번이나 도로 손을 내리고 말았다. "나는 찌를 수가 없어." 그는 놀란 듯 말했다. "뭔가가 내 손을 붙잡고 있어."

모두들 놀란 나머지 피터를 바라보았지만, 닙스는 그렇지 않았는

Peter and Wendy

데, 다행히도 그는 웬디를 바라보고 있었다.

"그녀가 한 거야!" 닙스가 외쳤다. "웬디 숙녀가 말이야. 저것 봐, 그녀의 팔을!"

정말이지 놀랍게도, 웬디가 한쪽 팔을 들어 올리고 있었다. 닙스는 그녀의 위로 자기 몸을 숙이고 뭔가를 공손하게 들었다. "내 생각에는 그녀가 이렇게 말한 것 같아. '불쌍한 투틀스.'" 그가 속삭였다.

"그녀는 살아 있어." 피터가 짧게 말했다.

슬라이틀리가 곧바로 외쳤다. "웬디 숙녀가 살아 있어!"

곧이어 피터는 그녀의 옆에 무릎을 꿇고 앉아서, 자기 단추를 찾아냈다. 여러분도 기억하겠지만, 그녀는 그 도토리 단추를 사슬에 엮어서 자기 목에 걸어 두었다.

"이것 봐." 그가 말했다. "화살은 여기에 맞았어. 내가 그녀에게 준 키스에 말이야. 이게 그녀의 목숨을 살린 거야."

"키스가 뭔지는 나도 기억이 나." 슬라이틀리가 재빨리 끼어들었다. "나도 좀 봐 봐. 그래, 저게 바로 키스야."

피터는 슬라이틀리의 말은 들은 척도 하지 않았다. 그는 웬디에게 빨리 몸이 나으라고, 그래야만 자기가 그녀에게 인어를 보여 줄 수 있지 않겠느냐고 말했다. 물론 그녀는 아직 대답조차 할 수 없었는데, 왜냐하면 여전히 끔찍스럽게 녹초가 되어 있었기 때문이었다. 그때 모두의 머리 위에서 누군가가 울부짖는 소리가 들려왔다.

"팅크가 내는 소리 좀 들어 봐." 컬리가 말했다. "웬디가 살아 있는 것 때문에 쟤가 울고 있어."

곧이어 아이들은 팅크의 죄를 피터에게 이야기해야만 했으며, 그러자 피터에게서는 이전에 한 번도 볼 수 없었던 엄한 표정이 나타났다.

"잘 들어, 팅커 벨!" 그가 외쳤다. "나는 더 이상 네 친구가 아니야. 내 곁에서 영원히 사라져 버려!"

그녀는 그의 어깨로 날아와 애원했지만, 그는 그녀를 손으로 밀어내 버렸다. 그러다가 웬디가 다시 한 번 한쪽 팔을 들어 올리고 나서야, 그는 수그러들어 이렇게 말할 수 있었다. "음, 영원히까지는 아니야, 앞으로 일주일 동안만."

여러분이 생각하기에는 웬디가 한쪽 팔을 들어 올려 준 데 대해 팅커 벨이 고마워했을 것 같은가? 아니, 전혀 아니었다. 오히려 그 어느 때보다도 더 웬디를 꼬집어 주고 싶어 했다. 요정이란 정말로 기묘한 존재이며, 피터는 그들을 가장 잘 이해했기 때문에 종종 그들을 때려 주곤 했다.

하지만 지금처럼 웬디가 체력이 약해져 있는 상태에서는 어떻게 해야 할까?

"그녀를 우리 집으로 데리고 내려가자." 컬리가 제안했다.

"그래." 슬라이틀리가 동의했다. "그거야말로 숙녀에게라면 누구나 할 만한 일이니까."

"아니, 아니야." 피터가 말했다. "너희들은 그녀를 건드리면 안 돼. 그건 충분히 예의 바른 일이 아니니까."

"바로 그거야." 슬라이틀리가 동의했다. "나도 그런 생각을 하고 있었다고."

"하지만 계속 거기 누워만 있으면" 투틀스가 말했다. "그녀는 죽고 말 거야."

"그래, 그녀가 죽고 말 거야!" 피터가 외쳤다. "그럼 그녀의 주위에다가 작은 집을 하나 지어 주자."

아이들은 모두 기뻐했다. "서둘러." 그가 아이들에게 명령했다. "우리가 갖고 있는 것들 중에서 제일 좋은 것들을 이리로 가져와. 우리 집에서 모조리 꺼내 와. 얼른."

순식간에 이들은 마치 결혼식 바로 전날의 재단사처럼 바빠졌다. 모두 이리 뛰고 저리 뛰었으며, 침구를 가지러 아래로 내려가고, 장작을 가지러 위로 올라갔다. 이들이 이처럼 바쁘게 움직이는 와중에 거기 있어야 마땅했지만 실제로는 없었던 사람은 존과 마이클뿐이었다. 이들은 길을 걷는 동안에 선 채로 잠이 들었고, 그렇게 잠시 멈춰 섰다가, 다시 깨어나서 한 걸음 더 내딛자마자 또다시 잠들어 버렸다.

"존! 존!" 마이클이 외쳤다. "일어나 봐! 나나는 어디 있어, 존? 그리고 어머니는?"

그러자 존은 두 눈을 손으로 비비면서 이렇게 중얼거렸다. "정말이었어. 우리는 날았던 거야."

여러분도 짐작이 가겠지만, 이들은 피터를 발견하게 되어서 무척이나 안심했다.

"안녕, 피터." 두 사람이 말했다.

"안녕." 피터는 친절하게 인사로 답했지만, 사실은 두 사람을 깡그리 잊어버리고 있었다. 이 순간 그는 자기 발을 자로 삼아 웬디의 크기를 측정하고 있었는데, 그래야만 그녀가 필요로 하는 집이 얼마나 클지를 알 수 있기 때문이었다. 물론 그는 의자 여러 개와 탁자 하나가 들어갈 공간은 남길 생각이었다. 존과 마이클이 그를 바라보았다.

"웬디는 자는 거야?" 그들이 물었다.

"그래."

"존." 마이클이 제안했다. "우리, 누나를 깨워서 저녁 만들어 달라고 하자." 하지만 그가 이렇게 말하는 동안, 다른 아이들 몇몇이 집을 짓기 위한 나뭇가지를 가지고 달려왔다. "쟤들 좀 봐!" 그가 외쳤다.

"컬리." 피터는 가장 대장다운 목소리로 말했다. "이 아이들도 집 짓는 일을 도울 수 있도록 해."

"예, 알겠습니다, 대장님."

"집을 짓는다고?" 존이 깜짝 놀라며 외쳤다.

"웬디를 위해서야." 컬리가 말했다.

"웬디를 위해서라고?" 존이 소스라치게 놀라며 외쳤다. "하지만 누나는 아직 어린 여자아인걸."

"그거야." 컬리가 설명했다. "바로 그것 때문에 우리는 그녀의 하인이 된 거지."

"너희가? 웬디의 하인이라고!"

"그래." 피터가 말했다. "그리고 너희도 마찬가지야. 쟤들을 따라가."

깜짝 놀란 형제는 집 짓기에 쓸 나무를 자르고 베고 나르기 위해 끌려갔다. "의자 여러 개와 난로 울 하나가 먼저야." 피터가 명령했다.

"그걸 만들고 나서, 그 주위에다가 우리는 집을 지을 거야."

"그래." 슬라이틀리가 말했다. "그게 바로 집을 짓는 방법이지. 나도 이제 전부 생각이 나."

피터는 모든 것을 생각하고 있었다. "슬라이틀리!" 그가 외쳤다. "의사를 데려와!"

"예, 알겠습니다." 슬라이틀리가 곧바로 대답하고 사라지면서 머리를 긁어 댔다. 그는 피터의 말에는 반드시 복종해야 한다는 것을 알았으므로 잠시 후에 존의 실크해트를 쓰고 엄숙한 표정을 지은 채 돌아왔다.

"죄송합니다만, 선생님." 피터가 그에게 다가갔다. "혹시 의사이신가요?"

이와 같은 상황에서 그와 다른 아이들의 차이가 있다면, 아이들은 이게 다 꾸며 낸 것이라는 사실을 알았던 반면, 그에게는 꾸며 낸 것과 진짜인 것이 완전히 똑같다는 점이었다. 이로 인해 아이들은 때때로 곤란을 겪기도 했는데, 왜냐하면 자기들이 저녁을 먹은 것처럼 꾸며야 하는 경우도 있었기 때문이다.

만약 아이들이 꾸며 낸 것을 하다가 실패할 경우, 피터는 아이들의 손마디를 때렸다.

"그래요, 젊은 양반." 슬라이틀리가 불안한 듯 대답했다. 그는 손마디가 터 있었다.

"죄송합니다만, 선생님." 피터가 설명했다. "숙녀가 너무 아파서 누워 있어요."

그녀는 두 사람의 발치에 누워 있었지만, 슬라이틀리는 일부러 그녀를 못 본 척할 정도의 눈치는 있었다.

"쯧쯧쯧." 그가 말했다. "그녀가 어디에 누워 있다는 거죠?"

"저 너머 빈터에요."

"그러면 내가 그녀의 입에다가 유리잔을 대고 약을 먹이죠." 슬라이틀리가 말했다. 그리고 그는 그렇게 하는 척했고, 피터는 가만히 기다렸다. 유리잔을 도로 떼었을 때, 불안한 순간이 찾아왔다.

"그녀는 어떤가요?" 피터가 물었다.

"쯧쯧쯧." 슬라이틀리가 말했다. "이 약 덕분에 나았어요."

"기쁜 소식이네요!" 피터가 외쳤다.

"저녁때 다시 들르도록 하죠." 슬라이틀리가 말했다. "주둥이 달린 컵에다가 쇠고기 수프를 담아서 좀 먹이세요." 하지만 존에게 실크해트를 돌려준 다음에 슬라이틀리는 큰 한숨을 내쉬었는데, 이는 그가 뭔가 어려운 일에서 벗어날 때마다 하는 버릇이었다.

그사이에 숲은 도끼 소리로 활력이 넘쳤다. 아늑한 거처를 만드는 데 필요한 거의 모든 물건이 이미 웬디의 발치에 놓여 있었다.

"우리가 알 수만 있다면 얼마나 좋을까." 누군가가 말했다. "그녀가 제일 좋아하는 집이 어떤 건지를 말이야."

"피터!" 누군가가 소리쳤다. "그녀가 잠든 채로 움직이고 있어!"

"그녀가 입을 열었어!" 세 번째 아이가 이렇게 외치더니, 감격한 듯 그녀의 입안을 들여다보았다. "와, 예뻐라."

"어쩌면 그녀는 잠든 채로 노래를 할지도 몰라." 피터가 말했다. "웬디, 네가 갖고 싶은 집이 어떤 건지 노래로 불러 봐."

그러자 웬디는 눈을 뜨지도 않은 채 노래를 시작했다.

　　　"나는 예쁜 집을 하나 갖고 싶어,

　　　지금까지 본 것 중에 가장 작고

　　　귀여웁고 작달막한 붉은 벽에

　　　초록색의 이끼 지붕 있는 집을."

아이들은 이 노래를 듣자마자 기뻐하며 꼴깍꼴깍 소리를 냈는데,
무척이나 운 좋게도 이들이 가져온 나뭇가지에는 붉은 수액이 끈끈하
게 묻어 있었던 데다가, 이곳의 땅에는 온통 이끼가 깔려 있기 때문이
었다. 이들은 작은 집을 만드는 동안 모두 함께 노래했다.

　　　"작은 벽과 지붕까지 만들었어,

　　　거기다가 예쁜 문도 만들었어,

　　　그러니까 말 좀 해 봐, 웬디 어머니,

　　　혹시라도 더 원하는 게 있으신지?"

이 노래에 그녀는 욕심꾸러기처럼 대답을 했다.

　　　"아, 그러면 나는 이걸 갖고 싶어

　　　사방으로 멋진 창문 있으면 해,

장미꽃이 창문 안을 쳐다보고
아기들이 창문 밖을 쳐다보게."

아이들은 주먹을 휘둘러서 벽에 창문을 만들었고, 커다랗고 노란
나뭇잎을 차양으로 삼았다. 하지만 장미꽃은—?

"장미꽃!" 피터가 엄한 목소리로 외쳤다.

곧바로 아이들은 세상에서 가장 예쁜 장미가 벽 위로 돋아난 척
꾸며 냈다.

아기는?

피터가 졸지에 아기까지 대령하라고 명령하는 사태를 막기 위해,
아이들은 서둘러 다시 노래를 불렀다.

"장미꽃이 바라보게 만들었어,
아기들은 대문 앞에 놓여 있고,
우리들이 새로 아기 될 순 없어
우리들은 이미 아기였으니까."

피터는 이것이야말로 좋은 생각이라고 여기고, 곧바로 이게 마치
자기 생각인 척했다. 집은 무척 아름다웠으며, 그 안에서 웬디가 매우
아늑해하리라는 데에는 의심의 여지가 없었다. 물론 아이들은 더 이
상 그녀의 모습을 볼 수 없었지만 말이다. 피터는 이리저리 오가면서
마지막 손질을 지시했다. 독수리 같은 그의 눈을 그 무엇도 피해 가지

는 못했다. 완전히 끝난 것처럼 보일 때에는 특히 그러했다.

"문에 문고리가 없잖아." 그가 말했다.

아이들은 매우 창피했지만, 투틀스가 자기 신발의 밑창을 건네주었고, 그러자 그 물건은 아주 훌륭한 문고리가 되었다.

이제는 완전히 끝났다고 아이들은 생각했다.

털끝만큼도 아니었다. "집에 굴뚝이 없잖아." 피터가 말했다. "굴뚝은 반드시 만들어야 해."

"굴뚝은 당연히 있어야지." 존도 잰 체하며 말했다. 이 말에 피터는 한 가지 생각을 떠올렸다. 그는 존의 머리에서 실크해트를 낚아채더니, 모자 뚜껑을 툭 쳐서 떼어 낸 다음, 실크해트를 지붕 위에 올려놓았다. 이 작은 집은 이처럼 훌륭한 굴뚝을 갖게 되어서 무척 기뻐했으며, 마치 고맙다고 말하려는 양 실크해트에서는 곧바로 연기가 피어오르기 시작했다.

이제는 진짜로, 그리고 정말로 끝이 났다. 이제 남은 일은 그저 문을 두들기는 것뿐이었다.

"모두들 최대한 단정하게 해." 피터가 아이들에게 주의를 주었다. "첫인상은 무척이나 중요하니까."

아무도 첫인상이 뭐냐고는 물어보지 않았으므로 그는 기뻤다. 아이들은 모두들 최대한 단정하게 차리느라 바빴기 때문이다.

그는 공손하게 문을 두들겼다. 이제는 숲도 아이들과 마찬가지로 무척이나 조용해져서 아무 소리도 들리지 않았고, 들리는 것이라고는 어느 나뭇가지에서 그 광경을 바라보며 노골적으로 비웃고 있는 팅커

벨의 목소리뿐이었다.

아이들은 궁금했다. 과연 문을 두들긴 것에 누군가가 대답을 할까? 만약 어떤 숙녀가 대답을 한다면, 그녀는 과연 어떤 모습일까?

문이 열리고 숙녀가 한 명 밖으로 나왔다. 바로 웬디였다. 아이들은 모두 모자를 벗었다.

그녀는 적잖이 놀랐고, 이것이야말로 아이들이 원한 그녀의 모습이었다.

"여기가 어디지?" 그녀가 물었다.

당연히 맨 먼저 입을 연 사람은 슬라이틀리였다. "웬디 숙녀." 그가 재빨리 말했다. "너를 위해 우리가 이 집을 지었어."

"부디 기쁘다고 말해 줘!" 닙스가 외쳤다.

"예쁘고, 아름다운 집이야." 웬디가 대꾸했다. 그것이야말로 그녀가 했으면 하고 아이들이 바라던 바로 그 말이었다.

"그리고 우리는 네 아이들이야!" 쌍둥이가 외쳤다.

곧이어 모두들 무릎을 꿇고 양팔을 앞으로 내밀며 외쳤다. "아아, 웬디 숙녀, 우리의 어머니가 되어 줘!"

"내가 그래야 할까?" 웬디는 환하게 웃으며 말했다. "물론 그건 무척이나 매혹적인 일이지만, 너희도 보다시피 난 그저 어린 여자아이에 불과해. 진짜 경험은 전혀 없어."

"그건 걱정 없어." 피터가 말했다. 자기야말로 지금 여기 있는 사람 중에서 그 일에 관해 다 아는 유일한 사람이라도 되는 듯한 말투였지만, 사실은 피터야말로 그 일에 관해 가장 적게 아는 사람이었다. "우리에게 필요한 건 훌륭한 어머니와 비슷한 사람이니까."

"이런 세상에!" 웬디가 말했다. "있잖아, 내 생각에는 내가 바로 그런 사람 같아."

"맞아! 맞아!" 아이들은 모두 외쳤다. "우리도 한눈에 알아봤어!"

"좋아." 그녀가 말했다. "나도 최선을 다할게. 얼른 안으로 들어와, 이 개구쟁이 아이들아. 분명히 너희 발은 젖어 있겠지. 너희를 침대에 눕히기 전에, 내가 신데렐라 이야기를 마무리할 시간이 있을 거야."

All night long
Peter kept guard
ㅈ·ㅈ

아이들은 집 안으로 들어갔다. 그들 모두가 들어갈 만한 공간이 어떻게 있었는지는 나도 모르겠지만, 여러분도 네버랜드에서는 아주 바짝 비집고 들어갈 수가 있다. 이것은 아이들이 웬디와 함께 보낸 여러 번의 즐거운 저녁 시간 가운데 첫 번째였다. 잠시 후에 그녀는 아이들을 땅속의 집에 있는 커다란 침대에 눕혀 주었으며, 대신 자기는 그날 밤에 작은 집에서 잠을 잤고, 피터가 검을 꺼내 들고 밖에서 망을 봐 주었는데, 왜냐하면 해적들이 멀리서 술잔치를 벌이는 소리가 들렸으며, 늑대가 어슬렁거리고 돌아다녔기 때문이었다. 작은 집은 어둠 속에서 아늑하고 안전하게 보였으며, 차양 사이로는 밝은 빛이 흘러나왔고, 굴뚝에서는 연기가 멋지게 새어 나왔고, 피터는 서서 망을 보고 있었다. 잠시 후에 그는 까무룩 잠이 들었는데, 개구쟁이 요정 몇이 잔치를 벌이고 집으로 돌아가는 길에 그를 발견하고는 몸 위에 올라갔다. 한밤중에 요정이 가는 길을 방해한 다른 아이라면 혼쭐이 났겠지만, 그들은 단지 피터의 코를 꼬집고 나서 가 버렸을 뿐이었다.

PETER ON GUARD

제7장

땅속의 집

The Home under the Ground

다음 날 피터가 맨 먼저 한 일은 웬디와 존과 마이클의 치수를 재서 텅 빈 나무를 맞춰 주는 것이었다. 여러분도 기억하겠지만, 후크는 아이들이 땅속의 집에 드나드는 데 필요한 나무를 각자 한 그루씩 가져야 한다고 생각한다며 비웃었는데, 그건 잘 몰라서 하는 소리였다. 왜냐하면 여러분의 나무가 여러분에게 딱 맞지 않을 경우, 위로 올라가거나 아래로 내려가기가 어려웠고, 아이들 가운데 어느 누구도 다른 아이와 똑같은 크기는 아니었기 때문이다. 일단 여러분이 나무에 맞으면, 위에서 숨을 들이마시면 딱 적당한 속도로 아래로 내려올 수 있었고, 아래에서 숨을 들이마셨다가 도로 내뱉으면 꿈틀거리며 올라갈 수 있었다. 물론 숙달하고 나면, 여러분은 이런저런 점들을 생각하지 않고도 이 동작을 할 수 있었으며, 이보다 더 우아한 동작은 없었다.

하지만 그러기 위해서는 여러분이 반드시 나무에 몸을 맞춰야 했으며, 피터가 여러분의 나무를 맞추기 위해 여러분의 몸을 재는 모습은 마치 옷을 한 벌 만드는 사람만큼이나 신중했다. 차이가 있다면 옷은 여러분의 몸에 맞출 수 있지만, 나무는 여러분이 거기에 맞춰야 한다는 점이었다. 평소에는 맞춤이 손쉽게 끝났으니, 여러분에게 옷을 아주 많이 입히거나 또는 아주 적게 입히는 방법을 썼기 때문이다. 그러나 여러분의 몸에서도 특이한 부분이 울퉁불퉁할 경우, 또는 유일하게 이용 가능한 나무가 하필이면 기묘한 모양일 경우, 피터는 여러분에게 뭔가 조치를 취하게 마련이었고, 그런 다음에야 여러분은 비로소 제대로 맞춰질 수 있었다. 여러분이 일단 맞춰지고 나면 계속해서 맞춰진 상태로 있기 위해 상당히 신경을 써야 했으며, 웬디가 이 사실을 발견하고 기뻐한 것처럼, 이는 온 가족이 완벽한 상태를 유지할 수 있도록 해 주었다.

웬디와 마이클은 첫 번째 시도에서 각자의 나무에 맞춰졌지만, 존은 약간 변경을 가해야 했다.

며칠 동안 연습을 하고 나자, 이들은 우물의 두레박만큼이나 손쉽게 위아래로 오갈 수 있었다. 그뿐만 아니라 땅속에 있는 자기네 집을 얼마나 열렬하게 좋아하게 되었는지 모른다. 특히 웬디가 그랬다. 다른 모든 집이 그렇듯이 이 집은 커다란 방 하나로 이루어져 있었으며, 바닥은 그냥 흙이어서 여러분이 낚시를 하고 싶을 때면 파기만 해도 미끼로 쓸 지렁이가 나왔다. 바로 이 바닥에서는 또한 멋진 색깔의 짧고 굵은 버섯들이 자라나서 그걸 걸상으로 삼았다. 한편 방 한가운데에는 자라나기 위해 무척이나 애를 쓰는 네버 나무가 한 그루 있었지만, 매일 아침 아이들은 그 나무의 밑동을 잘라서 바닥과 나란하게 만들었다. 차 마실 시간이 되면 이 나무는 항상 60센티미터 정도 높이로 다시 자라났고, 그러면 아이들은 그 위에 문짝을 얹었는데, 이게 바로 식탁이 되는 것이었다. 식탁을 치우고 나면 아이들은 곧바로 나무의 밑동을 다시 톱질해서 잘랐으며, 그렇게 해서 놀 공간을 더 확보했다. 그곳에는 커다란 벽난로가 있었는데, 덕분에 여러분이 원하는 방 어느 곳까지도 환하게 비추었고, 이 벽난로 바로 앞에서 웬디는 섬유로 만든 끈을 늘어뜨려서 자기 빨래를 널어놓았다. 침대는 낮 동안 벽 쪽으로 세워서 기대어 놓았다가 6시 30분이 되면 다시 내렸는데, 펼쳐 놓으면 방의 거의 절반을 차지했다. 마이클을 제외한 아이들은 모두 그 침대에서 잠을 잤으며, 마치 통조림 깡통 속의 정어리처럼 바싹 붙어서 누웠다. 아이들 사이에는 한 가지 엄격한 규칙이 있었는데, 바로 돌아눕기 전에 반드시 신호를 먼저 해야 한다는, 그렇게 해서 한 번에 모두 돌아누워야 한다는 것이었다. 원래는 마이클도 그 침대를 써야 맞았다. 하지만 웬디는 아기를 한 명 갖고 싶었고, 마침 마이클이 가장 어렸던 데다가 여자들이 어떤지는 여러분도 잘 알 터이니, 결국 그는 공중에 매달아 놓은 바구니에 들어가게 되었다.

그리고 이곳. 이곳은 투박하고 단순하며, 이와 같은 상황에서 아기 곰들이 만들었을 법한 땅속의 집과도 비슷하지 않았다. 벽에는 한 군데 움푹 들어가고 크기는 새장 정도밖에 되지 않는 공간이 있었는데, 그곳이 바로 팅커 벨의 개인 방이었다. 작은 커튼을 치면 그곳은 방의

다른 부분과 차단되었으며, 누구보다도 까다로운 성격의 팅크는 옷을 갈아입을 때건 안 갈아입을 때건 항상 커튼을 닫아 놓았다. 그 어떤 여성도, 제아무리 덩치가 크더라도, 그보다 더 세련된 내실 겸 침실 공간을 소유한 적은 없었을 것이다. 그녀가 침상이라고 부르는 것은 곤봉형 다리가 달린 진품 '매브 여왕' 제품이었다. 그녀는 침대보도 계절마다 피는 과일 꽃에 맞춰서 갈았다. 그녀의 거울은 '장화 신은 고양이' 제품이었는데, 그 물건으로 말하자면 요정 판매상들 사이에서도 흠 없는 것으로는 지금은 겨우 세 개밖에 없다고 알려진 것이었다. 세면대는 '파이 껍질' 제품이고 착탈식이었으며, 서랍장은 진품 '차밍 6세'였고, 양탄자와 러그는 '마저리와 로빈' (초기) 시기의 최상품이었다. 뭔가를 볼 때에 사용하는 티들리윙크스의 샹들리에도 있었지만, 물론 그녀 자신의 불빛만으로도 거처는 충분히 환했다. 팅크는 땅속의 집에서 다른 부분은 매우 경멸했는데, 사실 그건 불가피한 일인지도 몰랐다. 게다가 그녀의 방은 아름답기는 하지만 오히려 좀 자만하는 느낌이 들었는데, 왜냐하면 항상 위로 치켜세운 코의 모습과도 닮았기 때문이었다.

내 생각에는 이 모두가 웬디에게는 각별히 황홀하게 여겨졌을 것 같다. 이 난폭한 아이들로 인해 할 일이 무척이나 많아져서인데, 실제로 몇 주 내내 그녀는 저녁에 양말 깁는 때를 제외하면 한 번도 땅 위에 올라간 적이 없었다. 아울러 그녀가 요리 때문에 줄곧 냄비에 코를 박고 있어야 했다고 나는 장담할 수 있다. 주된 식사는 불에 구운 빵나무 열매, 얌, 코코넛, 오븐에 구운 무화과 열매, 맘미 열매, 타파 롤[18]과 바나나였고, 그걸 먹고 나서 포포 호리병박[19]에 담긴 물을 마셨다. 하지만 여러분은 이게 진짜 식사인지, 아니면 꾸며 낸 것일 뿐인지를 정확히 알 수가 없을 텐데, 왜냐하면 그 모두가 피터의 변덕에 달려 있기 때문이었다. 그는 먹을 수 있었고, 정말로 먹기도 했지만, 그건 먹는 일이 놀이의 일부일 경우에만 그러했고, 단순히 배부른 느낌을 받기 위해서 먹지는 않았는데, 사실 먹는 것이야말로 대부분의 아이들이 다른 무엇보다도 더 좋아하는 일이었다. 그다음으로 좋아하는 것은 먹는 것에 관해 이야기하는 일이었다. 꾸며 낸 것은 피터에게 현실과 다름없었으므로 꾸며 낸 것으로 이루어진 식사를 하는 동안에도 여러분은 그가 점점 살찌는 모습을 볼 수 있었다. 물론 힘겨운 일이었지만 여러분은 그의 지휘를 따르기만 하면 그만이었고, 여러분이 자기 나무에 맞지 않게 홀쭉해졌다는 사실을 증명할 수만 있다면 그는 여러분이 배불리 먹게 허락해 주었다.

웬디가 바느질과 짜깁기를 하기 좋아하는 시간은 아이들이 모두 침대에 들어간 다음이었다. 그때가 되면 그녀의 말마따나 비로소 자기 자신을 위해 숨 쉴 시간이 생기는 것이었다. 그녀는 이 시간 동안 아이들을 위해 새로운 옷을 만들고 또 무릎 쪽에 천을 두 장씩 대서 깁곤 했는데, 왜냐하면 아이들은 하나같이 무릎 부분이 특히나 험하게 되었기 때문이었다.

발뒤꿈치마다 으레 구멍이 하나씩 나 있는 아이들의 양말이 가득 담긴 바구니를 가지고 자리에 앉으면, 그녀는 양팔을 추켜올리며 이렇게 외치곤 했다. "아아, 이런, 나도 분명히 언젠가는 혼자 사는 여자가 오히려 부러워질 날이 올 거야!"

이렇게 외칠 때에 그녀의 얼굴은 밝게 빛났다.

여러분은 그녀의 애완용 늑대에 관해 기억하고 있을 것이다. 음, 그 맹수는 그녀가 섬에 왔다는 사실을 아주 금방 알아차렸으며, 자기가 먼저 그녀를 찾아와서 서로의 품으로 뛰어들었다. 그 일 이후에 그 맹수는 어디든지 그녀를 따라다녔다.

시간이 흐르면서 그녀는 자기가 뒤에 남겨 놓고 온 사랑하는 부모님에 관해서 많이 생각했을까? 이는 어려운 질문인데, 왜냐하면 네버랜드에서는 시간이 얼마나 흘렀는지를 이야기한다는 것이 그야말로 불가능했기 때문이다. 그곳에서는 달과 해로 시간을 따졌는데, 달과 해조차도 영국보다는 훨씬 더 수가 많았다. 하지만 내가 생각하기에 웬디는 자기 아버지나 어머니를 진정으로 걱정하지는 않은 것 같다. 그녀는 자기가 다시 날아 돌아갈 수 있도록 부모님이 항상 창문을

The Home
under the ground.

열어 놓고 있으리라고 절대적으로 확신했으며, 이런 확신 덕분에 마음이 완전히 편안했다. 다만 때때로 불편하게 생각했던 부분은, 존이 부모님을 오로지 희미하게만, 즉 마치 예전에 알던 사람 정도로만 기억하고 있다는 점이었으며, 심지어 마이클은 웬디를 진짜 자기 어머니로 믿으려는 의향이 상당히 강했다는 점이었다. 이런 상황에 약간 겁이 났기 때문에 그녀는 자기 의무를 다하려는 고귀한 열성을 발휘하여, 예전의 삶을 동생들의 머릿속에 각인시키기 위해 예전에 그녀가 학교에서 하던 것과 최대한 비슷하게 시험지를 만들었다. 다른 아이들은 여기에 무척 흥미를 느껴 자기들도 끼워 달라고 애원했으며, 저마다 석판을 하나씩 만들고 탁자 주위에 둘러앉아, 그녀가 또 다른 석판에 적어서 돌려보게 한 질문에 대한 답안을 쓰거나 열심히 생각했다. 거기 적힌 질문은 지극히 일상적인 것들이었다. '어머니의 눈 색깔은 어떤 색이었을까? 어머니와 아버지, 두 분 중에 누가 더 키가 컸을까? 어머니의 머리카락은 금색이었을까 아니면 갈색이었을까? 가능한 한 이 세 가지 질문에 모두 답변하시오.' '본인이 지난번 연휴를 어떻게 보냈는지에 관해, 또는 아버지와 어머니의 성격 비교에 관해, 40단어 내외로 작문하시오. 둘 중에서 한 가지만 쓰시오.' 혹은 '① 어머니의 웃음소리를 설명하시오. ② 아버지의 웃음소리를 설명하시오. ③ 어머니의 파티용 드레스를 설명하시오. ④ 개집과 그곳 임자를 설명하시오.'

문제들은 이처럼 일상적인 질문이었는데, 여러분이 답변을 하지 못하면, 대신 열십자를 그리라는 말을 들었다. 심지어 존조차도 열십자를 그린 횟수는 정말 끔찍스러울 정도로 많았다. 물론 모든 질문에 답변을 내놓은 아이는 슬라이틀리가 유일했으며, 1등을 하려는 기대로 그보다 더 불타는 아이도 없었지만, 그의 답변은 완전히 어이없기만 해서 그는 결국 꼴찌를 차지하고 말았다. 그야말로 서글픈 일이었다.

피터는 경쟁에 뛰어들지 않았다. 한편으로는 그가 웬디를 제외한 모든 어머니를 경멸했기 때문이었으며, 또 한편으로는 그가 이 섬에서 유일하게 글쓰기나 철자법을 모르는 아이였기 때문이었다. 그는 하다못해 가장 짧은 단어조차 몰랐다. 그는 이런 종류의 일을 초월했다.

그런데 문제들은 하나같이 과거 시제로 되어 있었다. 어머니의 눈색깔은 어떤 색이었을까, 등등. 여러분도 짐작했겠지만, 웬디 역시 예전 기억을 잊어 가고 있었던 것이다.

물론 모험이야 우리가 앞으로 보게 될 것처럼 일상적으로 일어나고 있었다. 하지만 이 무렵 피터는 웬디의 도움을 받아서 새로운 놀이를 발명했고, 처음에는 어마어마하게 매료되었다가 나중에는 갑자기 더 이상 거기에 관심을 갖지 않게 되었는데, 이것은 여러분도 이미 들었던 바와 마찬가지로 그가 놀이를 할 때에 항상 벌어지는 일이었다. 그 새로운 놀이는 모험을 하지 않는 척하는 것, 즉 존과 마이클이 평생 동안 해 온 것과 같은 종류의 일을 하는 것이었다. 이를테면 걸상에 앉아서 공중에 공을 던지는 것이라든지, 서로를 밀치는 것이라든지, 산책을 나갔다가 회색곰 한 마리도 죽이지 않고 그냥 돌아오는 것이었다. 피터가 걸상에 앉아 아무 일도 하지 않고 있는 모습은 정말이지 대단한 광경이었다. 그는 이럴 때마다 엄숙한 표정을 짓지 않을 수 없었는데, 그에게는 이렇게 가만히 앉아 있는 것이야말로 너무나 우스꽝스러운 일처럼 여겨졌다. 그는 건강을 위해서 산책을 나가는 것이라며 허풍을 떨었다. 며칠 동안이나 이 놀이는 모든 모험 중에서도 가장 기발한 것으로 여겨졌다. 존과 마이클 역시 이 놀이가 재미있는 척해야만 했다. 그러지 않았다면 그는 이들을 가혹하게 대했을 테니까.

피터는 종종 혼자 나갔는데, 돌아왔을 때에도 그가 진짜로 모험을 했는지 아닌지의 여부를 여러분은 결코 확실하게 알 수 없었다. 그는 자기가 한 모험을 완전히 잊어버리는 바람에 거기에 관해 아무 이야기도 하지 않을 수 있었다. 그러다가 여러분이 밖에 나가 보면 시체가 발견되는 것이었다. 이와는 반대로 그가 모험에 관해 무척이나 자세하게 이야기하더라도, 여러분은 정작 시체를 찾아내지 못할 수도 있었다. 때로는 머리에 붕대를 감고 돌아오기도 했는데, 웬디가 그를 달래고 미지근한 물로 목욕을 시켜 주는 동안, 그는 정말로 눈부신 이야기를 늘어놓았다. 하지만 여러분도 알다시피, 그녀는 결코 확신할 수가 없었다. 그러나 그녀가 알기에도 확실했던 모험은 여러 가지 있었는데, 왜냐하면 그런 모험에는 그녀도 함께했기 때문이었으며, 그것 말고 다른 모험도 여러 가지 있었는데, 그건 최소한 부분적으로는 사실인 것이, 거기에 함께했던 아이들이 전적으로 사실이라고 말해 주었기 때문이었다. 그 모두를 자세히 설명하려면 영어-라틴어, 라틴어-영어 사전만큼 커다란 책이 하나쯤 필요할 것이므로, 우리가 할 수 있는 최선이란 그 섬에서의 일반적인 시간의 표본을 하나 제시하

Peter and Wendy

는 것뿐이겠다. 문제는 과연 어떤 것을 고르느냐 하는 점이다. 슬라이틀리 협곡에서 있었던 인디언과의 충돌로 할까? 그 일은 피비린내 나는 사건이었으며, 피터의 기묘한 버릇 하나를 보여 주었다는 점에서 특히나 흥미로운데, 그는 싸움 도중에 갑자기 편을 바꾸었던 것이다. 협곡에서 승부가 여전히 팽팽한 가운데, 때로는 이쪽으로 기울고 또 때로는 저쪽으로 기울던 참에, 그는 이렇게 외쳤다. "나는 오늘 인디언이야! 넌 뭐지, 투틀스?" 그러자 투틀스가 대답했다. "인디언이지. 넌 뭐야, 닙스?" 그러자 닙스가 말했다. "인디언이지, 넌 뭐야, 쌍둥이?" 이런 식이었다. 그리하여 아이들은 모두 인디언이 되었다. 이러다 보니 자칫 싸움이 끝날 뻔했지만, 진짜 인디언들도 피터의 방법에 매료된 나머지, 오늘 한 번만큼은 자기들이 잃어버린 아이들 노릇을 하기로 합의했으며, 그리하여 이들은 모두 싸움을 다시 시작했고, 이전보다도 더 격렬하게 싸웠던 것이다.

이 모험의 이례적인 결과는 무엇인가 하면— 하지만 우리는 이 모험을 설명할지 말지를 아직 결정하지 못한 상태가 아닌가. 어쩌면 이보다는 땅속의 집을 노린 인디언의 야간 습격이 더 나을지도 모르겠는데, 이때에는 인디언 가운데 몇 명이 텅 빈 나무에 끼어 버리는 바람에, 마치 코르크 마개처럼 억지로 잡아 빼야만 했다. 아니면 인어들의 석호에서 피터가 타이거릴리의 목숨을 구함으로써, 그녀를 동맹자로 만들어 버린 이야기를 하는 게 나을지도 모르겠다.

아니면 우리는 아이들이 주워 먹고 죽기를 노리고 해적들이 만든 케이크 이야기를 할 수도 있을 것이다. 그들이 이 케이크를 여기저기

영리한 장소에 놓아둔 일에 관해서 말이다. 하지만 웬디는 번번이 아이들의 손에서 케이크를 빼앗았고, 시간이 흐르자 케이크도 촉촉함을 잃고 돌멩이처럼 딱딱해져서, 나중에는 아예 투척용 무기로 사용되었으며, 심지어 후크도 어둠 속에서 그 물건에 발이 걸려 넘어지기까지 했다.

아니면 피터의 친구였던 새들에 관해 이야기할 수도 있을 것인데, 특히 네버 새는 석호에 가지를 늘어뜨린 나무 위에 둥지를 지었다가, 그 둥지가 물에 떨어진 다음에도 여전히 거기 앉아 알을 품고 있어서, 피터는 아무도 그 새를 건드리지 말라고 모두에게 명령을 내렸다. 이것은 훈훈한 이야기였으며, 결말은 새 한 마리가 얼마나 고마워할 수 있는지를 보여 준다. 하지만 이왕 이야기를 하려면 석호에서의 모험 전체를 반드시 이야기해야만 하는데, 이것은 사실 한 가지 모험이라 기보다는 오히려 두 가지 모험이 맞는다. 이 가운데 더 짧은, 그리고 상당히 흥미진진한 모험은 바로 팅커 벨의 시도였는데, 그녀는 몇몇 뜨내기 요정의 도움을 받아서, 잠자는 웬디를 물에 떠 있는 커다란 나뭇잎에 태워서 영국으로 돌려보내려 했다. 다행히 나뭇잎이 뒤집어지는 바람에 웬디는 잠에서 깨었고, 해수욕하는 시간이라고 생각한 나머지, 혼자 헤엄쳐 돌아왔다. 아니면 또다시, 우리는 피터가 사자 앞에서도 대담하게 굴었던 이야기를 고를 수도 있는데, 이때 그는 화살을 하나 가지고서 자기 주위에 원을 하나 그린 다음, 그 선을 넘으려면 어디 넘어와 보라고 사자 떼에 도전했다. 비록 그는 여러 시간 동안 기다려야 했지만, 다른 아이들과 웬디가 나무 뒤에서 숨도 못 쉬고 지켜보는 가운데, 단 한 마리도 감히 그의 도전을 받아들이지는 못했다.

이런 모험들 가운데 우리는 어떤 것을 고를까? 가장 좋은 방법은 동전을 던져서 결정하는 것이다.

나는 동전을 던졌고, 결국 석호 이야기로 결정되었다. 차라리 협곡이나 케이크나 팅크의 나뭇잎 이야기가 이겼으면 하고 아쉬워하는 사람도 아마 있을 것이다. 물론 나야 동전을 다시 던져서, 그 셋 중에서 하나를 결정할 수도 있다. 하지만 그보다는 석호 이야기를 그냥 하는 편이 가장 공평할 것이다.

제8장

인어의 석호

The Mermaid's Lagoon

만약 여러분이 눈을 감는다면, 게다가 운이 좋다면, 여러분은 때때로 예쁘고 희끄무레한 색깔의 형체도 없는 웅덩이가 어둠 속에 떠 있는 모습을 보게 된다. 그러다가 여러분이 눈에 힘을 주면, 웅덩이는 형체를 취하기 시작할 것이고, 그 색깔은 점점 선명해져서, 다시 한 번 눈에 힘을 주면 확 불타오를 것이다. 하지만 그 색깔이 불타오르기 바로 직전에, 여러분은 석호를 볼 수 있다. 이것이야말로 여러분이 영국에 살면서도 그곳에 가장 가까이 갈 수 있는 방법이며, 단 한 번의 천국 같은 시간이다. 만약 그런 시간을 두 번만 가질 수 있었어도, 여러분은 파도를 보고 인어들의 노래를 들을 수 있었을 것이다.

아이들은 긴 여름날이면 종종 이 석호에서 시간을 보냈고, 대부분의 시간을 헤엄치고 떠다녔으며, 물에서 인어들의 놀이를 즐기거나 했다. 그렇다고 인어들이 아이들과 친하게 지냈다고 생각하면 안 된다. 오히려 그 반대였다. 웬디의 지속적인 아쉬움 중 하나는, 그녀가 이 섬에 머무는 내내 어떤 인어에게서도 친절한 말을 들어 보지 못했다는 것이었다. 그녀가 석호의 가장자리까지 살금살금 다가갈 경우, 20여 명이나 되는 인어들을 볼 수 있었으며, 머루너스 록[유배자의 바위]에서는 특히나 그러했다. 인어들은 바로 이곳에서 햇볕을 쬐기 좋아했으며, 웬디가 보기에는 상당히 짜증스러울 만큼 느긋한 방식으로 머리를 빗었다. 아니면 웬디는 헤엄을 쳐서, 정확히 말하자면 까치발로 이들에게 1미터 근처까지 접근할 수는 있었지만, 그럴 경우에 인어들은 그녀를 보자마자 물속으로 뛰어들었으며 꼬리로 그녀에게 물을 튀겼는데, 그건 단순히 사고가 아니라 의도적인 행동이었다.

인어들은 아이들에게도 똑같이 대했지만, 물론 피터만큼은 예외여서, 그는 머루너스 록에서 종종 그들과 이야기를 나누었으며, 그들이 건방지게 굴 때면 아예 꼬리 위에 걸터앉기도 했다. 그들의 빗을 하나 얻어다가 웬디에게 선물한 적도 있었다.

그들의 가장 인상적인 모습을 볼 수 있는 시간은 달이 떠오를 때였는데, 이때 그들은 정말 기묘한 울음소리를 냈다. 그러나 이때에는 석호가 인간들에게는 위험한 장소였으며, 이제 곧 우리가 이야기하게 될 바로 그날 저녁까지만 해도 웬디는 그 석호를 달빛 아래에서 본 적이 없었다. 이는 단순히 두려움 때문만은 아니었던 것이, 웬디가 가겠다면 피터가 당연히 함께할 것이기 때문이었다. 오히려 그녀가 아이들 모두에게 7시까지는 잠자리에 들어야 한다는 것을 엄격한 규칙으로 삼았던 게 진짜 이유였다. 하지만 비가 온 다음의 햇빛 쨍쨍한 날에는 그녀도 종종 석호에 갔으며, 이때에는 인어들도 놀라우리만치 많은 수가 몰려나와 거품을 가지고 놀았다. 무지개 물에서 만들어진 다채로운 색깔의 거품을 인어들은 공처럼 가지고 놀았으며, 꼬리를 이용해 거품을 때려서 서로에게 유쾌하게 던졌고, 거품이 터질 때까지 무지개 안에 간직해 두려 애썼다. 무지개 양편에는 골대가 세워져 있었으며, 골키퍼는 양손을 쓸 수 있었다. 때로는 수백 명의 인어가 한꺼번에 석호에서 놀이를 벌였는데, 이것이야말로 상당히 멋진 광경이었다.

하지만 아이들이 끼어들라치면 인어들은 곧바로 사라져 버렸으므로 아이들은 결국 자기들끼리만 놀아야 했다. 그럼에도 불구하고 우리는 갑자기 끼어든 아이들을 인어들이 몰래 지켜보고 있었다는, 그리고 아이들의 발상을 받아들이기 싫어하지는 않았다는 증거를 갖고 있다. 왜냐하면 존은 거품을 때리는 새로운 방법을 도입했는데, 그것은 바로 손이 아니라 머리로 때리는 것이었고, 머지않아 인어 골키퍼들도 그 방법을 받아들였다. 이는 존이 네버랜드에 남긴 한 가지 뚜렷한 흔적이었다.

정오에 식사를 마치고 30분 동안 아이들이 어느 바위에 누워서 쉬고 있는 모습은 분명히 예뻐 보였을 것이다. 웬디는 아이들이 반드시 이렇게 쉬어야 한다고, 그리고 비록 식사가 꾸며 낸 것이라 하더라도 휴식은 진짜로 취해야 한다고 고집했다. 그리하여 아이들은 햇빛 아래 바위에 누웠고, 거기서 아이들의 몸은 반짝였으며, 그녀는 그 옆에 앉아서 뿌듯해했다.

SUMMER DAYS ON THE LAGOON

이날 역시 그런 날 가운데 하나여서, 이들은 모두 머루너스 록에 올라앉아 있었다. 바위는 이들이 자는 커다란 침대보다 더 큰 것도 아니었지만, 아이들은 당연히 자리를 별로 차지하지 않는 방법이 무엇인지 잘 알았기 때문에 꾸벅꾸벅 졸거나 또는 최소한 눈을 감은 채 누워서, 웬디가 보지 않는다는 생각이 들면 때때로 서로를 꼬집기도 했다. 그녀는 바느질을 하느라 무척 바빴다.

그녀가 바느질을 하는 사이에 석호에는 변화가 찾아왔다. 작은 넘실거림이 그 위를 스쳤고, 해가 사라지고 그림자가 물을 건너 살금살금 다가와서, 이곳을 춥게 만들었다. 더 이상은 웬디가 바늘에 실을 뀔 수 없을 정도로 어두워졌으며, 그녀가 고개를 들자, 이전까지는 항상 웃음이 넘치던 석호가 무섭고도 불친절한 곳처럼 보였다.

그녀가 판단하기에 밤이 찾아온 것은 아니고, 다만 밤처럼 어두운 뭔가가 다가온 것뿐이었다. 아니, 그보다 더 나쁜 상황이었다. 그것은 이미 다가온 게 아니라, 다만 바다를 통해 그 넘실거림을 보냄으로써 그것이 오고 있음을 이야기하게 만든 것이었다. 그것은 무엇일까.

문득 머루너스 록에 관해 들었던 온갖 이야기가 그녀의 머릿속에 떠올랐다. 이 바위에 그런 이름이 붙은 까닭은 사악한 선장들이 선원들을 이곳에 남겨 두어 물에 빠져 죽게 만들어서였다. 밀물이 들어오면 이들은 빠져 죽을 수밖에 없었으니, 그때에는 바위가 물에 잠겨 버리기 때문이었다.

물론 웬디는 아이들을 곧바로 깨웠어야 마땅했을 것이다. 단순히 알 수 없는 뭔가가 그들 주위를 배회해서라기보다는, 이렇게 점점 추워지는 바위 위에서 잠을 자 보았자 좋을 게 없었기 때문이다. 하지만 그녀는 아직 어린 어머니였으며, 그래서 그런 사실을 모르고 있었다. 그녀로서는 정오에 식사를 하고 나면 30분 동안 지켜야 하는 규칙을 반드시 준수해야 할 것만 같았다. 따라서 두려움이 엄습했음에도 불구하고, 그리고 남자의 목소리를 듣고 싶은 마음이 간절했음에도 불구하고, 그녀는 아이들을 깨우지 않았다. 나지막이 노 젓는 소리를 들었음에도, 심장이 입 있는 데까지 튀어 올랐어도 그녀는 아이들을 깨우지 않았다. 그녀는 아이들을 굳게 지키고 서서, 아이들이 잠을 자도록 해 줄 것이었다. 웬디는 정말 용감하지 않은가.

그 아이들로서는 다행스럽게도, 그중에서도 한 명만큼은 심지어 잠을 자는 동안에도 위험의 냄새를 맡을 줄 알았다. 피터가 자리에서 벌떡 일어났고, 개처럼 잠에서 완전히 깨어나서, 한 번의 경고 외침으로 모두를 깨웠던 것이다.

그는 가만히 선 채로 한 손을 귀에 가져다 댔다.

"해적이야!" 피터가 외쳤다. 다른 아이들이 그에게 다가갔다. 그의 얼굴에는 야릇한 미소가 번져 있었고, 웬디는 그걸 보자마자 몸을 떨었다. 그의 얼굴에 미소가 나타났을 때에는 어느 누구도 감히 말을 걸 수가 없었다. 아이들이 할 수 있는 일이라고는 그에게 복종할 채비를 갖추고 서 있는 것뿐이었다. 그의 명령은 날카롭고도 예리하게 나왔다.

"물로 뛰어들어!"

아이들의 다리가 쏜살같이 움직이더니, 금세 석호는 텅 비고 말았

It was the pirate
dinghy o . o . o .

다. 접근을 불허하는 바닷물 한가운데에 머루너스 록만 서 있는 모습을 보노라면, 마치 그 바위 자체도 유배를 당한 것 같았다.

보트가 점점 가까워졌다. 그 해적 구명보트 안에는 세 명이 타고 있었다. 스미와 스타키 그리고 또 한 사람은 포로였는데, 다름 아닌 타이거릴리였다. 그녀는 손목과 발목이 묶여 있었고, 자기 운명이 어떻게 될지도 알았다. 그녀는 이 바위에 남아서 죽게 될 것이었고, 이것이야말로 그녀의 부족에서는 불이나 고문에 의한 죽음보다도 더 끔찍하게 여기는 죽음이었다. 물속에는 행복한 사냥터로 가는 길이 없지 않은가?[20] 하지만 그녀의 얼굴은 무표정하기만 했다. 그녀는 추장의 딸이었고, 추장의 딸답게 죽어야만 했으며, 그것으로 충분했다.

해적들은 그녀가 입에 칼을 물고 해적선에 올라온 것을 발견하고 포로로 붙잡았다. 해적선에는 파수꾼이 없었으니, 바람을 타고 퍼진 자신의 명성 덕분에 인근 1킬로미터 이내에서는 배가 안전하다는 후크의 장담 때문이었다. 이제 그녀의 죽음은 해적선을 지키는 데에 역시나 도움이 될 것이었다. 또 한 번의 비명이 한밤에 그 바람을 타고 또다시 한 바퀴 돌게 될 것이었다.

이들과 함께 다가온 어둠으로 인해 두 명의 해적은 바위를 보지 못해서 결국 보트가 거기 부딪치고 말았다.

"뱃머리를 바람이 불어오는 쪽으로 돌려, 이 풋내기야." 이 아일랜드인 억양은 스미의 목소리였다. "여기가 그 바위로군. 그럼 이제 우리가 할 일은 이 인디언을 여기 올려놓고, 물에 빠져 죽게 내버려 두는 것이겠지."

이 예쁜 여자아이를 바위에 내려놓는 것은 정말이지 손쉬운 일이었다. 그녀는 자부심이 대단했던 까닭에 공연한 저항을 시도조차 하지 않았기 때문이었다.

바위에서 제법 가까운 곳에, 그러나 그쪽에서는 보이지 않는 두 개의 머리가 위아래로 오르락내리락하고 있었는데, 바로 피터와 웬디의 머리였다. 웬디는 울고 있었다. 이것은 그녀가 목격한 최초의 비극이었다. 피터는 비극을 많이 목격했지만, 역시 모두 잊어버린 다음이었다. 그는 웬디만큼 타이거릴리에게 딱한 마음을 품지는 않았다. 다만 두 명이 한 명을 상대한다는 사실이 분노를 자극했고, 그는 결국 그녀를 구해 내기로 작정했다. 간단한 방법이라면 해적들이 사라질 때까지 기다리는 것이겠지만, 그는 결코 간단한 방법을 선택하는 사람이 아니었다.

피터가 하지 못하는 일은 이 세상에 거의 없다시피 했으므로, 이제 그는 후크의 목소리를 흉내 냈다.

"어이, 거기, 이 풋내기들아!" 그가 외쳤다. 정말 놀라울 정도로 후크를 똑 닮아 있었다.

"선장님이다!" 해적들이 이렇게 말하며, 깜짝 놀란 나머지 서로의 얼굴을 쳐다보았다.

"그분이 우리 쪽으로 헤엄쳐 오시는 모양인데요." 두 사람이 이리저리 두리번거리며 선장의 모습을 찾는 도중에 스타키가 말했다.

"저희는 지금 인디언을 바위에 내려놓고 있습니다!" 스미가 외쳤다.

"그 녀석을 풀어 줘 버려." 깜짝 놀랄 만한 대답이 들려왔다.

"풀어 주라고요!"

"그래, 밧줄을 잘라서 그냥 보내 주란 말이다."

"하지만 선장님—"

"당장, 내 말 안 들리나!" 피터가 말했다. "우물쭈물했다가는 내 갈고리가 네놈들 몸에 박혀 있을 거야."

"정말 이상한 일이군!" 스미가 숨을 헐떡였다.

"선장님이 시키시는 대로 하는 게 낫겠어요." 스타키가 불안한 듯 말했다.

"예, 알겠습니다." 스미가 대답하더니, 타이거릴리를 묶은 밧줄을 풀어 주었다. 그러자 곧바로 그녀는 뱀장어처럼 스타키의 다리 사이를 빠져나가 물로 뛰어들었다.

웬디는 물론 피터의 현명함에 매우 의기양양한 기분이 들었지만, 또 한편으로는 그가 한껏 의기양양해진 나머지 갑자기 수탉 울음소리를 내서 자기 정체를 드러낼 가능성이 있음을 잘 알았으므로, 곧바로 한 손을 내밀어 그의 입을 막았다. 하지만 그녀의 손은 움직이다 말고 우뚝 멈추어 버렸는데, 왜냐하면 "어이, 보트!" 하는 후크의 목소리가 석호 위에 울려 퍼졌기 때문이며, 이번에는 피터가 한 말이 아니었다.

피터는 아마도 수탉 울음소리를 흉내 낼 생각이었던 모양이지만, 이제는 놀라운 듯 휘파람을 불려는지 얼굴을 찡그렸다.

"어이, 보트!" 다시 한 번 목소리가 들려왔다.

이제 웬디도 이해가 되었다. 진짜 후크도 지금 바다에 나와 있었던 것이다.

그는 보트를 향해 헤엄쳐 오고 있었으며, 그의 부하들은 그를 인도하기 위해 랜턴을 켰고, 그는 곧바로 보트에 도착했다. 랜턴 불빛 속에서 웬디는 갈고리가 보트의 가장자리에 걸쳐지는 것을 보았고, 물을 뚝뚝 흘리며 위로 올라오는 사악하고 거무스름한 얼굴을 보았으며, 그리하여 그녀는 몸을 떨면서 헤엄쳐 도망가고 싶었지만 피터는 아랑곳하지 않을 것이었다. 피터는 활기로 넘쳤으며, 아울러 자부심으로 가득한 참이었다. "나 정말 대단하지 않아? 와, 난 정말 대단해!" 그가 그녀에게 속삭였다. 비록 그녀도 똑같은 생각이기는 했지만, 그의 평판을 위해서라도 지금 여기서 자기 말고는 그 말을 들은 사람이 없다는 사실이 그녀에겐 정말로 다행스러웠다.

그는 그녀에게 잘 들어 보라는 손짓을 했다.

두 명의 해적은 도대체 무엇 때문에 자기네 선장이 여기까지 왔는지 무척이나 궁금했지만, 후크는 깊은 우울에 잠긴 듯한 표정으로 갈고리로 머리를 받치고 앉아 있을 뿐이었다.

"선장님, 괜찮으십니까?" 그들이 소심하게 물었지만, 그는 공허한 신음으로 대답했다.

"한숨을 쉬시네." 스미가 말했다.

"또 한숨을 쉬시네요." 스타키가 말했다.

"그리고 세 번째로 한숨을 쉬시는군." 스미가 말했다.

"무슨 일이십니까, 선장님."

그러자 마침내 후크가 격한 어조로 말했다.

"놀이는 끝났어!" 그가 외쳤다. "그 아이들이 어머니를 하나 찾아 냈다고!"

두렵기는 했지만, 웬디는 순간 자부심이 부풀어 올랐다.

"아니, 이런 사악한 일이 있나!" 스타키가 외쳤다.

"그런데 어머니란 게 뭡니까?" 무식한 스미가 물었다.

웬디는 이 질문에 워낙 충격을 받은 나머지, 자기도 모르게 이렇게 내뱉고 말았다. "저 사람은 그것도 모르나!" 이날 이후로 항상, 그녀는 만약 자기가 애완용 해적을 키울 수 있다면, 저 스미를 자기 것으로 삼겠다고 작정했다.

피터는 그녀를 물 아래로 잡아당겼는데, 왜냐하면 후크가 벌떡 일어나며 이렇게 외쳤기 때문이었다. "저게 무슨 소리지?"

"저는 아무 소리도 못 들었는데요?" 스타키가 이렇게 대꾸하며 랜턴을 들어서 물 위를 비추었고, 이때 해적들은 뭔가 기묘한 광경을 보게 되었다. 내가 여러분에게 이야기했던 바로 그 둥지였는데, 석호를 둥실둥실 떠다니는 그 위에는 네버 새가 한 마리 앉아 있었다.

"저것 보라고." 후크가 스미의 물음에 대한 답변으로 이렇게 말했다. "저게 바로 어머니야. 대단한 교훈이로군. 아마 저 둥지가 물 위로 떨어졌던 모양이지만, 어머니가 과연 자기 알을 내버릴까? 아니지."

그의 목소리에는 갈라지는 부분이 있었는데, 마치 순간적으로 자기가 순진했던 시절을 회상하는 것 같았다. 하지만 그는 갈고리를 흔들어서 이 나약함을 지워 버렸다.

스미는 상당히 감명을 받은 듯 빠른 속도로 지나가는 둥지 위에 앉은 새를 주시했지만, 더 의심이 많은 스타키는 이렇게 내뱉었다. "만약 저 새가 어머니라고 한다면, 저 새도 피터를 돕기 위해 여기 있는 건지도 모르죠."

후크는 인상을 찡그렸다. "그래." 그가 말했다. "그거야말로 계속해서 내게 떠오르는 두려움이지."

그가 이런 낙담에서 벗어난 것은 스미의 흥분한 목소리 때문이었다.

"선장님." 스미가 말했다. "그러면 그 아이들의 어머니를 우리가 납치해서, 대신 우리 어머니로 삼으면 되지 않겠습니까?"

"그거 멋진 계획이군!" 후크가 이렇게 외쳤고, 그 즉시로 그의 뛰어난 두뇌 속에서는 계획이 실용적인 형태를 갖추어 나갔다. "우리는 그녀석들을 모두 붙잡아서 보트로 끌고 오는 거야. 다른 아이들은 모두 판자 위를 걷게 하고, 웬디는 우리 어머니로 삼는 거지."

다시 한 번 웬디는 지금의 자기 처지를 잊고 말았다.

"절대 안 돼!" 그녀가 외치면서 고개를 저었다.

"저게 무슨 소리지?"

하지만 그들은 아무것도 볼 수가 없었다. 그들은 분명히 바람에 날아다니는 나뭇잎일 것이라고만 생각했다. "너희도 찬성이냐, 이놈들아?" 후크가 물었다.

"기꺼이 제 손을 얹겠습니다." 두 사람 모두 대답했다.

"그리고 나는 기꺼이 내 갈고리를 얹도록 하지. 맹세."

이들은 모두 맹세를 했다. 이때 그들은 모두 바위에 올라와 있었고, 후크는 갑자기 타이거릴리를 기억해 냈다.

"그 인디언은 어디 있지?" 그가 불쑥 물었다.

가끔은 후크도 유쾌한 기분일 때가 있었는데, 부하들은 지금이야 말로 바로 그런 때 가운데 하나라고 생각했다.

"모두 제대로 처리했습니다, 선장님." 스미가 만족스럽게 대답했다. "놔주었죠."

"놔주었다니!" 후크가 외쳤다.

"선장님께서 그러라고 명령하셨잖아요." 갑판장이 멈칫하며 우물거렸다.

"저희더러 놔주라고 바다 저편에서 말씀하셨잖아요." 스타키도 말했다.

"유황에 담즙 말아 먹을 헛소리!" 후크가 버럭 소리를 질렀다. "도대체 무슨 속임수가 저질러지고 있는 거야!" 그의 얼굴은 분노로 시커멓게 변했지만, 그는 부하들이 진실을 말한다는 사실을 깨닫고 당황했다. "이놈들아." 그는 약간 몸을 떨면서 말을 이었다. "나는 그런 명령을 내린 적이 없어."

"그럼 정말 이상한데요." 스미가 말하자, 이들 모두는 불편한 듯 안절부절못했다. 후크는 목소리를 높였지만, 떨리는 기색을 감출 수는 없었다.

"오늘 밤 이 어두운 석호에 출몰한 영靈들이여!" 그가 외쳤다. "너희는 내 말이 들리는가?"

피터는 입을 꾹 다물고 있어야 맞았겠지만, 물론 그는 그럴 수가 없었다. 그는 후크의 목소리에 곧바로 대답했다.

"이런 빌려 먹을, 삭아 빠질, 망치에 부지깽이 같은! 네 말이 들린 다."

이런 극적인 순간에조차 후크는 안색이 조금도 변하지 않았지만, 스미와 스타키는 공포에 사로잡혀 서로를 부둥켜안았다.

"너는 누구냐, 낯선 자여, 말해라!" 후크가 물었다.

"나는 제임스 후크다." 목소리가 대답했다. "'졸리 로저'21)호의 선장 이지."

"너는 그렇지 않아. 너는 그렇지 않다고!" 후크가 목쉰 소리로 외쳤 다.

"유황에 담즙 말아 먹을 헛소리!" 목소리가 대답했다. "다시 한 번 그런 소리를 하면, 너에게 닻을 집어 던질 테다."

후크는 좀 더 비위를 맞추려는 태도를 취했다. "네가 정말로 후크 라면" 그는 공손하게 말을 이었다. "어디 내게 말해 봐라, 그럼 나는 누구지?"

"대구." 목소리가 대답했다. "너는 대구일 뿐이다."

"대구라고!" 후크가 공허한 목소리로 반문했다. 바로 그때, 바로 그 때에 가서야 비로소, 그의 자부심 가득한 사기는 꺾이고 말았다. 그 는 부하들이 자기에게서 슬금슬금 멀어지는 것을 보았다.

"우리가 지금껏 대구를 선장님으로 모시고 있었다니!" 그들이 중얼 거렸다. "자존심 상하는군."

이야말로 개가 주인을 무는 격이나 다름없었지만, 후크는 비극적인 상황에 처한 나머지 부하들에게는 신경도 쓰지 않았다. 이처럼 무시무시한 증거에 대항하기 위해 그가 필요로 한 것은 부하들의 믿음이 아니라, 오히려 자기 자신의 믿음이었다. 그는 자신에게서 자아가 빠져나가는 기분이 들었다. "나를 버릴 생각 마라, 이놈들아." 그가 목쉰 소리로 부하들에게 말했다.

그의 어두운 본성에는 여성스러운 면이 없지 않았는데, 모든 위대한 해적들과 마찬가지로 때로는 이런 면이 그에게 직관을 제공하기도 했다. 뜬금없이 그는 스무고개를 시도했다.

"후크." 그가 말했다. "혹시 너에게는 다른 목소리도 있나?"

피터는 놀이라면 결코 저항하지 못하고 빠져들었기 때문에, 부주의하게도 자기 목소리로 대답을 내놓았다. "있지."

"그러면 다른 이름도 있나?"

"그래, 그래."

"식물인가?" 후크가 물었다.

"아니."

"광물인가?"

"아니."

"동물인가?"

"그래."

"인간인가?"

"아니!" 이 대답은 경멸하는 어조로 튀어나왔다.

"남자아이인가?"

"그래."

"평범한 남자아이인가?"

"아니!"

"특이한 남자아이인가?"

웬디로서는 고통스럽게도, 이번에 튀어나온 대답은 "그래"였다.

"그러면 너는 영국에서 왔나?"

"아니."

"너는 여기 사나?"

"그래."

후크는 완전히 혼란에 빠지고 말았다. "너희도 질문을 좀 해 봐라." 그가 부하들에게 말하며 축축하게 젖은 이마를 훔쳤다.

스미가 곰곰이 생각했다. "저는 아무것도 생각나지 않는데요." 그는 아쉬운 듯 말했다.

"못 맞히겠지, 못 맞히겠지." 피터가 수탉 울음소리를 냈다. "그럼 포기한 건가?"

물론 자부심이 지나쳐서 놀이를 너무 멀리까지 끌고 간 것이었고, 악당들은 드디어 기회를 잡았다.

"그래, 그래." 이들은 얼른 대답했다.

"좋아, 그러니까!" 그가 외쳤다. "나는 피터 팬이야!"

팬!

바로 그 순간 후크는 자신을 되찾았으며, 스미와 스타키는 다시 그의 충실한 부하들이 되었다.

"이제 저놈은 우리 거다!" 후크가 외쳤다. "물로 뛰어들어라, 스미. 스타키, 보트를 지켜라. 죽었든 살았든 저놈을 잡아 와."

그는 이렇게 말하면서 자기도 뛰어내렸으며, 이와 동시에 피터의 쾌활한 목소리가 들려왔다.

"준비됐니, 얘들아?"

"예, 그렇습니다." 석호의 여러 부분에서 목소리가 들려왔다.

"그럼 저 해적들을 들이받아라."

싸움은 짧지만 격렬했다. 처음으로 피를 흘리게 만든 사람은 존이었는데, 그는 씩씩하게 보트로 올라가 스타키를 붙들었다. 격렬한 몸싸움이 있었고, 해적의 손에서 단도가 떨어지고 말았다. 그는 보트에서 바다로 떨어졌으며, 존도 그를 따라 뛰어내렸다. 구명보트는 제멋대로 표류하고 있었다.

여기저기서 머리가 물 밖으로 나왔고, 강철의 불꽃에 뒤이어 고함소리며 기합 소리가 들렸다. 혼란 속에서 일부는 같은 편끼리 싸우기도 했다. 스미의 코르크스크루는 투틀스의 네 번째 갈빗대를 파고들었지만, 스미 본인도 컬리의 칼에 꿰뚫리고 말았다. 저 멀리 바위 위에서는 스타키가 슬라이틀리와 쌍둥이를 거세게 밀어붙이고 있었다.

이 시간 내내 피터는 어디 있었을까? 그는 더 큰 사냥감을 찾고 있었다.

다른 아이들은 모두 용감했고, 그래서 해적 선장 앞에서 뒤로 물러섰다고 해서 그들을 비난할 수는 없을 것이었다. 그의 쇠갈고리가 그 주위의 잔잔한 물에서 원을 그리고 돌았으며, 아이들은 겁에 질린 물고기처럼 거기서 도망칠 수밖에 없었다.

그러나 그를 두려워하지 않는 사람이 한 명 있었다. 그 원 속으로 기꺼이 뛰어들 준비가 되어 있는 사람이.

이상하게도 두 사람은 물속에서 만난 것이 아니었다. 후크는 숨을 쉬기 위해 바위 위로 올라가 있었고, 이와 같은 순간에 피터도 반대편에서 그곳으로 올라갔다. 바위는 공처럼 미끄러웠기 때문에, 두 사람은 두 발이 아니라 두 손과 두 발로 엉금엉금 기어서 올라갔다고 해야 맞았다. 둘 중 누구도 상대방이 앞에서 오고 있음을 몰랐다. 두 사람 모두 자기 손이 상대방의 팔에 닿는 것을 느꼈다. 그들은 놀라 고개를 들었다. 그들의 얼굴이 거의 맞닿을 뻔했다. 그렇게 해서 그들은 딱 마주쳤다.

가장 위대한 영웅 가운데 몇 사람이 고백한 바에 따르면, 자기들이 쓰러지기 전에는 가슴 철렁한 느낌이 있었다고 했다. 바로 이 순간에 피터 역시 마찬가지였느냐고 묻는다면, 나는 그렇다고 시인했을 것이다. 여하간 후크는 시쿡이 두려워하는 유일한 사람이었으니까. 하지만 피터는 가슴 철렁한 느낌이라고는 전혀 없었고, 단지 반가운 느낌만 있었다. 그는 기쁜 나머

지 예쁜 이를 갈았다. 전광석화처럼 그는 후크의 허리띠에서 단검을 빼내 바로 상대에게 찔러 넣을 참이었지만, 불현듯 바위에서 자기가 서 있는 위치가 적보다 더 높다는 사실을 깨달았다. 이것은 공평하게 싸우는 셈이 아니었다. 그래서 피터는 해적이 위로 올라오도록 돕기 위해 한 손을 내밀었다.

바로 그때 후크는 그를 깨물어 버렸다.

그 행동에서 비롯된 고통이 아니라, 오히려 그 행동의 불공평함 때문에 피터는 정신이 얼떨떨해졌다. 그는 졸지에 무기력한 상태가 되고 말았다. 단지 겁에 질린 채 상대방을 쳐다볼 뿐이었다. 모든 아이는 난생처음으로 불공평한 대우를 받았을 때에 큰 충격을 받게 마련이다. 아이가 당신의 것이 되기 위해서 당신에게 왔을 때, 아이는 당연히 자기에게는 공평함에 대한 권리가 있다고 굳게 믿는다. 여러분이 아이에게 불공평하게 굴고 나면, 아이는 다시 여러분을 사랑하게 될망정, 이후로는 결코 이전과 똑같은 아이로 남아 있지는 않게 된다. 어느 누구도 최초의 불공평함을 극복하지는 못한다. 물론 피터는 예외였다. 그는 종종 그런 일을 겪었지만, 항상 잊어버리곤 했다. 내 생각에는 그것이야말로 그와 다른 모든 사람의 진정한 차이였다.

그리하여 그가 지금 또다시 불공평을 만났을 때, 마치 처음으로 겪는 일 같은 느낌을 받았던 것이다. 피터는 무기력하게 그저 바라볼 뿐이었다. 두 번이나 쇠갈고리가 그를 할퀴었다.

그런데 잠시 후에 다른 아이들은 후크가 물속에서 미친 듯이 헤엄쳐서 배로 향하는 것을 보았다. 그의 음흉한 얼굴에는 더 이상 득의

만면한 표정이 없고 오로지 새하얀 공포만 떠올라 있었는데, 왜냐하면 악어가 끈질기게 그를 뒤쫓고 있었기 때문이다. 평소였다면 아이들이 그 옆에서 함께 헤엄치며 응원을 했을 테지만 이제는 이들도 불안을 느꼈다. 피터와 웬디 모두 찾을 수 없었던 것이다. 급기야 아이들은 석호를 이리저리 오가며 두 사람의 이름을 불렀다. 이들은 구명보트를 발견하고 그 안에 올라타서 "피터! 웬디!" 하고 외치며 돌아다녔지만, 인어들의 비웃는 소리를 제외하면 대답이라곤 없었다. "분명히 헤엄치거나 날아서 돌아갔을 거야." 아이들은 이런 결론을 내렸다. 아이들은 아주 많이 걱정하지도 않았는데, 피터에 대한 믿음이 워낙 확고했기 때문이었다. 아이들은 역시나 아이들답게 킥킥거렸는데, 왜냐하면 이번에는 침대에 들어갈 시간에 늦어 버렸기 때문이었다. 그것도 어머니인 웬디 본인의 실수로 인해!

아이들의 목소리가 잦아들고 나자, 석호에는 싸늘한 침묵만이 깔렸고, 곧이어 희미한 고함 소리가 들려왔다.

"도와줘, 도와줘!"

작달막한 사람의 형체 두 개가 물결에 떠밀려 바위에 부딪치고 있었다. 여자아이는 이미 실신하여 남자아이의 팔에 안겨 있었다. 피터는 마지막으로 남은 힘까지 짜내서 웬디를 바위 위로 끌어 올린 다음, 그녀의 옆에 나란히 누웠다. 자기도 역시나 실신할 것 같은 와중에 그는 바닷물이 차오르는 것을 보았다. 이제 자기들이 곧 물에 빠져 죽을 것임을 알았지만, 더 이상은 할 수 있는 일이 없었다.

두 사람이 나란히 누워 있는 사이에, 인어 한 명이 웬디의 두 발을 붙잡고 슬그머니 물속으로 끌어들이려 했다. 피터는 그녀가 자기 옆에서 움직이는 것을 깨닫고 깜짝 놀라 일어나서, 다행히 때맞춰 그녀를 도로 끌어당길 수 있었다. 하지만 그는 그녀에게 진실을 말해야만 했다.

"우리는 바위 위에 있어, 웬디." 그가 말했다. "그런데 바위가 점점 좁아지고 있어. 이제 곧 물이 바위를 완전히 뒤덮을 거야."

그녀는 아직도 무슨 말인지 이해하지 못하고 있었다.

"우리는 가야만 해." 그녀는 쾌활하게 말했다.

"그래." 그는 힘없이 대답했다.

"우리 헤엄칠까, 아니면 날아갈까, 피터?"

그는 그녀에게 말해야만 했다.

"네 생각에는 내 도움 없이도 섬까지 헤엄치거나 날아서 갈 수 있을 것 같아, 웬디?"

그녀는 너무 지쳐서 그럴 수 없다고 시인해야 했다.

그가 신음했다.

"무슨 일이야?" 그녀가 물었고, 그에 관한 불안감이 곧바로 생겨났다.

"나는 너를 도와줄 수 없어, 웬디. 후크가 내게 상처를 입혔어. 나는 날아갈 수도, 헤엄칠 수도 없어."

"그럼 우리 둘 다 물에 빠져 죽게 될 거란 이야기야?"

"물이 얼마나 불어나고 있는지 좀 봐."

두 사람은 양손으로 눈을 가려 아무것도 보이지 않게 했다. 그들

은 얼마 안 있어 자기들이
더 이상 살지 못하리라고 생
각했다. 그들이 이렇게 앉
아 있는데 뭔가가 키스처럼
가볍게 피터에게 와 닿더니,
그대로 남아 있는 것이 마치
소심하게 이런 말을 하는 듯
했다. "혹시 내가 무슨 쓸모
가 있지 않을까?"

In a few
minutes she
was borne out
of his sight"

그건 바로 연의 꼬리로,
마이클이 며칠 전에 만든 물
건이었다. 그러나 연은 그의
손에서 벗어나 그만 멀리 날
아가 버렸던 것이다.

"마이클의 연이야." 이렇게 말하면서도 피터는 처음에만 해도 별다
른 관심을 보이지 않았지만, 곧이어 그 꼬리를 붙들더니 연을 자기 쪽
으로 끌어당겼다.

"이 연이 마이클을 공중으로 들어 올린 적이 있었지!" 그가 외쳤
다. "그렇다면 너도 실어 갈 수 있지 않겠어?"

"우리 둘 다!"

"두 사람을 들어 올리지는 못할 거야. 마이클과 컬리도 못 했으니
까."

"그러면 제비뽑기를 하자." 웬디가 용감하게 말했다.

"게다가 넌 숙녀잖아. 절대 안 돼." 그는 이미 연 꼬리를 그녀의 몸에 묶었다. 웬디는 피터에게 매달렸다. 그를 내버려 두고 혼자서 떠나기를 거부했다. 하지만 "잘 가, 웬디"라는 말과 함께, 피터는 그녀를 바위에서 밀어냈다. 몇 분 뒤에 그녀는 그의 시야에서 사라져 버렸다. 피터는 석호에 혼자 남았다.

바위는 이제 아주 좁아져 있었다. 곧 물에 잠길 것이었다. 물 건너편으로 희끄무레한 불빛이 살금살금 다가왔다. 잠시 후에는 이 세상에서 가장 음악적이고 가장 구슬픈 노래가 들려올 것이었다. 바로 인어들이 달을 향하여 부르는 노래가.

피터는 다른 아이들과 비슷하지 않았다. 하지만 그 역시 결국에는 두려움을 느꼈다. 전율이 그의 몸을 훑고 지나갔으며, 이는 마치 바다를 지나가는 넘실거림과도 유사했다. 그런데 바다 위에서는 하나의 넘실거림 다음에 또 다른 넘실거림이 나타나서, 결국 수백 개의 넘실거림이 나타났던 반면, 피터는 오로지 한 번의 넘실거림만 느꼈다. 다음 순간에 그는 다시 바위 위에 똑바로 일어났고, 그의 얼굴에는 특유의 미소가 떠올랐으며, 그의 몸안에서는 북을 치는 듯한 박동이 느껴졌다. 그 표정은 이렇게 말하고 있었다. "죽는 것도 무척이나 큰 모험이 될 거야."

"TO DIE WILL BE AN AWFULLY BIG ADVENTURE?"

제9장

네버 새

The Never Bird

피터가 완전히 홀로 남기 전에 들은 마지막 소리는 바로 인어들이 하나둘씩 바다 밑의 자기네 침실로 들어가는 소리였다. 그는 너무 멀리 떨어져 있어서 문이 닫히는 소리를 들을 수 없었다. 하지만 인어들이 사는 산호 동굴에 있는 문에서는 열거나 닫을 때마다 작은 종소리가 났고(이건 영국에 있는 멋진 집에서도 모두 마찬가지다), 그 종소리는 그도 들을 수 있었다.

　　물은 꾸준히 불어나서 이제는 그의 두 발을 적시고 있었다. 물이 그를 마지막으로 꿀꺽 삼켜 버릴 때까지 시간을 보내기 위해서, 피터는 이 석호에 있는 다른 유일한 물건을 바라보았다. 그는 그 물건이 물에 떠다니는 종이라고, 어쩌면 연의 일부분일 것이라고 생각했으며, 그 물건이 바닷가로 떠밀려 갈 때까지 과연 얼마나 시간이 걸릴지 한가한 마음으로 궁금해하고 있었다.

곧이어 그는 한 가지 묘한 점을 깨달았으니, 그건 그 물건이 뭔가 정해진 목적을 위해서 석호를 떠다니는 것이 분명하다는 점이었다. 왜냐하면 그 물건은 파도와 엎치락뒤치락하며, 때로는 그 싸움에서 이겼기 때문이었다. 그 물건이 싸움에서 이겼을 때, 피터는 항상 더 약한 쪽에 공감하는 평소의 성격대로 박수를 보내지 않을 수 없었다. 정말이지 용감한 종잇조각이 아닌가.

그런데 그 물건은 사실 종잇조각이 아니었다. 그건 바로 네버 새였으며, 자기 둥지를 타고 피터에게 다가가기 위해 필사적으로 애쓰고 있었던 것이다. 둥지가 물 위에 떨어진 이후로 터득한 방법에 따라 자기 날개를 움직임으로써, 네버 새는 어느 정도까지는 이 기묘한 배를 조종할 수 있었지만, 그 물건의 정체가 다름 아닌 네버 새라는 것을 피터가 깨달았을 즈음, 이 새는 무척이나 지쳐 있었다. 이 새는 그를 구하기 위해서, 즉 자기 둥지를 그에게 건네주기 위해서 온 것이었으며, 설령 자기 알이 그 안에 들어 있어도 개의치 않았다. 나는 이 새가 오히려 놀라운데, 왜냐하면 피터가 네버 새에게 대체로 잘해 주기는 했지만, 때로는 괴롭히기도 했기 때문이었다. 다만 나로선 달링 부인과 다른 여자들이 그러했듯이, 암컷인 이 새 역시 피터가 젖니를 모두 간직하고 있다는 사실에 그만 마음이 녹아내리지 않았나 하고 추측해 볼 뿐이다.

네버 새는 자기가 무엇 때문에 왔는지 그에게 말해 주었고, 피터는 도대체 여기서 무엇을 하고 있느냐고 새에게 물었다. 물론 양쪽 모두 서로의 말을 이해하지는 못했다. 환상의 이야기에서는 사람들이 새들과 자유롭게 대화를 나눌 수 있으며, 나도 이 순간만큼은 이게 그런 이야기인 척하면서 피터가 네버 새에게 현명하게 대답을 내놓았다고 말하고 싶다. 하지만 진실이 최선인지라 나는 오로지 실제로 일어난 일만을 이야기하련다. 음, 양쪽은 서로의 말을 이해할 수 없었을 뿐만 아니라, 심지어 예의범절을 잊어버리기까지 했다.

"네가—내—둥지에—올라타면—좋겠다는—거야." 새는 최대한 천천히, 그리고 또박또박 말했다. "그렇게—하면—너는—바닷가까지—갈—수—있겠지만—나는—너무—지쳤기—때문에—더—가까이—갈—수—없으니까—대신—네가—여기까지—헤엄쳐—와야만—해."

"도대체 뭐라고 꽥꽥거리는 거야?" 피터가 대답했다. "왜 평소처럼 둥지가 아무렇게나 떠다니게 내버려 두지 않는 거지?"

"네가—내—둥지에—" 새는 방금 했던 말을 반복했다.

그러자 이번에는 피터가 천천히, 그리고 또박또박 말했다.

"도대체—뭐라고—꽥꽥거리는—거야?" 이런 식의 대화였다.

네버 새는 점점 짜증이 났다. 네버 새들은 모두 성격이 급한 편이었으니까.

"이 멍청한 바보 꼬맹이 같으니!" 새가 버럭 소리를 질렀다. "왜 내가 시키는 대로 하지 않는 거야?"

피터는 새가 자기한테 뭔가 욕을 한다고 느끼고, 자기도 마찬가지로 화를 내며 쏘아붙였다.

"너도 마찬가지야!"

그러다가 기묘하게도 양쪽은 똑같은 말을 내뱉고 말았다.

"입 닥쳐!"

"입 닥쳐!"

그럼에도 불구하고 네버 새는 가능한 한 그를 구하기로 단단히 작정했으며, 마지막으로 있는 힘껏 노력한 끝에 둥지를 바위에 바짝 갖다 붙였다. 그런 다음에 새는 하늘로 날아올랐다. 자기 알을 포기함으로써, 자신의 의도를 분명하게 전한 것이었다.

그러자 마침내 피터도 상대방의 의도를 이해해서, 얼른 둥지를 붙잡고 머리 위에서 퍼덕이면서 날고 있는 새를 향해 고맙다며 손을 흔들었다. 하지만 새는 그의 감사 인사를 받기 위해서 하늘에 머물러 있는 게 아니었다. 그가 둥지에 제대로 올라타는지를 보기 위해서 있는 것도 아니었다. 다만 자기 알을 그가 어떻게 하는지를 보기 위해서 있는 것이었다.

둥지에는 커다랗고 새하얀 알이 두 개 있었고, 피터는 이 알들을 꺼내 들고 생각에 잠겼다. 새는 자기 날개로 얼굴을 가렸으니, 그래야만 자기 알들의 최후를 보지 못할 것이기 때문이었다. 물론 새도 어쩔 수 없이 깃털 사이로 슬며시 바라보기는 했지만 말이다.

그나저나 내가 여러분에게 이야기를 했는지 안 했는지 잊었는데, 그 바위에는 막대기가 하나 꽂혀 있었다. 이건 원래 보물이 파묻힌 장

Peter and Wendy

소를 표시하기 위해서 오래전에 어떤 해적들이 꽂아 놓은 물건이었다. 아이들은 이미 거기 있던 반짝이는 보물들을 발견한 다음, 개구쟁이답게 그 금화며 다이아몬드며 진주며 에스파냐 은화를 갈매기에게 집어 던졌으며, 갈매기들은 먹을 것으로 생각하고 달려들었다가 다시 날아가 버리면서, 자신들에게 가해진 야비한 계략에 격분해 마지 않았다. 막대기는 여전히 그 자리에 꽂혀 있었고, 마침 스타키가 좀 전에 자기 모자를 벗어서 거기다 걸어 놓았는데, 그 모자로 말하자면 속이 깊은 방수 모자였고 테도 널찍했다. 피터는 알들을 이 모자에 집어넣고 석호에 띄웠다. 모자는 멋지게 물에 둥둥 떠올랐다.

네버 새는 그가 무엇을 하려는지 단박에 깨닫고, 그를 향한 존경심에서 큰 소리로 울었다. 그리고, 아, 피터는 수탉 울음소리로 새에게 동감을 표했다. 이어서 그는 둥지에 올라탔고, 막대기를 돛대 삼아 꽂고, 자기 셔츠를 돛 삼아 걸었다. 이와 동시에 새는 모자를 향해 펄럭이며 내려와서, 다시 한 번 자기 알 위에 아늑하게 앉았다. 새는 이쪽 방향으로 떠내려갔고 피터는 저쪽 방향으로 떠내려갔으며, 양쪽 모두 환호성을 올렸다.

The Never bird drifted in one direction, and he was borne in another both cheering'

물론 피터는 바닷가에 닿자마자 자기가 탔던 배를 네버 새가 쉽게 찾을 수 있는 장소에 놓아두었다. 하지만 그 모자는 워낙 훌륭한 대용품이었기 때문에, 새는 결국 자기 둥지를 버리고 말았다. 모자는 산산조각이 날 때까지 계속해서 바다를 떠다녔으며, 스타키는 종종 석호의 바닷가에 올 때마다 자기 모자 위에 앉아 있는 새를 보며 매우 씁쓸한 기분을 느꼈다. 우리는 네버 새를 다시 만나지는 못할 것이므로, 여기서 마지막으로 한 가지 언급하고 넘어가야 할 이야기가 있는데, 그건 바로 그때 이후로 네버 새들은 모두 둥지를 그런 모양으로 만들었으며, 그 넓은 테 위에서 새끼들이 바람을 쐬게 되었다는 것이다.

피터가 땅속의 집으로 돌아오자 아이들의 기쁨은 대단했으며, 때마침 웬디도 연에 실려 이리저리로 쓸려 다니다가 막 들어온 참이었다. 모든 아이들이 저마다 이야기할 모험을 갖고 있었다. 하지만 그중에서도 가장 큰 모험은 바로 그들이 침대에 누울 시간에 벌써 한참이나 늦어 버렸다는 것이었다. 아이들은 이 사실에 워낙 우쭐한 나머지, 더 오랫동안 깨어 있으려고 붕대를 감아 달라는 둥 여러 가지로 꾀를 부렸다. 그런데 웬디는 아이들이 모두 무사히 집으로 돌아왔다는 사실에 기뻐하는 한편으로, 시간이 이렇게 늦어 버렸다는 데 분개하여 누구라도 순종하지 않을 수 없는 목소리로 "침대로 가, 침대로 가!" 하고 외쳤다. 그렇지만 다음 날에는 그녀도 무척이나 누그러져서 모두에게 붕대를 감아 주었으며, 그들은 절뚝거리고 팔을 붙들어 맨 상태로도 잠잘 시간까지 놀았다.

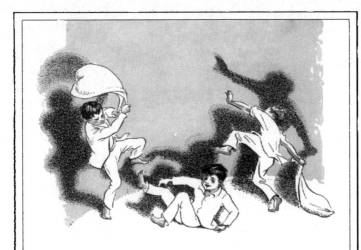

❀
제10장
—

행복한 집

The Happy Home

석호에서의 싸움으로 비롯된 한 가지 중요한 결과는, 인디언들이 아이들의 친구가 되었다는 것이었다. 피터는 타이거릴리를 끔찍한 운명에서 구출했으며, 따라서 이제는 그녀나 그녀의 부족 전사들이 그를 위해 하지 못할 일이 결코 없었다. 인디언들은 밤새도록 땅 위에 진을 치고 땅속의 집을 위해 파수를 봐 주었으며, 더 이상은 지연될 수 없을 것이 분명한 해적들의 대규모 공격을 기다렸다. 낮에도 인디언들은 그 주위를 어슬렁거리면서, 평화의 담배를 피우고, 마치 먹을 것을 바라는 듯한 몸짓을 보였다.

인디언들은 피터를 그레이트화이트파더[위대한 백인 아버지]라고 불렀으며, 그의 앞에 엎드려 절을 했다. 그는 이런 인사를 어마어마하게 좋아했기 때문에, 이것은 그에게 별로 좋지 않은 영향을 끼치고 말았다.

"나 그레이트화이트파더는" 피터는 대단히 군주 같은 태도로 자기 발치에 엎드린 인디언들에게 말하곤 했다. "피커니니족 전사들이 내 움막을 해적에게서 지켜 주는 것을 보니 기쁘도다."

그러면 예쁘장한 인디언 여자가 이렇게 대꾸하곤 했다. "나, 타이거 릴리. 피터 팬 나 구해 줬다. 나 피터 쬐고 좋은 친구다. 나 해적 피터 해치게 두지 않는다."

그녀는 워낙 예뻤으므로 이렇게 굽실거리는 게 어울리지 않았지만, 피터는 자기가 이런 대우를 받는 게 마땅하다고 여기고, 생색을 내며 이렇게 대답했다. "기분이 좋다. 피터 팬이 말했다."

그는 말할 때 항상 "피터 팬이 말했다"라고 했는데, 이는 결국 인디언들은 반드시 입을 닥쳐야 한다는, 그리고 그런 정신으로 그의 말을 공손히 받아들여야 한다는 의미였다. 하지만 다른 아이들에게는 인디언들도 이렇게 깍듯이 존경심을 표현하지 않았으며, 단지 일반적인 전사에 불과하다고 간주했다. 인디언들은 아이들에게 "어이"라고 인사를 건네는, 뭐 그런 정도였다. 그리고 아이들이 가장 짜증스러웠던 점은, 피터가 마치 이것이 옳다고 생각하는 듯 보였다는 점이었다.

웬디도 은근히 아이들에게 공감했지만, 그녀는 워낙 충실한 가정주부였던지라 아버지를 향한 불평이라면 어느 것도 귀담아들으려 하지 않았다. "뭐든지 아버지 말씀이 맞아." 개인적인 의견은 내색하지 않고, 그녀는 항상 이렇게 말했다. 물론 웬디에게도 개인적인 의견은 있었다. 인디언들이 자기를 '처자'라고 부르지 않는 것이었다.

이제 우리는 바로 그날 저녁에 이르렀는데, 이때 벌어진 모험이며 그 결과로 인해 아이들은 그날 저녁을 '밤 중의 밤'이라고 일컫게 되었다. 마치 그 힘을 조용히 모으기라도 했던 듯 낮 동안에는 별다른 사건이 없었으며, 담요를 두른 인디언들은 땅 위의 초소에 있었던 반면, 그 아래에서는 아이들이 저녁을 먹고 있었다. 피터는 없었다. 시간을 알아보러 나갔기 때문이었다. 이 섬에서 시간을 알고 싶으면 일단 악어를 찾은 다음, 그 옆에 가까이 머물러 있다가 시계가 울리는 소리를 들어야 했다.

식사라는 것은 꾸며 낸 것에 불과한 차뿐이었으며, 아이들은 식탁에 모여 앉아서 양껏 들이켰다. 아이들의 재잘거리고 맞받아치는 소리 때문에, 웬디의 말마따나 정말 귀청이 떨어질 정도였다. 사실 그녀는 소음에 전혀 개의치 않았는데, 다만 아이들이 뭔가를 손으로 움켜쥔 다음, 투틀스가 내 팔꿈치를 밀어서 그랬다는 식으로 둘러대는 일을 허락하지 않았을 뿐이었다. 식사 때에는 맞받아쳐서는 안 되었으며, 싸움에 관한 문제는 오른팔을 들어서 "저는 무엇무엇이 불만이에요"라고 웬디에게 이야기해야 한다는 규칙이 정해져 있었다. 하지만 대개 벌어지는 일은 아이들이 그렇게 하기를 잊어버린다는, 또는 너무 많이 그렇게 한다는 것이었다.

"조용히!" 벌써 스무 번째로, 모두 한꺼번에 이야기해서는 안 된다고 아이들에게 주의를 주고 나서, 웬디는 이렇게 외쳤다. "네 호리병박이 비었니, 귀여운 슬라이틀리?"

"아주 텅 비지는 않았어요, 엄마." 슬라이틀리는 상상의 잔을 들여다보고 나서 이렇게 대답했다.

"쟤는 아직 자기 우유를 마시지도 않았는데요." 닙스가 끼어들었다.

이 말은 고자질이었고, 슬라이틀리는 자기가 말할 기회를 잡았다.

"저는 닙스가 불만이에요!" 그가 곧바로 외쳤다.

하지만 존이 먼저 손을 들었다.

"무슨 일이니, 존?"

"제가 피터의 자리에 앉아도 돼요? 그는 여기 없잖아요?"

"아버지의 자리에 앉겠다니, 존!" 웬디가 분개했다. "당연히 안 되지."

"그는 진짜로 우리 아버지가 아니잖아." 존이 대답했다. "내가 시범을 보이기 전까지만 해도, 심지어 아버지가 어떻게 행동하는지 알지도 못했는데."

이건 불평이 나올 만한 일이었다. "우리는 존이 불만이에요." 쌍둥이가 말했다.

투틀스가 손을 들었다. 그는 아이들 중에서도 가장 겸손했으며, 사실은 유일하게 겸손했기 때문에, 웬디는 그에게 특별히 온화하게 대했다.

"저는 아무래도" 투틀스는 머뭇거리며 말했다. "아버지가 되지는 못할 것 같아요."

"아니야, 투틀스."

투틀스는 말을 꺼내는 경우도 아주 흔치는 않았으며, 일단 꺼냈다 해도 우스꽝스러운 방식으로 이어 나갔다.

"나는 아버지가 될 수 없을 거니까," 그는 심각하게 말했다. "혹시, 마이클, 내가 아기가 되도록 허락해 줄 수 있어?"

"아니, 그럴 수 없어." 마이클이 내뱉었다. 그는 이미 바구니에 들어가 있었다.

"나는 아기가 될 수 없을 거니까," 투틀스의 말투는 점점 더 심각해졌다. "너희 생각에는 내가 쌍둥이쯤은 될 수 있을 것 같아?"

"아니, 전혀 아니야." 쌍둥이가 대답했다. "쌍둥이가 된다는 건 무척이나 어려운 일이니까."

"나는 뭔가 중요한 것은 될 수 없으니까," 투틀스가 말했다. "너희 중에 내가 속임수 쓰는 걸 보고 싶은 사람 있니?"

"아니." 아이들은 입을 모아 대답했다.

그러자 그는 결국 이야기를 멈추고 말았다. "나한테는 정말 아무런 희망이 없어."

증오에 찬 고자질이 또다시 시작되었다.

"슬라이틀리가 식탁에서 기침했대요."

"쌍둥이가 맘미 열매를 먹기 시작했대요."

"컬리가 타파 롤과 얌을 가져갔대요."

"닙스가 입에 음식 물고 이야기한대요."

"저는 쌍둥이가 불만이에요."

"저는 컬리가 불만이에요."

"저는 닙스가 불만이에요."

"이런, 얘들아, 이런, 얘들아!" 웬디가 외쳤다. "내 장담하건대, 가끔은 아이들이야말로 평소보다도 더 골칫거리 같아."

그녀는 아이들에게 식탁을 치우라고 일러둔 다음, 자신의 집안일 바구니를 갖고 자리에 앉았다. 그 안에는 양말이 수북했고, 평소처럼 바지마다 무릎이 해져 있었다.

"웬디." 마이클이 항의했다. "나는 이제 너무 크게 자라서 요람에 들어갈 수가 없어."

"하지만 난 누구든 요람에 하나 넣어 두어야만 해." 그녀는 신랄하기까지 한 어조로 말을 이었다. "그런데 네가 가장 어리잖아. 요람이야말로 집 안에 놓아둘 만한 대단히 멋지고 가정적인 물건이고 말야."

그녀가 바느질을 하는 동안 아이들은 주위에서 뛰놀았으며, 행복한 얼굴들이며 춤추는 팔다리로 이루어진 무리를 그 낭만적인 난롯불이 비춰 주었다. 이것은 땅속의 집에서 점점 친숙한 광경이 되었지만, 우리가 이 광경을 보는 일은 이번이 마지막일 것이다.

위에서 누군가의 발소리가 들리자, 여러분도 짐작이 가겠지만, 그 소리를 맨 처음 알아차린 사람은 웬디였다.

"얘들아, 아버지 발소리를 들었어. 아버지는 너희가 문 앞에서 마중하는 걸 좋아하실 거야."

위에서는 인디언들이 피터 앞에 엎드려 있었다.

"파수를 잘 보라, 전사들, 내가 말한다."

곧이어 이전에 자주 했던 것처럼, 쾌활한 아이들은 피터를 그의 나무에서 끌어냈다. 이전에 자주 했던 대로였지만, 이제 두 번 다시는 못 할 것이었다.

그는 아이들에게 견과를, 그리고 웬디에게는 시간 엄수를 선사했다.

"피터, 당신은 아이들을 버릇없게 만들고 있어요, 당신도 알죠." 웬디가 억지웃음을 치며 말했다.

"아이고, 아주머니." 피터가 이렇게 대꾸하며 총을 벽에 걸어 두었다.

"어머니를 아주머니라고도 부른다는 건 내가 피터한테 이야기해 준 거야." 마이클이 컬리에게 속삭였다.

"나는 마이클이 불만이에요." 컬리가 곧바로 말했다.

쌍둥이 가운데 첫 번째가 피터에게 다가왔다. "아버지, 우리는 춤추고 싶어요."

"춤을 춰 봐, 우리 꼬마야." 기분이 무척 좋았던 피터가 말했다.

"그런데 우리는 아버지가 춤추면 좋겠어요."

피터는 사실 이들 중에서도 가장 춤을 잘 추었지만, 그는 마치 분개한 척했다.

"나더러 춤을 추라고! 내 늙은 뼈가 덜걱거릴 텐데!"

"그리고 엄마도요."

"무슨!" 웬디가 외쳤다. "할 일이 한 아름인 어머니가 무슨 춤을!"

"하지만 오늘은 토요일 밤이잖아요." 슬라이틀리가 넌지시 말했다.

사실 이날은 토요일 밤이 아니었지만, 또 어쩌면 정말 그날일 수도 있었는데, 왜냐하면 아이들은 날 세는 것을 잊어버린 지가 오래였기 때문이었다. 그렇지만 아이들은 뭔가 특별한 일을 하고 싶으면, 오늘이 토요일 밤이라고 말했으며, 그러면 결국 그 일을 하고야 말았다.

"물론 오늘은 토요일 밤이니까요, 피터." 웬디가 누그러진 어조로 말했다.

"우리 체면도 있는데, 웬디."

"하지만 이건 오로지 우리 가족 앞에서만 하는 거니까요."

"맞아요, 맞아."

그리하여 그들은 춤을 춰도 된다는 허락을 얻었지만, 그러기 위해서는 먼저 잠옷을 입어야만 했다.

"아, 아주머니." 벽난로 옆에서 불을 쪼이던 피터는 자리에 앉아서 양말을 깁고 있는 웬디를 내려다보며 말했다. "당신과 나에게는 하루의 고생이 끝나고 나서, 어린것들을 곁에 두고 벽난로 옆에 앉아 쉬는 것보다 더 즐거운 일은 이 세상에 없소."

"진짜 감미롭죠, 피터, 안 그래요?" 웬디는 무척이나 기뻐하며 말했다. "피터, 내 생각에 컬리 코는 당신을 닮은 것 같아요."

"마이클은 당신을 닮은 것 같아."

웬디는 피터에게 다가가 한 손을 그의 어깨에 얹었다.

"사랑하는 피터, 이렇게 대가족을 거느리고 있으니, 물론 나도 이제 좋은 시절은 지나갔지만, 그래도 당신은 나를 다른 사람으로 바꾸고 싶어 하는 건 아니죠, 그렇죠?"

"당연히 아니지, 웬디."

물론 그는 바꾸고 싶은 마음이 들지는 않았지만, 대신 뭔가 불편한 표정으로 그녀를 바라보았다. 마치 자기가 지금 잠들어 있는지, 아니면 깨어 있는지 몰라 어리둥절한 사람처럼 눈을 껌벅이면서.

"피터, 왜 그래요?"

"그냥 이런 생각이 들어서." 그는 약간 겁에 질린 목소리로 말했다. "이건 단지 꾸며 낸 것일 뿐이지, 그렇지? 내가 이 아이들의 아버지라는 건?"

"아, 그럼." 웬디는 얌전하게 대답했다.

"있잖아." 그는 사과하듯이 말을 이었다. "갑자기 내가 이 아이들의 진짜 아버지가 될 만큼 나이가 많아진 것 같았어."

"하지만 애들은 우리 아이들이야, 피터, 너랑 나의."

"하지만 진짜는 아니지, 웬디?" 그는 불안한 듯 재차 물었다.

"네가 원하지 않는다면 아니라고 해야겠지." 그녀가 대답했다. 그러자 그녀의 귀에는 그가 내뱉는 안도의 한숨 소리가 똑똑히 들려왔다. "피터." 그녀는 엄하게 말하려 애쓰며 물었다. "나에 대한 너의 정확한 감정은 뭔데?"

"헌신적인 아들의 감정이야, 웬디."

"나도 그렇다고 생각했어." 그녀는 이렇게 말하더니, 방의 맨 끄트머리 구석으로 가서 혼자 앉았다.

"넌 정말 이상해." 그는 당혹스러움을 솔직히 드러내며 말했다. "그리고 타이거릴리도 너랑 똑같아. 그녀는 내게 뭔가가 되고 싶은 게 분명한데, 그녀의 말에 따르면, 그 뭔가가 내 어머니는 아니야."

"아니야, 정말로, 그건 아니라고." 웬디는 특히나 강조하면서 대답했다. 이제 우리는 왜 그녀가 인디언에게 편견을 지니고 있는지 알게 되었다.

"그러면 그게 도대체 뭐야?"

"그건 숙녀가 말할 수 있는 게 아니야."

"아하, 잘 알았어." 피터는 약간 초조한 듯 대꾸했다. "어쩌면 팅커 벨이 대신 이야기해 줄지도 모르지."

"아, 그래, 팅커 벨이 잘도 대신 이야기해 주겠네." 웬디는 코웃음 치면서 대답했다. "그 버림받고 쪼끄만 것이 말이야."

이때 팅크는 자기 내실에서 엿듣고 있다가, 경솔하게도 뭔가를 재잘거렸다.

"팅크가 그러네. 자기는 버림받은 게 오히려 영광스럽다고." 피터가 끼어들었다.

그는 갑자기 한 가지 생각을 떠올렸다. "혹시 팅크라면 내 어머니가 되고 싶어 하지 않을까?"

"이 멍청한 바보야!" 팅커 벨이 열을 내며 외쳤다.

그녀는 이 말을 워낙 자주 했기 때문에, 이제는 웬디도 굳이 통역을 필요로 하지 않았다.

"나 역시 그녀의 말에 동감이야." 웬디가 딱딱거렸다. 웬디가 딱딱거리는 모습을 상상해 보시라. 하지만 그녀는 화가 머리끝까지 나 있었으며, 밤이 새기 전에 과연 무슨 일이 일어날지는 전혀 모르고 있었다. 만약 알았더라면, 이렇게 딱딱거리지는 않았으리라.

이들 중 누구도 모르고 있었다. 어쩌면 차라리 모르는 게 최선일 수 있었다. 그런 무지 덕분에 이들은 한 시간을 더 즐겁게 보냈으니까. 그리고 이때야말로 이들이 그 섬에서 보낸 마지막 시간이었으니,

그 한 시간이 즐거운 60분이었음을 우리도 기뻐하도록 하자. 이들은
잠옷 바람으로 노래하고 춤을 추었다. 그 노래는 워낙 감미로우면서
도 섬뜩했기 때문에, 아이들은 자기 그림자에 깜짝 놀란 척했다. 그림
자가 금세 자기들을 덮칠 것임을, 그것도 자기들이 진짜 공포로 움츠
러들 만한 사람이 그러할 것임을 전혀 알지 못했다. 그 춤은 얼마나
요란하고 유쾌했으며, 이들은 침대 안팎에서 서로를 어떻게 때렸던
지! 그건 춤이라기보다는 오히려 베개 싸움이었고, 일단 끝나고 나서
도 베개들은 다시 한 판만 더 하자고 졸라 대는 것이, 마치 두 번 다시
는 만나지 못하리라는 것을 아는 춤 파트너와도 같았다. 잠자리에서
듣는 웬디의 이야기 시간이 되기 전에, 지금은 아이들의 이야기를 들
을 시간이었다! 그날 밤에는 심지어 슬라이틀리마저 이야기를 시도했
지만, 시작이 워낙 끔찍스럽게 재미가 없었으므로 다른 사람들뿐만
아니라 본인조차도 몸서리치고 말았으며, 급기야 그는 이렇게 우울하
게 말했다.

"그래, 시작은 재미가 없었지. 그렇다면 시작 대신 끝이 재미가 없는 척하자고."

그리고 마침내 아이들은 모두 침대에 들어가 웬디의 이야기를 들었는데, 아이들은 이 이야기를 가장 좋아했던 반면, 피터는 싫어했다. 보통 그녀가 이 이야기를 시작하면, 그는 방에서 나가든지 아니면 양손으로 귀를 막았다. 만약 그가 이번에도 이 두 가지 행동 가운데 어느 하나를 했다면, 아이들은 지금까지도 여전히 섬에 남아 있었을 것이다. 하지만 오늘 밤만큼은 그도 걸상에 앉아 있었다. 이로 인해 어떤 일이 일어나는지는 지금부터 우리도 알게 될 것이다.

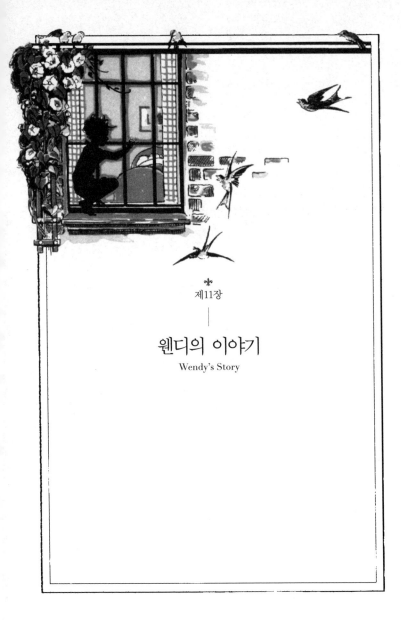

제11장

웬디의 이야기

Wendy's Story

"그러면 들어 봐." 웬디가 이렇게 말하며 자기 이야기를 시작했을 즈음, 마이클은 그녀의 발치에 있었고, 일곱 명의 아이들은 침대에 누워 있었다. "어떤 신사가 있었는데—"

"나는 그 사람이 차라리 숙녀라면 좋겠는데." 컬리가 말했다.

"나는 그 사람이 흰 쥐였으면 좋겠어." 닙스가 말했다.

"조용히." 어머니가 아이들을 꾸짖었다. "물론 숙녀도 한 명 있었지. 그래서—"

"아, 엄마!" 쌍둥이 가운데 첫 번째가 외쳤다. "숙녀도 한 명 있다는 뜻이죠, 안 그래요? 혹시 그녀가 죽은 건 아니죠, 혹시 죽었어요?"

"아니, 아니야."

"그녀가 죽지 않았다는 게 나는 무척이나 기뻐." 투틀스가 말했다. "너도 기뻐, 존?"

"물론 나도 기쁘지."

"너도 기뻐, 닙스?"

"그런 편이야."

"너도 기뻐, 쌍둥이?"

"우리도 물론 기뻐."

"아니, 얘." 웬디가 한숨을 내쉬었다.

"거기 좀 조용히 해라!" 피터가 소리를 질렀는데, 왜냐하면 설령 자기가 생각하기에는 끔찍스러운 이야기라 하더라도, 그녀가 공평한 경기를 치를 수 있어야 한다고 생각한 까닭이었다.

"그 신사의 이름은" 웬디가 이야기를 계속했다. "달링 씨였고, 그 숙녀의 이름은 달링 부인이었어."

"나는 그 사람들을 알아." 존이 이렇게 말하자, 다른 아이들은 짜증을 냈다.

"나도 그 사람들을 아는 것 같은데." 마이클은 뭔가 좀 불확실하다는 듯 말했다.

"두 사람은 결혼한 거였어, 너희도 알겠지만." 웬디가 설명했다. "그러면 너희가 생각하기에 두 사람은 뭘 갖게 되었을 것 같니?"

"흰 쥐요!" 곧바로 닙스가 외쳤다.

"아니야."

"어마어마하게 헷갈릴걸." 투틀스의 말이었는데, 사실 그는 이 이야기를 외우다시피 했다.

"조용히 하렴, 투틀스. 두 사람은 자녀를 셋 두고 있었어."

WENDY'S STORY

"자녀가 뭐예요?"

"음, 너도 자녀야, 쌍둥이."

"방금 들었어, 존? 나도 자녀래."

"자녀는 그저 아이들이라는 뜻이야." 존이 대꾸했다.

"이런, 애들아, 이런, 애들아." 웬디가 한숨을 쉬며 말했다. "그리고 이 세 명의 아이들에게는 나나라는 이름의 충실한 유모가 있었어. 하지만 달링 씨는 나나 때문에 화가 난 나머지, 마당에 쇠사슬로 묶어 놓았지. 그래서 아이들은 모두 날아가 버린 거야."

"어마어마하게 좋은 이야기야." 닙스가 말했다.

"아이들은 날아가 버린 거야." 웬디가 말을 이었다. "바로 네버랜드라는 곳으로. 거기엔 잃어버린 아이들이 살고 있었지."

"나도 방금 그들이 그랬을 거라고 생각했어." 컬리가 흥분하며 끼어들었다. "어떻게 그랬는지는 모르겠지만, 나도 방금 그들이 그랬을 거라고 생각했다고!"

"아, 웬디." 투틀스가 말했다. "혹시 그 잃어버린 아이 하나의 이름이 투틀스였어요?"

"그래, 맞아."

"내가 이야기 속에 나오네. 만세! 내가 이야기 속에 나와, 닙스."

"조용히. 지금부터는 아이들이 날아가 버린 이후의 그 불행한 부모님의 기분을 너희도 생각해 보도록 해."

"아아." 아이들은 모두 신음을 내뱉었지만, 그 불행한 부모의 기분이 어떤지는 사실상 조금도 생각할 수가 없었다.

"텅 빈 침대를 생각해 봐!"

"아아!"

"어마어마하게 슬프다." 쌍둥이 중 첫 번째가 쾌활하게 말했다.

"이 이야기가 어떻게 행복하게 끝날지 모르겠어." 쌍둥이 중 두 번째가 말했다. "안 그래, 닙스?"

"나도 어마어마하게 걱정스러워."

"어머니의 사랑이 얼마나 대단한지를 너희가 안다면" 웬디는 의기양양하게 아이들에게 말했다. "너희는 아무런 두려움도 갖지 않을 거야." 이제 그녀는 피터가 유독 싫어하는 대목에 도달한 셈이었다.

"나는 어머니의 사랑을 정말로 좋아해." 투틀스가 베개로 닙스를 때리며 말했다. "너는 어머니의 사랑을 좋아하니, 닙스?"

"나야 당연하지." 닙스가 이렇게 맞받아쳤다.

"너희도 알다시피" 웬디는 흐뭇해하며 이야기를 이어 갔다. "우리의 여자 주인공은 아이들이 도로 날아서 들어올 수 있도록 어머니가 항상 창문을 활짝 열어 놓으리란 걸 알았어. 그래서 아이들은 몇 년이나 집을 떠나서 재미있는 시간을 즐겼지."

"아이들이 결국 돌아가기는 해?"

"이제 우리는" 웬디는 긴장을 고조시키기 위해 최선의 노력을 기울였다. "미래를 한번 들여다보도록 하자." 그러면서 이들 모두는 미래를 더 쉽게 들여다볼 수 있도록 한 가지 변화를 가했다. "여러 해가 흘렀어. 그런데 런던 역에 내린 이 우아하면서도 나이를 알 수 없는 숙녀는 도대체 누구일까?"

"아니, 웬디, 그게 누구예요?" 닙스가 외쳤는데, 그는 자기가 이 이야기를 전혀 모르는 것처럼 매 순간 흥분했다.

"설마 그럴 리가―그래―아니야―그건―바로―예쁜 웬디였어!"

"우와!"

"그러면 그녀와 동행한 위엄 있고 풍채 좋은 두 사람, 이제는 자라서 어른이 된 두 사람은 누구지? 그들이 존과 마이클일 수 있을까? 바로 그들이었어!"

"우와!"

"'저기, 얘들아.' 웬디가 하늘을 가리키며 말했어. '창문이 여전히 열려 있어. 아, 이제 우리는 어머니의 사랑에 대한 우리의 숭고한 믿음에 보상을 받는 거야.' 그리하여 이들은 공중을 날아 자기네 엄마와 아빠에게 갔고, 그 행복한 광경은 차마 말과 글로 표현이 안 될 정도였으니, 이제 우리는 그 위에 베일을 늘어뜨리도록 하자."

이야기는 이것으로 끝이었다. 아이들은 이 이야기를 마음에 들어 했을 뿐만 아니라 예쁜 이야기꾼 역시도 마음에 들어 했다. 여러분도 알다시피, 모든 것이 마땅히 그래야 하는 대로 되었다. 우리는 세상에서 가장 무정하게 뛰어 달아나며, 그것이야말로 아이들의 있는 그대로의 모습이지만, 한편으로는 무척 매력적이긴 하다. 우리는 전적으로 이기적인 시간을 갖는데, 그러다가 특별한 관심의 필요성을 느끼면 도망쳐 나온 곳으로 다시 돌아가면서, 매를 맞는 대신에 포옹을 받으리라고 확신하는 것이다.

어머니의 사랑에 대한 그들의 믿음이 그토록 확고했으므로, 그들은 좀 더 오랫동안 무정하게 굴어도 된다고 생각하는 것이다.

하지만 이들 중에는 이 문제를 좀 더 잘 아는 사람이 하나 있었고, 웬디가 이야기를 끝내자마자 그는 공허한 신음 소리를 내뱉었다.

"무슨 일이야, 피터?" 그녀가 외치며 그에게 달려갔는데, 혹시 그가 아픈가 하는 생각 때문이었다. 그녀는 걱정스레 그를 만져 보았고, 그의 가슴 아랫부분으로 손을 내렸다. "어디가 아픈 거야, 피터?"

"그런 고통은 아니야." 피터가 음울하게 대답했다.

"그럼 어떤 고통인데?"

"웬디, 너는 어머니에 관해 잘못 알고 있어."

아이들은 겁에 질린 채 피터의 주위에 모여 있었는데, 그의 동요가 워낙 놀라웠던 탓이었다. 무척이나 솔직하게 그는 이제껏 자기가 감춰 왔던 사실을 아이들에게 털어놓았다.

"오래전에 나도 너희처럼, 우리 어머니는 나를 위해 항상 창문을 열어 놓을 거라고 생각했어. 그래서 여러 달과 여러 달과 여러 달 동안 여기 머물러 있다가, 다시 날아서 돌아갔지. 하지만 창문은 닫혀 있었는데, 왜냐하면 어머니가 나에 관해서는 모두 잊어버렸기 때문이었고, 내 침대에는 또 다른 꼬마 남자아이가 잠들어 있었어."

이 이야기가 사실인지의 여부는 나도 알 수 없지만, 피터는 사실이라고 믿었다. 그래서 그는 두려움을 느꼈다.

"모든 어머니가 그럴 거라고 확신하는 거야?"

"그래."

결국 이것이야말로 어머니에 관한 진실이었다. 징그러운 두꺼비들 같으니!

하지만 신중한 게 최선이었다. 아이들은 언제 숙이고 들어가야 하는지를 세상 누구보다도 더 금세 알아차린다. "웬디, 우리 집에 가자!" 존과 마이클이 나란히 외쳤다.

"그래." 그녀는 이렇게 말하며 동생들을 끌어안았다.

"오늘 밤에는 아니지?" 잃어버린 아이들이 당황하며 물었다. 이 아이들은 어머니 없이도 제법 잘 살아갈 수 있다는 사실을 자기네 말마따나 '가슴'으로 알았으며, 자신들이 그렇게 살아가지 못할 거라고 여기는 사람은 오로지 그 어머니들뿐임을 알고 있었다.

"지금 당장!" 웬디는 결연하게 대답했는데, 왜냐하면 끔찍한 생각이 떠올랐기 때문이었다. "어쩌면 지금쯤 어머니는 반상半喪22) 기간에 계신지도 몰라."

이런 두려움으로 인해 그녀는 피터의 감정이 어떨 것인지는 잊어버리고 말았으며, 오히려 날카로운 어조로 그에게 말했다. "피터, 필요한 준비를 해 주겠어?"

"네가 원한다면야." 그는 마치 그녀가 땅콩 좀 달라고 물어본 것인

양 냉정하게 대답했다.

두 사람 사이에는 "너를 잃게 되어서 아쉬워" 같은 대화조차 없었다! 만약 그녀가 이별에 그리 개의치 않는다면, 자기도 마찬가지라는 것을 그녀에게 보여 주어야 한다는 게 피터다운 생각이었다.

하지만 물론 그는 매우 크게 신경을 쓰고 있었다. 게다가 평소와 마찬가지로 모든 것을 망쳐 놓기만 하는 어른들을 향한 분노가 어찌나 가득했던지, 자기 나무 안에 들어가자마자 일부러 1초에 다섯 번 가량의 속도로 연이어 짧은 숨을 쉬었다. 그가 이렇게 한 까닭은, 네버랜드의 속담에 따르면 아이가 숨을 한 번 쉴 때마다 어른 한 명이 죽는다고 했기 때문이었다. 그래서 피터는 보복 삼아 어른들을 최대한 빨리 죽여 버리고자 했다.

곧이어 그는 인디언들에게 필요한 지시를 내린 다음, 다시 집으로 돌아왔는데, 이곳에서는 그가 없는 사이에 보기 싫은 광경이 펼쳐지고 있었다. 웬디를 잃어버린다는 생각으로 공황 상태가 된 잃어버린 아이들이 위협하듯 그녀에게 달려갔던 것이다.

"그녀가 오기 전보다 더 상황이 나빠질 거야!" 아이들이 외쳤다.

"그녀를 보내서는 안 돼."

"그녀를 포로로 잡아 두자."

"그래, 쇠사슬로 묶어 두자."

긴박한 상황에서 그녀는 본능적으로 누구를 쳐다보아야 할지를 깨달았다.

"투틀스!" 그녀가 외쳤다. "내가 너한테 애원하잖아."

이것 참 이상하지 않은가? 그녀가 애원한 투틀스야말로 아이들 중에서도 가장 어리석은 축이었으니까.

그러나 투틀스는 멋지게 대답했다. 바로 그 순간만큼은 어리석음을 버리고 품위 있게 이런 말을 내놓았던 것이다.

"나는 투틀스다." 그가 말했다. "어느 누구도 나를 신경 쓰지는 않지. 하지만 영국 신사답게 웬디를 대하지 않는 녀석이 있다면, 내가 흥건히 피 보게 만들어 주겠어."

그는 자기 단검을 뽑아 들었다. 이 순간 그의 태양은 정오에 이르렀다. 다른 아이들은 안절부절못하며 뒤로 물러났다. 바로 그때 피터가 돌아왔고, 아이들은 그에게서 아무런 지원도 기대할 수 없음을 곧바로 깨달았다. 여자아이 본인이 싫다는데도 피터가 억지로 네버랜드에 붙잡아 놓은 적은 단 한 번도 없었기 때문이었다.

"웬디." 그가 이리저리 거닐며 말했다. "네가 숲을 지나갈 수 있게 길잡이를 해 달라고 인디언들에게 부탁했어. 하늘을 나는 일이 너한테는 피곤할 테니까."

"고마워, 피터."

"그다음부터는" 아이들이 순종하기에 익숙해져 있던 짧고 날카로운 목소리로 그가 말을 이었다. "팅커 벨이 너를 데리고 바다를 건널 거야. 그녀를 깨워, 닙스."

닙스가 두 번이나 노크를 한 뒤에야 안에서 대답이 나왔지만, 사실 팅크는 지금까지 한동안 침대에 앉아서 바깥의 이야기를 엿듣고 있었다.

"도대체 누구야? 어떻게 감히! 꺼져 버려!" 그녀가 외쳤다.

"일어나야 돼, 팅크." 닙스가 불렀다. "그리고 웬디를 데리고 어디 좀 다녀와야 해."

물론 팅크는 웬디가 떠난다는 이야기에 기뻐하던 참이었다. 하지만 웬디의 길잡이가 되지는 않겠다고 무척이나 단단히 결심했기 때문에, 앞서보다 더 무례한 어조로 그렇게 대답했다. 그런 후에 그녀는 다시 잠든 척했다.

"자기는 하기 싫다는데!" 닙스는 이처럼 대단한 불복종에 깜짝 놀라 소리쳤고, 이에 피터는 굳은 표정을 짓고 이 젊은 처녀의 방 쪽으로 다가갔다.

"팅크!" 그가 고함을 질렀다. "당장 일어나서 옷 입지 않으면, 내가 이 커튼을 젖혀 버릴 거고, 그럼 우리 모두 네가 '네글리제' 차림인 걸 보게 될 거야!"

이 말에 그녀는 방바닥으로 얼른 뛰어내렸다. "누가 언제 안 일어난다고 했어?"

그 와중에 아이들은 매우 외로운 표정으로 웬디를 바라보았는데, 그녀는 존과 마이클에게 여행에 필요한 준비를 시키고 있었다. 이때가 되자 아이들은 낙담해 마지않았는데, 단순히 그녀를 잃어버린다는 것 때문만이 아니라, 자기들은 초대받은 적이 없었던 어떤 좋은 곳으로 그녀가 떠나 버린다는 기분이 들었기 때문이기도 했다. 평소와 마찬가지로 아이들에게 새로운 것은 무척이나 유혹적이었다.

하지만 아이들이 단순한 부러움이 아니라 그보다는 좀 더 고상한 감정을 지니고 있다고 착각한 나머지, 웬디의 마음은 녹고 말았다.

"얘들아." 그녀가 말했다. "너희만 괜찮다면 모두 나랑 같이 가자. 우리 아버지와 어머니한테 부탁해서 너희를 모두 입양할 수 있을 거야. 틀림없어."

이 초대는 특히 피터를 향한 것이었다. 그러나 아이들은 저마다 오로지 자기만 생각하고 있었으므로, 그 즉시로 기쁨에 겨워 펄쩍펄쩍 뛰었다.

"하지만 그분들은 우리 수가 좀 많다고 생각하지 않으실까?" 펄쩍펄쩍 뛰다 말고 닙스가 물었다.

"아니, 아니야." 웬디는 이렇게 대꾸하면서 재빨리 생각해 보았다. "그래 봤자 겨우 거실에 침대 몇 개만 놓으면 되는 건데 뭘. 첫 번째 목요일23)에는 칸막이 커튼 뒤에다가 침대를 감춰 놓으면 되니까."

"피터, 우리가 같이 가도 돼?" 아이들 모두가 애원조로 외쳤다. 만약 자기들이 가면, 피터 역시 가는 게 당연하다고 여기기는 했지만, 사실 별로 신경을 쓰지는 않았다. 왜냐하면 아이들이란 뭔가 새로운 것이 나타나기만 하면, 자기들이 가장 사랑하는 사람들을 버릴 채비가 항상 되어 있기 때문이다.

"그래." 피터가 씁쓸한 미소를 지으며 대답하자, 곧바로 아이들은 각자의 물건을 챙기러 달려갔다.

"그러면, 피터." 모든 물건을 제대로 챙겼다고 생각한 웬디가 말했다. "떠나기 전에 네가 먹을 약을 줄게." 그녀는 아이들에게 약 먹이기를 좋아했으며, 의심의 여지 없이 너무 많이 주었다. 물론 이 약이라는 것은 물에 불과한 데다 다만 호리병박에 담았을 뿐이었지만, 그녀는 항상 그 병을 흔들어 몇 방울인지 세었으며, 그렇게 함으로써 일종의 약효를 부여했다. 하지만 이때 그녀는 피터에게 마실 약을 차마 건네주지 못했는데, 왜냐하면 약을 준비하던 중에 그의 얼굴에 나타난 표정을 보고 가슴이 철렁 내려앉았기 때문이었다.

"너도 짐을 챙겨, 피터!" 그녀는 몸을 떨면서 외쳤다.

"싫어." 그는 무관심한 척하며 대답했다. "나는 너희랑 가지 않을 거야, 웬디."

"가자, 피터."

"싫어."

그녀가 떠나도 자기는 태연할 것임을 보이기 위해 그는 방을 이리저리 뛰어다니면서, 무정하게도 팬파이프를 흥겹게 연주했다. 품위가 없는 일이기는 했지만, 그래서 그녀는 그의 뒤를 졸졸 쫓아다니지 않을 수 없었다.

"네 어머니를 찾아야지." 그녀가 달랬다.

설령 피터가 한때 어머니를 갖고 있었다 하더라도, 이제 그는 더 이상 어머니를 그리워하지 않았다. 어머니 없이도 그는 매우 잘 살 수 있었다. 그는 어머니에 관해 많이 생각해 왔지만, 오로지 나쁜 대목에서만 떠올리곤 했다.

"싫어, 싫어." 그는 단호하게 웬디에게 말했다. "어쩌면 어머니는 내가 나이 들었다고 말할지도 모르는데, 나는 항상 꼬마로 있으면서 재미있게 지내고 싶단 말이야."

웬디의 이야기

"하지만, 피터―"

"싫어."

그리하여 다른 아이들에게도 이 이야기를 해 주어야만 했다.

"피터가 가지 않겠대."

피터가 가지 않겠다니! 멍한 표정으로 그를 바라보는 아이들의 등 뒤로는 막대기가 하나 걸쳐져 있었고, 그 막대기에는 보따리가 하나씩 꿰어져 있었다. 아이들이 맨 처음 떠올린 생각은, 만약 피터가 가지 않는다면, 어쩌면 그가 마음을 바꾸어서 아이들도 모두 못 가게 할지 모른다는 것이었다.

하지만 그는 몹시도 자존심이 강했던지라 차마 그럴 수는 없었다. "너희들이 어머니를 찾는다면" 그가 음험하게 말했다. "부디 그 어머니를 좋아하게 되기 바랄게."

이 끔찍한 냉소주의는 불편한 인상을 각인시켰고, 아이들 대부분은 의심스러운 표정을 짓기 시작했다. 그들의 표정은 이렇게 말하고 있었다. 따지고 보면 애초에 가고 싶어 했던 우리가 바보 아니었을까?

"그러면 이제" 피터가 외쳤다. "소란 피우지도 말고, 울고불고하지도 말자! 안녕, 웬디." 그러면서 쾌활하게 자기 한쪽 손을 내밀었는데, 마치 그들이 이제는 정말 가야 한다는 듯한, 왜냐하면 자기는 이제 뭔가 중요한 일을 해야 하기 때문이라는 듯한 태도였다.

그녀는 그의 손을 잡아야만 했으며, 그가 '골무'를 하고 싶어 한다는 암시는 전혀 없었다.

"속옷 갈아입는 건 기억할 수 있겠지, 피터?" 웬디는 이렇게 말하면서 우물쭈물했다. 항상 그녀는 아이들의 속옷에 관해서 특히나 까다롭게 굴었다.

"그래."

"그리고 약도 먹을 거지?"

"그래."

이쯤 되자 정말로 다 된 것 같았다. 어색한 침묵이 뒤따랐다. 하지만 피터는 다른 사람들 앞에서 울음을 터뜨리는 부류는 아니었다. "준비됐어, 팅커 벨?" 그가 외쳤다.

"그래, 그래."

"그러면 앞장서."

팅크는 제일 가까운 나무를 따라 위로 올라갔다. 그러나 아무도 그녀를 따라가지는 않았는데, 왜냐하면 바로 이 순간에 해적들이 인디언들을 향해 무시무시한 공격을 가했기 때문이었다. 그토록 조용하기만 했던 땅 위에서는 갑자기 비명과 쇠 부딪치는 소리가 공기를 가

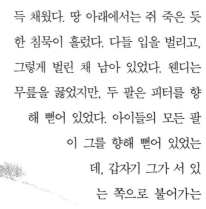

The lust of battle was in his eye—

득 채워왔다. 땅 아래에서는 쥐 죽은 듯한 침묵이 흘렀다. 다들 입을 벌리고, 그렇게 벌린 채 남아 있었다. 웬디는 무릎을 꿇었지만, 두 팔은 피터를 향해 뻗어 있었다. 아이들의 모든 팔이 그를 향해 뻗어 있었는데, 갑자기 그가 서 있는 쪽으로 불어가는

바람에 휘날리는 듯한 모습이었다. 아이들은 자기들을 버리지 말라고 침묵 속에서 그에게 애원했다. 피터는 자기 검을 손에 쥐었다. 그가 생각하기에 바비큐를 쓰러뜨렸던 바로 그 검이었다. 그리고 전투를 향한 열망이 그의 눈에 나타나 있었다.

제12장

아이들이 납치되다

The Children Are Carried Off

해적들의 공격은 완벽한 기습이었다. 이 점이야말로 파렴치한 후크가 그 일을 부적절하게 했음을 보여 주는 확실한 증거인데, 인디언들을 기습한다는 것은 백인의 상식을 초월하는 일이었기 때문이다.[24]

야만인과의 전투에 관한 모든 불문율에 따르면 공격을 하는 쪽은 항상 인디언이고, 그 종족 특유의 교활함에 의거하여 항상 동이 트기 직전에 공격을 가하는데, 바로 그 시간이 백인들의 용기가 가장 저하될 때라는 사실을 그들이 알기 때문이다. 그 와중에 백인들은 저만치 기복이 있는 땅에서도 하필이면 언덕 꼭대기에 어설픈 방책을 만들어 놓게 마련이고, 그 언덕 아래로는 당연히 개울이 하나 흐르고 있다. 왜냐하면 물 있는 곳에서 멀다는 것은 크나큰 재난이 아닐 수 없기 때문이다. 그곳에서 백인들은 습격을 기다리는데, 풋내기는 각자의 권총을 꼭 움켜쥐고 나뭇가지를 밟아서 소리를 내지만, 숙련자는 동이 트기 직전까지 평온하게 잠을 잔다. 길고도 어두운 밤 동안에 야만인들의 정찰병은 뱀처럼 꿈틀거리며 움직이고, 풀밭을 지나가면서도 풀잎 하나 건드리지 않는다. 이들이 지나간 자리를 숲이 조용히 덮어 버리는 모습은, 두더지가 땅속으로 파고 들어가면 그 자리를 모래가 덮어 버리는 모습과도 같다. 소리라고는 전혀 들리지 않으며, 이들이 기막히게 흉내 내는 코요테의 외로운 울음소리만이 예외로, 이 울음소리에 다른 인디언 전사들도 똑같이 응답한다. 심지어 그들의 일부는 코요테 중에서 솜씨가 별로 신통찮은 녀석들보다도 이 울음소리를 더 잘 흉내 낸다. 그리하여 섬뜩한 시간이 흘러가는 동안, 난생처음 이런 일을 겪는 얼굴 허연 사람들에게는 그 기나긴 불안이야말로 무시무시할 정도로 힘겨운 것이 된다. 하지만 숙련자에게는 그 섬뜩한 울음소리며, 더 섬뜩한 침묵이 기껏해야 밤이 어떻게 흘러가고 있는지를 알려 주는 암시에 불과할 뿐이다.

일반적인 절차가 이러하다는 사실은 후크도 이미 잘 알고 있었으므로, 이를 무시했을 경우에도 그는 무지 탓이라는 핑계를 차마 댈 수가 없었다.

피커니니족은 암묵적으로 후크의 명예를 신뢰했기 때문에, 이날 밤에 그들이 보여 준 모든 행동은 후크의 행동과 뚜렷이 대조되었다. 인디언들은 자기네 부족의 평판에 알맞게끔 모든 일을 했다. 문명화된 사람들을 즉시로 놀라고 또 절망하게 만들었던 특유의 예리한 감각 덕분에, 해적 하나가 마른 나뭇가지를 밟아 소리를 낸 바로 그 순간부터 이들은 해적들이 섬에 있다는 사실을 알고 있었다. 그리하여 믿을 수 없을 정도로 짧은 시간 만에 코요테 울음소리가 시작되었다. 후크가 부하들을 이끌고 상륙한 지점부터 땅속에 있는 아이들의 집 사이의 길은, 뒷굽이 앞에 달린 모카신을 신은[25] 인디언 전사들이 이미 은밀하게 조사한 후였다. 이들은 개울 옆에 있는 언덕이 단 하나뿐임을 발견했고, 따라서 후크에게도 다른 선택의 여지가 없으리라 판단했다. 즉 해적 선장은 반드시 여기서 채비를 갖추고, 동이 틀 때까지 기다려야 하는 것이었다. 이처럼 악마적인 교활함으로 모든 일을 계획하고 나자, 인디언들은 각자의 이불을 펼쳐 놓고, 자기들에게는 남성다움의 전형으로 여겨지는 느긋한 태도로 아이들의 집 위에서 웅크리고 앉아, 창백한 죽음을 다루어야 하는 냉랭한 순간이 오기를 기다렸다.

그런데 바로 이곳에, 즉 날이 밝자마자 자기들이 후크에게 가할 여러 가지 정교한 고문을 뜬눈으로 그리던 저 순진한 야만인들 앞에, 갑자기 저 믿을 수 없는 인간 후크가 나타났다. 이때 그 살육을 가까스로 피했던 인디언 정찰병들이 훗날 내놓은 설명에 따르면, 후크는 회색빛 하늘과 뚜렷이 대조되는 그 언덕을 똑똑히 보았을 것이 분명한데도 불구하고 멈추지 않았다. 거기 멈춰 서서 공격당하기를 기다린다는 생각이야말로, 처음부터 끝까지 그의 섬세한 정신에는 전혀 떠오르지 않았던 듯했다. 심지어 그는 밤이 다할 때까지 기다릴 생각도 없었다. 그는 아무런 계획도 없이, 오로지 공격한다는 생각만으로 공격을 가했다. 당황한 인디언 정찰병들은 어쩔 줄을 몰랐는데, 그들이 전쟁의 각종 책략에 숙달해 있기는 했어도 이런 경우만큼은 예외였기 때문이었으며, 따라서 이들은 해적들의 뒤를 따르다가 자칫 몸을 노출시켜 치명적인 상황에 처하기도 하면서, 줄곧 애처로운 코요테 울음소리만 낼 뿐이었다.

타이거릴리는 부족의 가장 강인한 전사 열댓 명과 함께 있었는데, 저 배반하기 잘하는 해적들이 갑자기 이들에게 달려들었다. 그제야 승리를 눈앞에 선하게 비추어 주었던 얇은 막이 이들의 눈에서 떨어져 나갔다. 더 이상은 이들도 화형 기둥에서 고문을 하지 않아도 되었다. 이들에게는 이제 행복한 사냥터로 갈 일만 있었으니까. 이들도 그 사실을 알았다. 하지만 이들은 그 아버지의 아들이라는 이름에 걸맞게 행동했다. 이들에게는 밀집 대형을 만들 시간 여유가 있었으며, 만약 재빨리 그렇게 했더라면 해적들도 그걸 쉽게 깨뜨리기는 어려웠을 텐데, 자기네 종족의 전통 때문에 인디언들은 차마 그렇게 할 수가 없는 처지였다. 고귀한 야만인은 백인이 나타난 상황에서 깜짝 놀란 모습을 보여서는 절대로 안 되는 법이다. 해적들의 갑작스러운 출현이 인디언들에게는 분명히 끔찍했겠지만, 이들은 한동안 태연한 모습을 유지했으며, 근육 하나 움직이지 않았다. 해적들을 바라보는 인디언들의 모습은 마치 초대받고 찾아온 손님을 바라보는 주인과도 같았다. 그런 다음에야 이들은 자기네 전통의 당당한 지시에 의거하여 각자의 무기를 집어 들었으며, 전쟁 구호가 공중을 뒤흔들었다. 하지만 이제는 너무 늦었다.

전투라기보다는 학살이었던 일을 묘사하는 것은 우리의 몫이 아니다. 이로써 피커니니족의 꽃들 가운데 여러 송이가 지고 말았다. 그

도 죽기 전에 복수는 했으니, 린울프〔마른 늑대〕는 앨프 메이슨을 쓰러뜨려서, 더 이상은 그 해적이 카리브 해를 교란시키지 못하게 했다. 이때 땅에 얼굴을 박은 사람 중에는 조 스커리, 채스 털리, 알자스인 포거티도 있었다. 털리는 무시무시한 그레이트빅리틀팬서의 전투용 도끼에 쓰러졌는데, 팬서는 결국 타이거릴리와 자기 부족의 소수 생존자들이 해적들 사이로 지나갈 길을 텄다.

이때의 전략에 대해 후크가 어느 정도까지 비난을 받아야 하는지는 역사가들이 결정하도록 내버려 두자. 만약 그가 언덕에서 적절한 시간이 될 때까지 기다렸더라면, 학살을 당한 쪽은 오히려 그와 부하들이었을 것이다. 그러므로 후크에 대한 판단을 내리려면, 이런 점도 충분히 감안해야만 공평할 것이다. 어쩌면 그는 자기가 새로운 방법을 따르려 한다는 점을 자기 적들에게 알려 주었어야 마땅했을지도 모른다. 하지만 그럴 경우에는 기습의 요소가 제거되기 때문에, 결국 그의 전략도 아무 소용이 없어졌을 것이다. 이처럼 이 사건을 둘러싼 모든 질문에는 갖가지 어려움이 포진하고 있다. 그래도 사람들은 최소한 이처럼 대담한 계획을 고안한 그의 재치에 대해서만큼은, 그리고 그 일을 실행한 잔인한 천재성에 대해서만큼은 차마 존경심을 숨길 수 없을 것이다.

승리의 순간에 후크는 스스로에 대해 어떤 기분을 느끼고 있었을까? 그의 개들은 무척이나 알고 싶었을 것이다. 이들은 숨을 가쁘게 몰아쉬고 단도를 닦으면서, 선장의 갈고리에서 적당히 거리를 두고 모인 채, 족제비 같은 눈으로 이 비범한 사람을 흘끔거렸다. 그의 가슴은 의기양양해졌지만, 그의 표정은 그런 사실을 드러내지 않았다. 평소처럼 어둡고 고독한 수수께끼로서, 그는 정신에서나 존재에서나 자기 부하들에게서 외떨어져 서 있었다.

그날 밤의 일은 아직 끝나지 않았는데, 왜냐하면 그가 무찌르기 위해 찾아온 상대는 인디언들이 아니었기 때문이었다. 인디언들은 어디까지나 꿀을 얻기 위해 우선 연기를 피워 쫓아 버려야 하는 벌 떼에 불과했다. 그가 원하는 것은 바로 팬이었고, 팬과 웬디와 그들의 무리였으며, 그중에서도 주로 팬이었다.

피터는 워낙 작은 남자아이였으므로, 어른인 이 남자가 피터를 이토록 미워한다는 점을 이상하게 여길 사람도 있을지 모르겠다. 물론 피터가 후크의 한쪽 팔을 악어에게 던져 준 것은 사실이었지만, 단순히 그 일만 가지고는, 또는 악어의 집요함으로 인해 후크의 생활이 점점 더 불안정해진 것만 가지고는, 이처럼 혹독하고 악의적인 복수심을 차마 설명할 수가 없었다. 진실은 무엇인가 하면, 피터에게 있는 뭔가가 이 해적 선장을 광분하게끔 자극했다는 것이었다. 그것은 그의 용기도 아니었고, 그의 매력적인 외모도 아니었으며, 그것은 그의— 굳이 에둘러 말할 필요는 없을 터인데, 그게 뭔지 우리는 이미 잘 알고 있기 때문이니, 따라서 한 마디로 이야기해 보자. 그건 바로 피터의 거들먹거림이었다.

바로 그것이 후크의 신경을 거슬렀다. 그의 쇠갈고리를 움찔거리게 했으며, 밤이면 마치 벌레처럼 그를 괴롭혔다. 피터가 살아 있는 동안, 이 고통 받는 남자는 갑자기 날아 들어온 참새 한 마리 때문에 분통을 터뜨리며 안달하는 우리 속의 사자가 된 것 같은 기분이었다.

이제 문제는 어떻게 하면 그가, 또는 그의 개들이 나무를 따라 아래로 내려갈 수 있느냐 하는 것이었다. 후크는 탐욕스러운 눈으로 부하들을 훑어보며 그중에서도 가장 몸이 마른 놈을 찾았다. 해적들은 불편한 듯 몸을 꿈틀거렸으니, 자기네 두목이라면 부하 하나를 구멍에 집어넣고 장대로 쑤셔서 밀어 넣는 일도 기꺼이 해치울 것임을 알았기 때문이었다.

한편, 아이들은 어떻게 되었을까? 우리는 무기 부딪치는 소리가 처음 들렸던 순간에 그들을 보았는데, 이때 아이들은 돌조각으로 변하기라도 한 것처럼 모두들 입을 벌리고 양팔을 뻗으며 피터에게 간청하고 있었다. 이제 우리는 그들이 입을 다물고, 양팔은 옆에 늘어뜨린 모습으로 돌아가게 된다. 위에서 벌어진 수라장은 시작과 마찬가지로 갑자기 중지되고 말았으며, 마치 거센 바람이 한차례 쓸고 지나간 것과도 같았다. 하지만 그 와중에도 아이들은 이 일이 자기네 운명을 결정지을 것임을 알았다.

과연 어느 쪽이 이겼을까?

나무의 구멍 입구에서 열심히 귀를 기울이던 해적들은 아이들이 저마다 내놓는 질문을 듣게 되었으며, 아아, 심지어 피터의 대답까지도 듣고 말았다.

"만약 인디언들이 이겼다면" 피터가 말했다. "당연히 북을 쳤을 거야, 그게 바로 승리의 신호니까!"

그러자 스미는 북을 찾아냈으며, 즉시로 그 위에 걸터앉아 이렇게 중얼거렸다. "너희야말로 두 번 다시는 북소리를 듣지 못하게 될 거다." 물론 남의 귀에는 들리지 않을 정도로 작게 말했는데, 왜냐하면 지금은 철저한 침묵이 준수되고 있기 때문이었다. 후크는 즐거워하면서 스미에게 북을 치라는 신호를 보냈다. 스미도 이 명령의 끔찍스러운 사악함을 천천히 이해했다. 이 단순한 사람이 후크를 이보다 더 존경한 때는 아마 없었을 것이다.

스미는 악기를 두 번 두들겼고, 그러고 나서는 손을 멈추고 즐거워하며 귀를 기울였다.

"북소리야!" 사악한 자들은 피터의 외침을 들었다. "인디언이 이긴 거야!"

불운에 처한 아이들은 환호성을 올렸고, 그 소리 야말로 위에 있는 가슴 시커먼 사람들에게는 음 악이나 다름없었지만, 아이들은 곧 바로 피터에게 거듭 작별 인사를 건넸다. 이에 해적들은 어리둥 절했으나, 자기네 적들이 곧 나 무를 통해 위로 올라올 것이라 는 최우선의 기쁨 때문에 다른 감정은 그만 무시되고 말았 다. 이들은 서로를 향해 능

Twice Smee beat upon the instrument, and then stopped to listen gleefully. 33·3

Peter and Wendy

글맞게 웃어 보이며 손바닥을 비볐다. 재빠르고도 조용하게 후크는 명령을 내렸다. 해적 한 명이 나무 하나씩을 담당했고, 나머지 해적들은 2미터 간격으로 늘어섰다.

제13장

너희는
요정이 있다고 믿니?

Do You Believe in Fairies?

이 무시무시한 일은 가급적 빨리 결말을 짓는 편이 더 나을 것이다. 맨 처음 나무에서 나온 아이는 컬리였다. 그는 구멍에서 나오자마자 체코의 품으로 뛰어들었고, 다시 스미에게 던져졌으며, 다시 스타키에게 던져졌고, 다시 빌 주크스에게 던져졌으며, 다시 누들러에게 던져지고, 이렇게 이 해적에서 저 해적에게로 연이어 던져진 끝에 검은 해적의 발밑에 나동그라지게 되었다. 아이들은 모두가 각자의 나무에서 나오자마자 이런 무자비한 방법으로 낚아채졌다. 몇 명이 한꺼번에 공중에 던져지는 경우도 있어서, 마치 물건 담은 자루를 사람들이 줄지어 서서 던지고 받는 모양새와 흡사했다.

맨 마지막으로 나온 웬디에게는 대우부터가 달랐다. 아이러니한 정중함을 드러내며 후크는 우선 자기 모자를 들어 그녀에게 인사를 건넨 뒤, 자기 한쪽 팔을 내밀어 붙잡게 하고는, 다른 아이들이 재갈

Hook raised
his hat to her
offering her his
arm ♫ · ♫ · ♫

을 물고 있는 곳으로 안내했던 것이다. 그는 상당히 우아하게 그 일을 해치웠으며, 워낙 섬뜩할 정도로 '점잖았기' 때문에, 그녀는 몹시 매료된 나머지 차마 비명을 지르지도 못했다. 아직은 어린 여자아이에 불과했으니까.

잠시나마 후크가 웬디를 매혹시켰다는 사실을 밝히는 것은 아마 고자질이 되겠지만, 우리가 굳이 이야기하는 까닭은 어디까지나 그녀의 일탈이 어떤 기묘한 결과를 낳았기 때문이다. 만약 웬디가 후크의 손을 도도하게 뿌리쳤다고 치면(그랬다면 우리도 더 기꺼운 마음으로 그 이야기를 썼을 것이다) 그녀 역시 다른 아이들과 마찬가지로 공중에 내던져졌을 것이고, 그랬다면 해적 선장도 아이들을 묶는 현장에는 나타나지 않았을 것이다. 만약 아이들을 묶는 현장에 나타나지 않았더라면 후크는 슬라이틀리의 비밀을 발견하지 못했을 것이고, 만약이 비밀이 알려지지 않았더라면 후크는 피터의 생명을 위협하려는 야비한 시도를 하지 못했을 것이다.

해적들은 아이들이 날아서 도망치지 못하도록 묶으면서, 양쪽 무릎이 양쪽 귀에 가까이 닿을 정도로 몸을 착 접어 두었다. 아이들을 묶기 위해서 검은 해적은 밧줄을 똑같은 길이로 아홉 개 잘라 놓았다. 그래서 만사가 원활하게 이루어지다가 슬라이틀리의 순서에서 말썽이 생겼는데, 알고 보니 그는 노끈을 한 바퀴 두르고 나자 매듭을 지을 여분의 길이가 남아 있지 않은 짜증 나는 소포와도 비슷한 형국이었기 때문이었다. 해적들은 화가 나서 그를 발로 걷어찼는데, 그건 여러분이 비슷한 경우에 소포를 걷어차는 것과도 똑같았다(물론 공평하게 말하자면 여러분은 노끈을 걷어차야 하겠지만). 그런데 이상한 이야기지만, 후크는 부하들에게 폭력을 그만두라고 일렀다. 그의 입술은 사악한 승리감으로 뒤틀려 있었다. 그의 개들은 그저 땀만 흘려 댔는데, 이 불운한 꼬마의 어느 한쪽을 단단히 묶으려고 하면 매번 다른 한쪽이 툭 불거져 나왔던 것이다. 후크의 뛰어난 정신은 슬라이틀리의 겉모습 속으로 깊숙이 파고들어 갔으며, 급기야 결과가 아니라 그 원인을 탐지했다. 해적 선장의 기쁨은 그가 원인을 찾아냈음을 보여 주었다. 슬라이틀리는 얼굴이 하얗게 질렸고, 결국 자신의 비밀을 후크가 알아냈음을 깨달았는데, 그 비밀이란 다른 게 아니라, 그처럼 살이 찐 남자아이라면 보통 어른의 몸이 꽉 끼어 버릴 만큼 좁은 나무 구멍을 사용할 수는 없었다는 것이었다. 불쌍한 슬라이틀리는 이제 아이들 중에서도 가장 비참한 심정이 되어 버렸으니, 그는 이제 피터에 대한 걱정에 사로잡혔고 자기가 저지른 일을 뼈저리게 후회했다. 더울 때에는 미친 듯이 물을 마시는 버릇이 있었던 까닭에 그의 몸은 결국 지금과 같은 둘레로 부풀어 올랐으며, 이럴 경우에는 자기가 사용하는 나무에 맞춰 몸을 줄여야 마땅했겠지만, 그는 남들 몰래 자기 구멍을 조금씩 깎아 내서 자기 몸에 맞췄던 것이다.

이것만 가지고도 후크는 피터가 마침내 자기 손아귀에 들어왔다고 확신하기에 이르렀다. 그러나 지금 그의 정신의 은밀한 동굴에서 형성된 이 시커먼 계획에 관한 이야기는 결코 그의 입술 사이로 흘러나오지 않았다. 그는 다만 포로들을 자기네 배로 끌고 가라고, 그리고 자기는 여기 혼자 남겠다고 손짓했을 뿐이었다.

Peter and Wendy

아이들을 어떻게 옮겨야 할까? 밧줄에 묶여 착착 접힌 상태다 보니, 말 그대로 통처럼 데굴데굴 언덕에서 굴리며 내려갈 수도 있을 것 같았지만, 이들이 지나갈 길은 대부분 늪지였다. 여기서 또 한 번 후크의 천재성이 어려움을 극복했다. 그는 작은 집을 들것으로 사용하라고 지시했다. 아이들은 집 안으로 던져졌고, 네 명의 강인한 해적들이 한 귀퉁이씩을 맡아 집을 어깨에 메었으며, 다른 해적들이 뒤따라오면서 모두가 증오하는 해적 노래를 부르는 방식으로 이 기묘한 대열은 숲을 가로질러 출발했다. 혹시 우는 아이가 있었는지는 나도 모르겠다. 설령 그랬다 하더라도 노래가 그 소리를 파묻어 버렸을 것이다. 하지만 작은 집이 숲 속으로 사라지는 동안, 마치 후크를 비웃기라도 하듯 작지만 용감한 연기가 그 굴뚝에서 가늘게 피어올랐다.

후크는 그 연기를 보았고, 이는 피터에게 좋지 않은 결과를 끼쳤다. 이 해적의 격분한 가슴속에 어쩌면 남아 있었을지도 모르는 일말의 동정심마저도 싹 말려 버렸기 때문이었다.

빠르게 옅어지는 어둠 속에 자기 혼자 남았다는 사실을 깨닫자마자 후크가 맨 먼저 한 일은, 슬라이틀리의 나무로 살금살금 다가가서, 과연 그곳에 자기가 들어갈 만한 통로가 있는지 확인하는 것이었다. 그런 다음에 그는 한동안 곰곰이 생각에 잠겼다. 불길한 징조를 나타내는 그의 모자는 풀밭에 내려놓았는데, 그래야만 아까부터 불어오는 부드러운 바람이 머리카락 사이를 상쾌하게 지나갈 수 있어서였다. 비록 그의 생각이야 시커멨으나, 그의 푸른 눈은 협죽도만큼이나 새파랬다. 그는 혹시 저 아래 세상에서 무슨 소리가 들려오나 유심히 귀를 기울였지만, 밑에서도 위와 마찬가지로 만사가 조용하기만 했다. 땅속에 있는 집도 그저 텅 비어 있는 또 하나의 거주지인 것처럼 보였다. 그 소년은 잠이 든 걸까, 아니면 슬라이틀리의 나무 통로 바닥에서 단검을 꺼내 들고 가만히 서서 기다리고 있는 것일까?

도무지 알 방법이 없었으니, 결국 직접 내려가 보는 수밖에 없었다. 후크는 자기 망토를 살며시 땅바닥에 내려놓은 다음, 새빨간 피가 맺힐 때까지 입술을 꽉 깨물면서 나무 안으로 걸어 들어갔다. 그는 용감한 남자였다. 하지만 잠시 동안은 그도 거기 멈춰 선 채로 이마를 훔쳐야 했는데, 왜냐하면 땀이 촛농처럼 줄줄 흘렀기 때문이었다. 곧이어 그는 미지의 장소로 조용히 나아갔다.

그는 별 탈 없이 통로의 맨 아래에 도달했고, 다시 거기 가만 선 채로 숨소리조차 죽였던 터에 자칫 숨이 거의 그를 떠날 뻔했다. 어두운 빛에 눈이 익숙해지자, 땅속의 집에 있는 여러 가지 물체들이 모습을 드러냈다. 그러나 그의 탐욕스러운 눈은 오로지 하나에만 멈춰 있었으니, 오랫동안 찾아 헤맸고 마침내 찾아낸 그것은 바로 커다란 침대였다. 그 침대 위에 피터가 곤히 잠들어 있었던 것이다.

저 위에서 벌어진 비극에 대해서는 전혀 모른 채, 피터는 아이들이 떠나고 나서도 한동안 팬파이프를 경쾌하게 연주했다. 자기는 전혀 신경 쓰지 않는다는 사실을 증명하기 위한 필사적인 시도였음에는 물론 의심의 여지가 없었다. 그러다가 그는 약을 먹지 않기로 작정했는데, 그래야만 웬디가 슬퍼할 것이기 때문이었다. 그러고는 이불도 덮지 않고 침대에 누워 버렸는데, 그래야만 그녀가 더욱 괴로워할 것이기 때문이었다. 새벽이 될 때에는 혹시나 추워질지도 모르므로 그녀는 항상 아이들에게 이불을 덮어 주곤 했다. 그러다가 피터는 하마터면 울음을 터뜨릴 뻔했다. 하지만 자기가 오히려 웃어 버리면 그녀가 얼마나 성이 날까 하는 생각이 머릿속에 떠올랐다. 그래서 오만한 웃음을 터뜨렸고, 그는 웃다 말고 잠이 들었다.

물론 자주까지는 아니지만 그래도 가끔은 피터도 꿈을 꾸었으며, 그 꿈은 다른 아이들의 꿈보다도 더욱 고통스러웠다. 깨어나서도 몇 시간 동안이나 헤어 나오지 못했고, 꿈속에서 슬프게 울부짖었다. 내가 생각하기에, 이 일은 그라는 존재의 수수께끼와 관련이 있었다. 그럴 때면 웬디는 버릇처럼 피터를 침대에서 안아 올린 다음, 의자에 앉은 자기 무릎 위에 눕혀 놓고 직접 고안한 여러 가지 방법으로 그를 달랬으며, 그가 점차 조용해지면 완전히 깨어나기 전에 도로 침대에 넣어 주었는데, 그렇기 때문에 피터는 자기가 웬디로 인해 졸지에 남부끄러운 일을 당한다는 사실을 모를 수밖에 없었다. 그러나 이때만큼은 그 역시 꿈도 없는 잠 속으로 깊이 빠져들었다. 한 팔을 침대 가장자리로 늘어뜨리고 한 다리는 굽힌 상태인 데다 웃음에서 차마 마무리되지 못한 부분이 감돌고 있는 입은 헤벌려서, 그 안의 작은 진주들이 엿보였다.

이처럼 무방비 상태의 피터를 후크는 찾아냈던 것이다. 해적은 방 건너편에 누워 있는 적을 바라보며 조용히 서 있었다. 혹시 일말의 동정심이 그의 어두컴컴한 가슴을 교란시키지는 않았을까? 이 남자는 전적으로 사악하지는 않았다. 그는 꽃을 좋아했으며 (내가 듣기로는)

아름다운 음악도 좋아했다(그 자신만 해도 하프시코드 연주 실력이 보통 이상이었다). 게다가 솔직히 시인하자면, 이 장면의 목가적인 성격 때문에 그조차도 심하게 마음이 흔들렸다. 자신의 더 나은 부분에 지배받음으로써 마지못해 나무 통로를 따라 위로 올라갈 수도 있었겠지만, 후크에게는 그러지 못했던 이유가 한 가지 있었다.

그를 거기 계속 머무르게 했던 요인은 바로 피터가 잠잘 때의 건방진 모습이었다. 입을 벌리고, 한 팔을 늘어뜨리고, 무릎을 구부린 모습. 이 모두를 합치면, 모욕에 민감한 사람의 눈앞에는 절대 다시 보여서는 안 된다고 바랄 만큼 강력한 거들먹거림의 화신이나 다름없었다. 그 모습에 후크의 가슴은 냉혹해졌다. 분노가 그를 1백 개의 조각으로 깨뜨릴 수 있었다면, 그렇게 깨진 조각들 하나하나가 이 상황을 무시하고 곧장 잠든 사람에게 달려들었을 것이다.

침대 위에 흐릿하게 밝혀진 램프 하나에서 빛이 흘러나오기는 했지만 후크는 어둠 속에 홀로 서 있었다. 그러다가 처음으로 은밀한 걸음을 내딛자마자 장애물을 하나 발견했으니, 바로 슬라이틀리의 나무에 달린 문이었다. 문이 구멍을 완전히 가로막지는 않았기 때문에, 후크는 지금껏 그 문 너머로 방 안을 바라보고 있었던 것이다. 걸쇠를 더듬어 보았지만 너무 아래에 있어서 손이 닿지 않는다는 사실을 깨닫자, 그는 분통이 터졌다. 가뜩이나 머릿속이 혼란스러웠던 후크가 느끼기에 피터의 얼굴과 몸에 나타난 짜증이 갑자기 눈에 띄게 증가해서, 그는 급기야 문을 흔들고 몸으로 부딪치기에 이르렀다. 그의 적은 결국 그의 손길을 벗어나고 마는 것일까?

그런데 저게 뭐지? 그의 눈 속에 나타난 붉은빛은 그의 손 닿는 범위 안에 있었던 선반에 놓인 피터의 약병을 찾아냈다. 그는 이게 뭔지 곧바로 간파했으며, 즉시로 저 잠자는 아이가 자기 손아귀에 들어왔음을 확신했다.

혹시나 산 채로 붙잡힐 경우에 대비해서 후크는 항상 끔찍한 독약을 품에 넣고 다녔는데, 자기 손에 들어온 독약 반지[26]들의 내용물을 직접 섞어 만든 것이었다. 이 모두를 끓여서 그는 학계에조차 알려진 바 없는 노란 액체를 얻었으며, 이것이야말로 현존하는 가장 지독한 독약일 것이었다.

지금 이런 독을 그는 무려 다섯 방울이나, 피터의 약에 떨어뜨렸다. 후크의 손은 떨리고 있었지만, 부끄러움 때문이라기보다는 오히려 환희 때문이었다. 이 일을 하는 동안 그는 잠자는 아이 쪽으로는 눈길 한 번 주지 않았는데, 동정심이 그를 불편하게 만들어서는 전혀 아니었고, 다만 약을 흘리는 일이 없도록 하기 위해서였다. 그러다가 한 번의 길고 흡족한 시선을 그는 희생자에게 던졌으며, 몸을 돌려 어렵사리 꿈틀거리면서 나무 속의 통로를 도로 올라갔다. 땅 위로 나오는 그의 모습은 악 그 자체가 구멍을 뚫고 나오는 것과도 흡사했다. 자기 모자를 가장 뾰족한 각도로 쓴 다음, 그는 망토를 몸에 두르고 그 한쪽 끄트머리를 앞에다 붙잡았

Five drops he
added to
peter's cup.

다. 마치 자기 모습을 밤으로부터 감추려는 것 같았는데, 밤은 이미 가장 어두울 때에 이르러 있었고, 그는 혼자 이상하게 뭔가를 중얼거리며 나무 사이로 사라졌다.

피터는 계속 잠을 잤다. 램프 빛이 펄럭이더니 꺼져 버렸고, 집 안은 어둠에 잠겼다. 하지만 그는 여전히 잠을 잤다. 악어에 따르면 10시가 채 되지 않았을 때 그는 벌떡 침대에 일어나 앉았는데, 알 수 없는 이유로 잠에서 깨었다. 그때 그의 나무의 문을 조용하면서도 조심스럽게 두들기는 누군가가 있었다.

조용하면서도 조심스럽게. 그러나 그런 적막 속에서는 어쩐지 불길했다. 피터는 손으로 단검을 더듬어서 꽉 움켜쥐었다.

"거기 누구야?"

한동안은 아무런 대답이 없었다. 그러다가 다시 문을 두들겼다.

"거기 누구냐니까?"

아무런 대답이 없었다.

피터는 오싹한 느낌이 들었는데, 그는 원래 이렇게 오싹한 느낌을 좋아했다. 단 두 걸음 만에 그는 문에 도달했다. 슬라이틀리의 문과 달리 이 문은 통로로 들어가는 구멍을 다 막고 있었으므로 그는 문 뒤를 내다볼 수도 없었고, 문을 두들기는 누군가가 그를 볼 수도 없었다.

"그쪽이 대답하기 전에는 문을 열지 않을 거야!" 피터가 외쳤다.

그러자 마침내 방문객이 입을 열었다. 아름다운 종 같은 목소리였다.

"문 열어 줘, 피터."

그건 바로 팅크였기에, 그는 재빨리 문을 열었다. 그녀는 잔뜩 흥분해서 날아들어 왔는데, 얼굴은 빨갛게 달아올랐고 옷에는 진흙이 묻어 있었다.

"무슨 일이야?"

"아니, 무슨 일이 일어났는지 너는 상상도 못 할 거야!" 그녀가 외치며 그에게 맞힐 기회를 세 번 제안했다. "당장 말해!" 그가 소리를 질렀다. 그러자 문법에도 맞지 않는 한 문장으로, 마치 마술사들이 입에서 꺼내는 리본만큼이나 긴 문장으로, 그녀는 웬디와 아이들이 포로가 된 이야기를 해 주었다.

이야기를 듣는 동안 피터의 가슴은 쿵쿵 뛰었다. 웬디가 붙잡혀서 지금 해적선에 있다니, 모든 것을 그토록 사랑했던 그녀가!

"내가 그녀를 구출하겠어!" 그가 외치며 무기들이 있는 곳으로 펄쩍 뛰었다. 그렇게 뛰는 동안, 그는 웬디를 기쁘게 할 일을 하나 생각해 냈다. 바로 자기 약을 먹는 것이었다.

피터의 한 손이 치명적인 물약으로 향했다.

"안 돼!" 팅커 벨이 비명을 질렀는데, 후크가 숲을 지나가면서 무슨 짓을 했는지 혼잣말로 중얼거리는 것을 그녀가 들은 까닭이었다.

"왜?"

"거기 독이 들었어."

"독이 들었다고? 누가 독을 넣었는데?"

"후크."

"어리석은 소리. 후크가 무슨 수로 여기까지 내려왔겠어?"

아아, 팅커 벨도 이 부분까지는 설명할 수 없었던 것이, 슬라이틀리의 나무에 얽힌 어두운 비밀은 그녀 역시 몰랐다. 그럼에도 불구하고 후크의 말에는 의심의 여지가 전혀 없었다. 이 약에는 독이 들어 있는 것이다.

"게다가" 피터는 자기의 판단을 매우 신뢰하며 말했다. "나는 결코 잠들지 않았었단 말이야."

그는 컵을 치켜들었다. 지금은 떠들고 있을 때가 아니었다. 행동에 나설 때였다. 재빠른 움직임으로 팅크는 그의 입술과 물약 사이에 끼어들었고, 그 물약을 한 방울도 남기지 않고 다 마셔 버렸다.

"어째서, 팅크, 감히 네가 내 약을 마신 거지?"

하지만 그녀는 대답하지 않았다. 그녀는 이미 공중에서 비틀거리고 있었다.

"도대체 뭐가 잘못된 거야?" 피터는 불현듯 두려움을 느꼈다.

"나는 독을 마셨어, 피터." 그녀가 나지막이 말했다. "그러니 이제 죽을 거야."

"아아, 팅크, 날 구하려고 네가 그걸 마신 거야?"

"그래."

"하지만 어째서, 팅크?"

그녀의 날개는 이제 스스로를 들지도 못할 지경이었지만, 그녀는 대답 삼아 피터의 어깨 위에 내려앉더니, 그의 코를 살며시 깨물었다. 그녀는 그의 귀에 대고 속삭였다. "이 멍청한 바보야!" 그러고는 자기 방으로 비틀거리며 날아가서 침대에 누웠다.

그녀의 작은 방의 네 번째 벽을 거의 채우다시피 얼굴을 들이밀고, 피터는 슬픔에 잠겨 무릎을 꿇었다. 시시각각으로 팅커 벨의 불빛은 점점 더 희미해졌다. 그 불빛이 꺼져 버리면 그녀도 끝장임을 그는 알았다. 그녀는 그의 눈물을 무척 좋아했기 때문에, 예쁜 자기 손가락을 뻗어서 눈물이 손가락을 타고 흐르게 했다.

그녀의 목소리에는 워낙 힘이 없어서, 처음에는 그녀가 하는 말을 그도 알아듣지 못했다. 그러다가 마침내 그는 알아들었다. 만약 아이들이 요정을 믿는다고 하면, 자기 몸이 나을 것 같다는 말이었다.

피터는 양팔을 뻗었다. 여기에는 아이들이 하나도 없었고, 지금은 한밤중이었다. 하지만 그는 네버랜드에 관한 꿈을 꾸는, 그래서 여러분이 생각하는 것 이상으로 그와 가까이 있는 모든 아이들에게 말을 걸었다. 잠옷을 입은 남자아이들과 여자아이들, 그리고 나무에 걸린 바구니 안에 있는 발가벗은 아기들에게도.

"너희는 믿니?" 그가 외쳤다.

팅크는 자기 운명을 듣자마자 팔팔하게 침대에서 일어나 앉았다.

그녀는 자기가 긍정하는 답변을 들은 것 같다고 상상했지만, 곧이어 확신까지는 못 하겠다고 생각했다.

"네 생각은 어때?" 그녀가 피터에게 물었다.

"너희가 믿는다면" 그는 아이들에게 외쳤다. "손뼉을 쳐 봐! 팅크를 죽게 놔두지 마!"

많은 아이들이 박수를 쳤다.

어떤 아이들은 치지 않았다.

몇몇 고집쟁이는 오히려 야유를 보냈다.

박수 소리는 갑작스레 멈추었다. 수많은 어머니들이 도대체 무슨 일인가 싶어 서둘러 육아실로 달려가기라도 한 모양이었다. 하지만 팅크는 이미 목숨을 건졌다. 처음에는 그녀의 목소리가 또렷해지고, 다음에는 그녀가 침대에서 폴짝 뛰어나왔다. 그다음에는 그녀가 어느 때보다도 더 쾌활하고 활기차게 방 안을 이리저리 번쩍이며 날아다녔다. 그녀는 자기를 믿어 준 아이들에게 고맙다는 말을 할 생각은 추호도 없었지만, 대신 야유를 보낸 아이들은 혼내 주고 싶어 할 것이다.

"그럼 이제 웬디를 구하러 가자."

달이 구름 낀 하늘을 달려가고 있을 무렵, 나무에서 튀어나온 피터는 무기를 허리띠에 찬 것 말고는 거의 아무것도 입지 않은 채, 자신의 위험천만한 임무에 착수했다. 이날은 그가 선뜻 택했을 법한 밤은 아니었다. 그는 하늘을 날고 싶었지만, 그러면서도 땅에서 멀지 않은 높이를 유지해야 했는데, 그래야만 뭔가 특이한 게 있을 경우에 그의 눈을 피하지 못할 것이기 때문이었다. 그러나 이처럼 일정하지 않은 달빛 속에서 그토록 낮게 날다 보면 나무 사이로 그의 그림자가 길게 질 것이고, 그러면 새들을 놀라게 하는 것은 물론이고 경계심 많은 적들까지도 그가 움직인다는 사실을 알게 될 것이었다.

이제야 그는 이 섬에 살고 있는 새들에게 그토록 기묘한 이름을 지어 준 것을, 그리하여 그 새들이 매우 야생적이고 다가가기 힘들어지게 된 것을 후회했다.

HOOK OR ME THIS TIME

지금으로서는 그저 인디언의 방식대로 앞으로 달려가는 것밖에는 다른 방법이 없었는데, 다행히도 그는 여기에 능숙했다. 하지만 과연 어느 방향일지는 아리송했던 것이, 아이들이 과연 배로 끌려갔는지 확신하지 못한 탓이었다. 가볍게 눈이 내리면서 발자국을 모두 덮어 버렸다. 쥐 죽은 듯한 침묵이 섬에 만연했으며, 마치 잠시 동안 자연 자체도 조금 전의 살육에 경악한 나머지 멈춰 선 것 같았다. 그는 타이거릴리와 팅커 벨에게 배운 숲의 생활 방식 일부를 아이들에게도 전수했으므로, 위기 상황에서도 아이들이 그걸 잊지 않았으리라고 생각했다. 예를 들어 기회만 있었다면 슬라이틀리는 나무에 칼자국을 새겼을 것이고, 컬리는 씨앗을 떨어뜨렸을 것이며, 웬디는 자기 손수건을 중요한 장소에 놓았을 것이다. 그렇지만 그런 표식을 찾아내려면 아침이 필요했고, 그는 그때까지 기다릴 수가 없었다. 위쪽 세상은 그를 불러는 냈지만, 정작 도움은 주지 않았다.

악어가 피터의 곁을 지나갔지만 다른 생물은 없었으며, 소리 하나, 움직임 하나 없었다. 그러나 그는 갑작스러운 죽음이 곧이어 마주칠 나무에 잠복해 있을지도 모른다는 것을, 또는 뒤에서 쫓아올지도 모른다는 것을 잘 알았다.

피터는 이렇게 섬뜩한 맹세를 했다. "후크냐 나냐, 둘 중 하나다."

이제 그는 뱀처럼 앞으로 기어가고 있었다. 그리고 다시, 똑바로 일어나서, 달빛이 춤추고 있는 공간을 쏜살같이 지나갔다. 한 손가락은 자기 입술에 대고, 단검은 금방이라도 사용할 수 있게 한 채로. 피터는 무서울 정도로 행복했다.

제14장

해적선

The Pirate Ship

초록 불빛 하나가 키드[27] 개울 위로 깜박이고 있었는데, 그곳은 바로 해적 강의 어귀였고, 거기야말로 쌍돛대 범선인 '졸리 로저'호가 물 위에 낮게 떠 있는 곳이었다. 날렵해 보이는 배였지만 선체는 흉했고, 그 배의 모든 들보는 혐오스러웠으며, 마치 뽑혀 나간 깃털이 흩뿌려진 땅바닥과도 같았다. 이 배는 바다의 식인종이었으며 파수꾼을 필요로 하지도 않았으니, 그 이름에서 풍기는 공포 때문에 안심하고 둥둥 떠 있을 수 있었다.

이 배는 밤의 이불에 감싸여 있어서 여기서 나는 소리는 바닷가까지 도달하지 못했다. 소리라고는 거의 없었으며, 다만 이 배의 재봉틀이 돌아가는 소리만은 예외였는데, 그 앞에는 스미가 앉아 있었다. 항상 근면하고 순종하는, 평범함의 정수라 할 수 있는 저 애처로운 스미. 어째서 그가 이토록 무한히 애처로운지 나는 알지 못하지만, 어쩌면 그 이유란 이토록 애처로울 정도로 자기가 그 사실을 모르고 있기 때문일 것이다. 하지만 강인한 사람조차도 그를 똑바로 마주 보지 못하고 서둘러 시선을 돌려야 했으며, 여름 저녁에 한 번 이상 그는 후크의 눈물샘을 자극하다 못해 결국 눈물이 흐르게 만들곤 했다. 다른 거의 모든 것에 관해서와 마찬가지로, 이에 관해서도 스미는 전혀 의식하지 못했다.

해적 몇몇은 배의 난간에 기대어 선 채, 밤의 독기 속에서 술을 마시고 있었다. 다른 해적들은 나무통 옆에 제멋대로 늘어져서 주사위며 카드놀이를 했다. 작은 집을 운반하느라 지친 네 명은 갑판 위에 완전히 퍼져 있었고, 잠자는 동안에도 후크의 손 닿는 범위에 있지 않으려고 솜씨 좋게 이리저리 몸을 굴렸는데, 그러지 않았다가는 선장이 지나가다가 자기도 모르게 부하들을 갈고리로 할퀼 수도 있었기 때문이었다.

후크는 생각에 잠겨 갑판을 거닐었다. 아아, 측량할 수 없는 인간이여. 지금은 그에게 승리의 시간이었다. 피터는 영원히 그의 앞길에서 제거되었으며, 다른 모든 아이들도 이 범선에 끌려와 있었고 곧이어 판자 위를 걸을 예정이었다. 이는 그가 바비큐를 굴복시킨 이후로 한 가장 냉혹한 행동이었다. 우리 입장에서는 인간의 몸이라는 게 얼마나 헛된지를 알기에, 그가 갑판 위를 불안하게 오가며 자기 성공의 바람으로 몸이 부풀어 있다 한들, 굳이 놀랄 리가 있겠는가?

그러나 그의 걸음걸이에는 우쭐대는 기색이 없었으며, 그의 우울한 마음의 행동과 보조를 맞추고 있었다. 후크는 깊이 낙담해 있었다.

Peter and Wendy

밤의 정적 속에 배에서 생각에 잠길 때면 그는 종종 그랬다. 후크는 워낙 끔찍스럽게 혼자였다. 이 예측 불가능한 남자는 자기 개들에게 에워싸여 있을 때에 오히려 가장 외로움을 느꼈다. 그들은 사회적으로 그보다 열등했기 때문이었다.

후크는 그의 진짜 이름도 아니었다. 그가 실제로 누구인지를 밝힌다고 한다면, 심지어 요즘 시대에조차 이 나라가 발칵 뒤집어지고 말 것이다. 그러나 행간을 읽은 독자라면 이미 추측했겠지만, 그는 유명한 사립학교를 졸업했다.[28] 그 학교의 전통은 여전히 그에게 옷처럼 달라붙어 있을뿐더러, 실제로 그가 옷을 입는 것에 상당한 영향을 미쳤다. 요컨대 지금까지도 그는 어떤 배를 공격 개시할 때에 입었던 옷을 공격이 끝난 후에 갈아입지 않은 채로 그 배에 오른다는 것에 불쾌해했으며, 여전히 자기가 다닌 학교 특유의 구부정한 걸음걸이에 맞춰 걸었다. 하지만 다른 무엇보다도 그는 좋은 모습을 향한 열정을 지니고 있었다.

좋은 모습! 그가 제아무리 심하게 타락했다 하더라도, 좋은 모습이 무엇보다 중요하다는 것만큼은 여전히 잘 알고 있었다.

마음속 저 깊은 어디선가, 그는 녹슨 문이 삐걱거리며 열리는 소리를 들었고, 문틈으로 흘러나오는 또렷한 똑똑똑 소리를 들었는데, 이는 마치 누구나가 잠 못 이루는 밤에 울리는 망치 두들기는 소리 같았다. "오늘 너는 좋은 모습을 보였느냐?" 하는 것이야말로 영원한 질문이었다.

"명성, 명성, 그 번쩍이는 싸구려, 그건 내 거야!" 그가 외쳤다.

"뭔가에서 두드러진다는 것은 매우 좋은 모습인가?" 그의 학교에서 나는 똑똑똑 소리가 대꾸했다.

"나는 바비큐가 두려워하는 유일한 사람이다." 그가 말했다. "그 플린트조차 바비큐를 두려워했지."

"바비큐, 플린트, 그들은 어느 학교의 어느 기숙사 출신인가?" 날카로운 반박이 이어졌다.

무엇보다도 그를 가장 불편하게 만드는 생각은 이것이었다. 혹시 좋은 모습에 관해 생각하는 것이야말로 나쁜 모습인가?

그의 몸은 이 문제로 고통 받았다. 그의 내면에 자리한 발톱은 쇠갈고리보다 더 날카로웠고, 이것이 그를 찢는 동안, 땀이 그의 번들거리는 얼굴을 따라 내려와서 상의를 타고 흘러내렸다. 그는 연신 소매로 얼굴을 닦았지만, 줄줄 흘러내리는 땀을 막을 수는 없었다.

아아, 후크를 부러워 마라.

자신의 때 이른 사멸에 대한 예감이 그를 엄습했다. 마치 피터의 끔찍한 맹세가 배 위에까지 들려오기라도 한 듯했다. 후크는 자신의 임종 연설을 하고 싶은 우울한 열망을 느꼈지만, 지금 당장은 그런 일을 할 시간이 없을 것이었다.

"후크에게는 차라리 그 편이 더 나았을 텐데!" 그가 외쳤다. "그가 더 작은 야심을 가지는 편이 말이다." 자신의 가장 어두운 시간에만 그는 스스로를 3인칭으로 지칭했다.

"꼬마 아이들은 아무도 날 사랑하지 않아."

그가 이런 생각을 한다는 것 자체가 이상했으니, 이전까지는 한 번도 이 문제로 고민한 적이 없었기 때문이었다. 어쩌면 재봉틀이 그런 생각을 그의 마음에 가져온 것일까. 오랫동안 그는 혼자 중얼거리며 스미를 바라보았는데, 나지막이 흠흠 소리를 내는 저 스미는 아이들이 모두 자기를 무서워한다는 확신을 품고 있었다.

그를 무서워한다니! 스미를 무서워한다니! 이날 밤에 범선에 끌려온 아이 가운데 그를 벌써부터 사랑하지 않게 된 아이는 아무도 없었다. 그는 아이들에게 끔찍한 이야기를 했고, 심지어 손바닥으로 때리기도 했지만, 그건 어디까지나 차마 주먹으로 때릴 수는 없어서였다. 하지만 아이들은 오히려 그에게 매달릴 뿐이었다. 마이클은 그의 안경을 빼앗으려 시도하기까지 했다.

아이들이 스미를 사랑스럽게 여긴다는 사실을 스미 본인에게 이야기해 준다면 어떨까! 후크는 정말 그러고 싶은 마음이 들었지만, 그건 너무 잔인한 처사 같았다. 대신 그는 이 수수께끼에 대해 숙고했다. 어째서 아이들은 스미가 사랑스럽다고 여기는 것일까? 그는 냄새 맡는 사냥개처럼 이 문제를 추적했다. 만약 스미가 사랑스럽다고 치면, 과연 그를 그렇게 만드는 요인은 무엇일까? 갑자기 끔찍스러운 대답이 툭 튀어나왔다. "좋은 모습?"

만약 저 갑판장이 자기도 모르게 좋은 모습을 갖고 있다면, 과연 가장 좋은 모습이란 무엇일까?

팝[29]에 들어갈 수 있는 자격은 먼저 자기가 그런 자격을 갖고 있음을 본인은 모른다는 사실을 증명해야 하는 것임을 그는 기억해 냈다.

분노로 외마디 소리를 내지르며 그는 쇠갈고리를 들어 올려 스미의 머리를 겨냥했다. 하지만 차마 부하를 찢어 죽일 수는 없었다. 그의 손을 붙들어 놓은 것은 바로 이런 생각이었다.

'어떤 사람이 좋은 모습을 지니고 있다고 해서 그를 찢어 죽인다니, 어떻게 그럴 수 있나?'

'나쁜 모습이야!'

불행한 후크는 땀으로 흠뻑 젖은 데다 무기력한 상태가 되었고, 그만 잘라 낸 꽃처럼 앞으로 털썩 쓰러졌다.

그의 개들은 선장이 한동안 정신을 차리지 못할 것이라 생각했고, 그 즉시로 규율이 느슨해졌다. 이들은 춤판을 벌였으며, 그것이 후크를 다시 한 번 제 발로 일어서게 만들었다. 마치 물을 한 양동이 뒤집어쓴 양, 인간의 나약함은 그에게서 흔적도 없이 사라져 버렸다.

"조용히 해라, 이 쓸모없는 놈들아!" 그가 외쳤다. "안 그러면 몸에다가 닻을 박아 버릴 테니까." 그러자 소음은 곧바로 잠잠해졌다. "아이들은 쇠사슬로 묶어서, 날아가지 못하게 해 두었지?"

"예, 그렇습니다."

"그러면 그놈들을 위로 끌고 와라."

웬디를 제외한 나머지 비참한 포로들이 선창에서 질질 끌려 나와 후크의 앞에 한 줄로 늘어섰다. 한동안 그는 아이들의 존재를 전혀 인식하지 못하는 듯했다. 그는 편안하게 기대어 서서, 콧노래를 제법 그럴싸하게 흥얼거리고, 점잖지 못한 노래를 읊조리다가, 카드 한 벌을 셌다. 때때로 퀼런 불빛이 그의 얼굴에 색조를 더해 주었다.

"좋다, 꼬맹이들아." 그가 쾌활하게 말했다. "너희 가운데 여섯 놈은 오늘 밤 판자 위를 걷게 되겠지만,[30] 마침 선실 급사 자리가 두 개 남아 있지. 너희 가운데 어떤 놈이 급사가 되고 싶으냐?"

"공연히 그 사람을 불쾌하게 만들지는 마." 웬디는 선창에 갇혀 있는 동안 아이들에게 이렇게 지시했다. 그래서 투틀스가 얌전히 앞으로 걸어 나왔다. 투틀스는 이런 사람 밑에서 일해야 한다는 생각 자체를 싫어했는데, 그의 본능은 지금 이 자리에 없는 사람에게 책임을 떠넘기는 것이 오히려 신중한 방법이라 속삭이고 있었다. 비록 약간 어리석은 아이기는 했지만, 그는 오로지 어머니들만이 항상 완충물 역할을 할 의향이 있다는 것을 알았다. 모든 아이는 어머니에 관한 이 사실을 알고 있으며, 그것 때문에 어머니를 경멸하면서도 실제로는 항상 이 점을 이용한다.

투틀스는 신중하게 설명을 내놓았다. "있잖아요, 선장님. 제 생각에는 우리가 해적이 되는 걸 우리 어머니들은 허락하지 않으실 것 같아요. 네 어머니는 네가 해적 되는 걸 좋아하실까, 슬라이틀리?"

투틀스가 윙크를 하자 슬라이틀리는 서글픈 어조로 대답했다. "내 생각에는 아닐 것 같아." 물론 목소리만큼은 오히려 그 반대였으면 좋겠다는 투였다. "네 어머니는 네가 해적 되는 걸 좋아하실까, 쌍둥이?"

"내 생각에는 아닐 것 같아." 쌍둥이 가운데 첫 번째가 이렇게 대답했는데, 그 역시 다른 아이들만큼 영리했던 까닭이었다. "닙스, 너네—"

"입들 닥쳐!" 후크가 버럭 소리를 지르자, 대표자 격이었던 아이들은 움찔하며 뒤로 물러났다. "너, 이 녀석," 그는 존을 가리키며 말했다. "너는 그래도 배짱이 약간 있는 것처럼 보이는데, 넌 혹시 해적이 되고 싶었던 적이 한 번도 없었느냐, 귀여운 녀석아?"

존은 수학 예습을 할 때에 이런 갈망을 때때로 경험했다. 게다가 그는 후크가 자기를 지목했다는 사실에 깜짝 놀랐다.

"예전에 한 번 제가 레드핸디드 잭〔피로 물든 손의 잭〕이라고 불렸으면 좋겠다고 생각한 적이 있어요." 그가 어렵사리 대답했다.

"좋은 이름이로구나. 그러면 여기서도 너를 그렇게 불러 주마, 꼬맹아. 네가 우리와 한편이 된다면."

"네 생각은 어때, 마이클?" 존이 물었다.

"제가 한편이 된다면 저를 뭐라고 부르실 거예요?" 마이클이 물었다.

"블랙비어드 조〔검은 수염 조〕."

마이클은 당연히 감명을 받았다. "형 생각은 어때, 존?" 그는 존이 대신 결정해 주기를 바랐고, 존은 동생이 알아서 결정하기를 바랐다.

"그럼 해적이 되고 나서도 우리는 여전히 국왕 폐하를 공경하는 백성인 건가요?" 존이 물었다.

후크의 이 사이로 답변이 흘러나왔다. "너는 이렇게 맹세를 해야 하는 거다. '국왕 따위 뒈져 버려라.'"

어쩌면 아직까지는 존이 그리 훌륭한 행동을 하지 못했을지도 모르겠지만, 이제 그는 확실히 빛을 발하게 되었다.

"그러면 나는 안 할래요!" 그가 외치며, 후크 앞에 있는 나무통을 걷어찼다.

"그리고 나도 안 할래요!" 마이클도 외쳤다.

"영국 만세!" 컬리가 소리를 질렀다.

격분한 해적들은 아이들의 뺨을 때렸다. 후크가 버럭 호통을 쳤다. "너희들의 운명은 이걸로 정해진 거다! 이 녀석들의 어머니를 데려와. 판자도 준비하고."

그래 봤자 고작 아이였던지라, 주크스와 체코가 치명적인 판자를 준비하는 것을 보며 그들은 새하얗게 질렸다. 하지만 웬디가 끌려오자 그들은 애써 용감한 척했다.

웬디가 이 해적들을 어찌나 경멸했는지, 내 말로는 차마 여러분에게 이야기할 수 없을 지경이다. 남자아이들은 최소한 해적식 이름이 어딘가 멋지다고 생각했는데, 그녀의 눈에 들어온 것이라고는 이 배가 몇 년은 청소하지 않은 듯하다는 점이었다. 현창의 때 묻은 유리들로 말하자면, 하나같이 그 위에 손가락으로 '더러운 돼지'라는 글자를 쓸 수 있을 정도였다. 물론 그녀는 이미 몇 개의 현창에 그렇게 적어놓았다. 그렇지만 아이들이 자기를 에워싸자, 당연히 그녀는 아이들 말고는 다른 아무런 생각도 할 수 없었다.

"그래, 우리 아가씨." 후크는 달콤한 어조로 말을 건넸다. "이제 당신의 아이들이 판자 위를 걷는 모습을 보게 될 거야."

훌륭한 신사기는 했으나 워낙 자신만의 생각에 몰두해 있느라 그의 주름 칼라는 더러운 채였고, 문득 그는 웬디가 그걸 바라보고 있음을 알아차렸다. 그는 다급한 몸짓으로 감추려 했지만, 이미 너무 늦은 다음이었다.

"아이들이 죽게 되나요?" 이렇게 묻는 웬디의 얼굴에는 어쩌나 무시무시한 경멸의 표정이 떠올라 있던지, 후크는 하마터면 기절할 뻔했다.

"그래." 그가 으르렁거렸다. "모두 조용히!" 그가 흡족한 듯 외쳤다. "아이들을 향한 어머니의 마지막 말을 들어 봐야지."

바로 이 순간 웬디는 당당했다. "내 마지막 말은 이거야. 사랑하는 아이들아." 그녀는 단호하게 말했다. "너희의 진짜 어머니들이 너희에게 주는 메시지를 내가 받은 것 같아. 그 메시지는 이런 거야. '우리는 우리 아들들이 영국의 신사처럼 죽기를 바랍니다.'"

심지어 해적들조차도 감탄해 마지않았다. 투틀스는 신경질적으로 외쳤다. "나는 우리 어머니가 바라는 대로 할 거야! 넌 어떻게 할래, 닙스?"

"난 우리 어머니가 바라는 대로 할 거야. 넌 어떻게 할 거야, 쌍둥이?"

"나는 우리 어머니가 바라는 대로 할 거야. 존, 넌 어떻게—?"

후크는 다시 한 번 언성을 높였다.

"저 계집애를 묶어라!" 그가 소리쳤다.

그녀를 돛대에 묶은 사람은 스미였다. "내 말 들어라, 애야." 그가 속삭였다. "내가 널 구해 줄 테니, 내 어머니가 되겠다고 약속하지 그러니."

하지만 스미에게조차 그녀는 이런 약속을 하지 않을 것이었다. "차라리 아이가 하나도 없는 쪽을 택하겠어요." 그녀는 경멸스러운 듯 대꾸했다.

스미가 웬디를 돛대에 묶는 동안, 어느 아이도 그녀를 바라보지 않았다는 것은 서글픈 사실이다. 아이들의 눈은 판자에 집중되어 있었다. 그 짧은 길 위를 아이들은 마지막으로 걷게 될 것이었다. 더 이상은 아이들이 그 위를 남자답게 걸으리라고 희망할 수도 없었으니, 왜냐하면 생각하는 능력은 이미 그들에게서 사라져 버린 다음이었기 때문이다. 그들은 그저 멍하니 바라보며 몸을 떨 수만 있을 뿐이었다.

후크는 이를 악문 채로 이들을 향해 미소를 보였으며, 웬디를 향해 한 걸음 나아갔다. 그의 의도는 그녀의 얼굴을 돌려서, 아이들이 하나하나 판자 위를 걷는 모습을 그녀가 보게 만드는 것이었다. 그러나 그는 그녀에게 결코 다가가지 못했고, 그녀에게서 자아내려고 기대했던 고통의 울부짖음을 결코 듣지도 못했다. 대신 그는 다른 뭔가를 들었다.

바로 악어의 그 끔찍한 똑딱똑딱 소리였다.

모두 그 소리를 들었다. 해적들, 아이들, 웬디까지도. 그러자 모두의 머리는 곧장 한쪽으로 향했다. 소리가 들려오는 바다를 향해서가 아니라, 후크를 향해서. 곧이어 일어날 일은 오로지 그에게만 걱정거리가 된다는 것을, 그리고 이제는 그들이 배우가 아니라 갑자기 관객이 되었다는 것을 모두가 알고 있었다.

그에게 닥친 변화를 지켜보자니 그야말로 무시무시했다. 그는 모든 관절에서 힘이 빠져나간 사람 같았다. 그는 살짝 엉덩방아를 찧었다.

그 소리는 꾸준히 더 가까워졌다. 그리고 이 소리가 지척까지 왔을 때 섬뜩한 생각이 그에게 떠올랐다. '그 악어란 놈이 배 위로 기어오르려나 보다!'

It was PETER

심지어 쇠갈고리도 힘없이 늘어져 있었다. 자기는 공격하는 상대가 원하는 목표물의 본래적인 부분이 아니라는 듯이. 그토록 끔찍스럽게 고립된 상태에서 여느 사람 같으면 두 눈을 질끈 감고 그가 넘어진 자리에 뻗어 버렸을 것이다. 하지만 후크의 뛰어난 머리는 여전히 돌아가고 있었으며, 그 머리의 인도하에 갑판을 네발로 기어서 최대한 그 소리에서 멀리 떨어진 곳까지 갔다. 해적들은 저마다 그가 지나갈 자리를 비켜 주었고, 다른 난간에 도달하고 나서야 그는 비로소 목쉰 소리로 이렇게 외쳤다.

"내 모습을 가려라!"

해적들은 그의 주위에 모여들었지만, 배 위로 다가오는 것으로부터 시선을 피하고 있었다. 그들은 그것과 싸울 생각이 전혀 없었다. 그건 '운명'이었으니까.

후크가 시야에서 사라지고 난 뒤에야, 아이들은 호기심이 발동하면서 굳어졌던 손발이 풀렸고, 급기야 악어가 기어 올라오는 것을 구경하기 위해 배의 옆쪽으로 달려갔다. 거기서 아이들은 '밤 중의 밤'에서도 가장 기이한 구경거리를 맞닥뜨리게 되었다. 왜냐하면 이들을 돕기 위해 오고 있었던 것은 악어가 아니었기 때문이다. 그건 바로 피터였다.

그는 아이들에게 환호성을 지르지 말라고 손으로 신호를 했으니, 혹시나 의심을 살까 두려워한 까닭이었다. 곧이어 그는 계속해서 똑딱똑딱 소리를 냈다.

제15장

"후크냐 나냐,
둘 중 하나다."
"Hook or Me This Time"

살다 보면 기이한 일은 누구에게나 일어나게 마련이며, 그런 일이 일어날 때에는 우리가 미처 모르게 일어난다. 예를 들어 우리는 귀가 먹어서 안 들리게 되어서도 도대체 언제부터 그랬는지 모를 수가 있고, 예를 들어 30분 동안이나 멍하니 있을 수가 있다. 그날 밤에는 피터에게 바로 그런 경험이 찾아왔다. 우리가 그를 마지막으로 보았을 때, 그는 한 손가락은 자기 입술에 대고, 단검은 금방이라도 사용할 수 있게 한 채로 조용히 섬을 가로지르고 있었다. 악어가 지나가는 것을 보면서도 그는 별다른 특이한 점을 눈치채지 못했지만, 시간이 흐르면서 시계의 똑딱똑딱 소리가 들리지 않았다는 것을 기억해냈다. 처음에는 섬뜩했으나 곧이어 그는 시계가 죽었음이 분명하다는 올바른 결론을 내렸다.

그토록 가까운 동료를 갑자기 잃어버린 짐승의 기분이 어떨지에 대해서는 아무런 고려도 없이, 피터는 어떻게 하면 이 재난을 자기가 이용할 수 있을지 고심했다. 그는 똑딱똑딱 소리를 내기로 작정했으니, 그렇게 하면 맹수들은 그를 악어라 여기고 무사히 지나갈 수 있도록 길을 비켜 줄 것이기 때문이었다. 그는 멋지게 똑딱똑딱 소리를 흉내 냈지만, 미처 예견하지 못한 한 가지 결과가 있었다. 그 소리를 들은 맹수들 중에는 바로 그 악어도 있어서, 급기야 그를 따라오게 되었다는 것인데, 그놈의 목적이 과연 자기가 잃어버린 것을 되찾는 데 있었는지 아니면 시계가 다시 똑딱똑딱 소리 내기 시작했다고 믿은 나머지 친구로서 다가온 것인지 우리는 결코 제대로 알 수가 없다. 고정관념을 가진 모든 노예가 그러하듯이, 이놈 역시 어리석은 짐승이기 때문이었다.

피터는 무사히 바닷가에 도착했고, 거기서도 계속 앞으로 나아갔다. 그의 두 발은 새로운 원소와 접한다는 사실을 전혀 깨닫지 못한 듯이 물을 헤집었다. 육지에서 물로 마음대로 오가는 짐승이야 여러 가지가 있지만, 사람으로 말하자면 내가 아는 중에는 아무도 없다. 헤엄치는 동안 그는 오로지 한 가지 생각뿐이었다. '후크냐 나냐, 둘 중 하나다.' 그는 워낙 오랫동안 똑딱똑딱 소리를 내고 있었으므로, 이제는 미처 의식하지도 않고 소리를 냈다. 만약 그 사실을 의식했다면 그는 소리 내기를 멈추었을 텐데, 똑딱똑딱 소리를 이용해 범선에 오른다는 생각이 기발하기는 했어도 이때까지 그의 머릿속에는 떠오른 적이 없었기 때문이었다.

오히려 반대여서, 그는 자기가 생쥐처럼 아무 소리 없이 배의 옆구리를 기어오른다고 생각하는 중이었다. 그래서 해적들이 몸을 오그리고 있는 모습이며, 그 한가운데 긴 후크가 마치 악어의 소리를 들은 양 처참한 상태인 것을 보자 되레 깜짝 놀랐다.

악어! 그제야 피터는 자기도 똑딱똑딱 소리를 들었음을 기억해 냈다. 처음에는 그 역시 이 소리가 악어에게서 나왔다고 착각한 나머지, 재빨리 뒤를 돌아보았다. 그런 뒤에야 자기가 소리를 흉내 내고 있었음을 깨달았으며, 순간 어떻게 된 상황인지를 깨달았다. '나는 정말로 똑똑해!' 그는 곧바로 이렇게 생각하면서 아이들에게 박수를 치지 말라고 손으로 신호를 보냈다.

바로 그때 조타수인 에드 타인티가 선원실에서 나와 갑판을 따라 걸어왔다. 독자 여러분도 지금부터 벌어지는 일을 시계로 한번 재어 보시라. 피터는 정확하고도 깊게 찔렀다. 존은 그 불운한 해적이 내뱉은, 죽어 가는 자의 신음 소리를 감추기 위해 일부러 박수를 쳤다. 해적의 몸은 앞으로 기울었다. 아이들 넷이 그를 붙들어서 쓰러지지 않게 했다. 피터가 손으로 신호를 보내자, 아이들은 시체를 배 밖으로 던져 버렸다. 풍덩 소리와 함께 침묵이 깔렸다. 과연 이 모든 일에 걸린 시간은 얼마일까?

"하나!"(슬라이틀리가 처치되는 해적의 수를 세기 시작했다.)

그야말로 온몸이 살금살금 움직이고 있었던 피터는 이때다 싶어서 선실로 사라져 버렸다. 해적 가운데 어느 누구도 차마 이쪽을 돌아볼 만한 용기를 짜내지 못한 까닭이었다. 이제 그들은 서로의 불안한 숨소리를 들을 수 있었으며, 이는 그보다 더 끔찍한 소리가 이미

"후크냐 나냐, 둘 중 하나다."

지나갔다는 사실을 알려 주었다.

"사라졌습니다, 선장님." 스미가 이렇게 말하며 안경을 닦았다. "다시 만사가 조용해졌어요."

후크는 주름 칼라 위로 천천히 머리를 내밀었고, 혹시 똑딱똑딱 소리의 메아리라도 들을까 열심히 귀를 기울였다. 아무 소리도 들리지 않자, 그는 단단히 몸을 추스르고 똑바로 섰다.

"그러면 이제 조니 플랭크[판자 조니]가 나올 시간이다!" 그가 크게 소리를 질렀는데, 지금으로선 자신이 겁내는 모습을 본 아이들이 어느 때보다도 더 미웠다. 그는 악당다운 노래를 부르기 시작했다.

> "요 호, 요 호, 흔들리는 판자야,
> 너희는 이 위를 따라 걸어가지,
> 자꾸 내려가고 또 자꾸 내려가서
> 저 아래 데이비 존스에게로!"

포로들을 더욱 겁주기 위해 그는 위엄이 깎이는 것까지 감수하면서 상상의 판자 위에서 혼자 춤추었으며, 노래를 부르면서 아이들을 향해 인상을 찡그렸다. 춤과 노래를 마치자 그는 소리를 질렀다. "판자 위를 걷기 전에 고양이 채찍[31] 맛을 보고 싶으냐?"

이 말에 아이들은 모두 무릎을 꿇었다. "아니에요, 아니에요!" 아이들이 어찌나 처량하게 외치던지 해적들은 모두 미소를 지었다.

"고양이 채찍을 가져와라, 주크스." 후크가 명령했다. "선실에 있으

Peter and Wendy

니까."

선실! 지금 선실에는 피터가 있었다! 아이들은 서로의 얼굴을 바라보았다.

"예, 알겠습니다." 주크스가 쾌활하게 대답하고는 선실로 달려갔다. 아이들의 눈은 전부 주크스를 좇았다. 후크가 다시 한 번 노래를 부르기 시작한 것이며, 그의 개들도 함께 부르기 시작한 것도 전혀 알아차리지 못했다.

> "요 호, 요 호, 발톱 세운 고양이,
>
> 꼬리는 무려 아홉이나 된다네,
>
> 너희 등짝에 떨어졌다 하면—"

하지만 이 노래의 마지막 가사가 무엇인지는 결코 알 수가 없는 것이, 선실에서 들려오는 끔찍한 비명에 갑자기 노래가 딱 멈추었기 때문이었다. 비명은 배 곳곳에 메아리치고 나서 잦아들었다. 곧이어 수탉 울음소리가 들렸는데, 아이들은 무척이나 잘 아는 것이었지만 해적들에게는 비명보다 오히려 더 섬뜩한 것이었다.

"저게 무슨 소리지?" 후크가 외쳤다.

"둘." 슬라이틀리가 정색하며 말했다.

이탈리아인 체코가 잠시 머뭇거리다가 선실로 달려갔다. 그러더니 초췌한 표정으로 비틀거리며 나왔다.

"빌 주크스한테 무슨 문제가 있는 거냐, 이 개 녀석아?" 후크가 그의 앞에 버티고 서서 물었다.

"그 녀석의 문제는 죽었다는 겁니다, 칼에 찔려서요." 체코가 공허한 목소리로 대답했다.

"빌 주크스가 죽었다고!" 깜짝 놀란 해적들이 외쳤다.

"선실은 칠흑처럼 깜깜해요." 체코는 떠듬떠듬 늘어놓았다. "하지만 거기 뭔가 끔찍한 게 있어요. 방금 수탉 울음소리 들으셨죠."

아이들의 환한 표정과 해적들의 근심 어린 표정을 후크는 모두 보았다.

"체코." 그는 가장 냉혹한 목소리로 명령했다. "도로 들어가서 그 꼬꼬댁 녀석을 잡아 와라."

체코는 해적 중에서도 가장 용감한 축이었지만, 자기 선장 앞에서는 몸을 움츠리며 이렇게 외쳤다. "싫어요, 싫습니다!" 그러나 후크는 쇠갈고리를 보여 주며 간드러지는 목소리로 말했다.

"지금 들어가겠다고 대답한 거지, 체코?" 그는 즐거운 모양이었다.

체코는 선실 쪽으로 가면서, 처음으로 자포자기하여 양팔을 늘어뜨렸다. 더 이상은 아무도 노래를 부르지 않았고, 모두가 귀를 기울이고 있었다. 곧이어 또다시 죽어 가는 비명이 들렸으며, 또다시 수탉 울음소리가 들렸다.

슬라이틀리를 빼고는 아무도 말이 없었다. "셋." 그가 말했다.

후크는 손짓으로 자기 개들을 불러 모았다. "이런 되어지고 빌려 먹을 것 같으니!" 그가 버럭 소리를 질렀다. "저 꼬꼬댁 하는 놈을 잡아 올 녀석이 없나?"

"체코가 나올 때까지 기다려 보죠." 스타키가 중얼거리자, 다른 해적들도 너도나도 맞장구쳤다.

"방금 네가 자원한 것 같은데, 스타키." 후크가 다시 한 번 아양을 떨듯 말했다.

"아니에요, 절대로!" 스타키가 외쳤다.

"내 쇠갈고리는 네가 그랬다고 생각하는 모양이야." 후크가 이렇게 말하며 부하에게 다가갔다. "이 쇠갈고리의 비위를 맞추라는 것이 말이야, 스타키, 그게 좋은 조언이 아니라는 거냐?"

"저 안에 들어가느니, 차라리 교수형을 당하겠어요." 스타키가 완강하게 거부하자, 이번에도 역시나 동료들은 그의 편을 들었다.

"그렇다면 반란인가?" 후크는 어느 때보다도 더 유쾌한 듯 물었다. "스타키가 주모자로군!"

"선장님, 자비를 베풀어 주세요." 스타키가 우는소리를 하며 온통 몸을 떨었다.

"악수나 나누지, 스타키." 이렇게 말하며 후크가 쇠갈고리를 내밀었다.

스타키는 도와 달라는 듯 주위를 둘러보았지만, 모두들 시선을 피했다. 그가 뒷걸음질 치자 후크는 더욱 다가왔고, 이제 선장의 눈에서는 붉은 불꽃이 튀었다. 급기야 스타키는 자포자기한 비명을 지르며 '롱 톰' 위에서 펄쩍 뛰어내려 바다로 곤두박질했다.

"넷." 슬라이틀리가 말했다.

"그럼, 이제," 후크는 정중하게 말했다. "혹시 다른 신사 중에서도 반란을 이야기하는 분이 계실는지?" 그는 한 손에 랜턴을 들고, 다른 한 손에 달린 쇠갈고리를 위협적으로 치켜들었다. "저 꼬꼬댁 하는 녀석은 내가 직접 끌어내겠다." 그는 이렇게 내뱉고는 선실로 성큼성큼 들어갔다.

"다섯." 이 말을 하기를 얼마나 고대했던가. 슬라이틀리는 이렇게 말할 채비를 하고 자기 혀로 입술을 축였지만, 후크는 랜턴도 없이 비틀거리며 밖으로 도로 나왔다.

"뭔가가 불을 꺼 버렸어." 그가 약간 불안해하면서 말했다.

"뭔가가!" 멀린스가 말을 받았다.

"체코는 어떻게 됐습니까?" 누들러가 물었다.

"그놈도 주크스처럼 죽었어." 후크가 짧게 대답했다.

선실로 들어가기 주저하는 선장의 모습이 부하들에게는 좋지 않은 인상을 남겼으며, 폭동의 분위기가 다시 한 번 전면에 대두했다. 해적들이란 미신적이게 마련이었으며, 급기야 쿡선이 외쳤다. "어떤 배가 저주받았다는 걸 보여 주는 가장 확실한 징조는, 실제 숫자보다 사람이 하나 더 많을 때라고 하지!"

"나도 들었어." 멀린스가 동조했다. "그놈은 항상 해적선에 맨 마지막으로 오르지. 혹시 놈에게 꼬리가 있었습니까, 선장님?"

"모두들 하는 말로는" 또 한 명이 사나운 표정으로 후크를 바라보며 말했다. "놈이 나타날 때에는, 그 배에서 가장 사악한 사람의 모습을 취한다고도 하던데."

"혹시 그놈에게 쇠갈고리가 있었습니까, 선장님?" 쿡선이 무례한 어조로 물었다. 그러자 해적들은 너도나도 소리를 질렀다. "이 배는 저주를 받았어!" 이 말에 아이들은 저항하지 못하고 환호성을 올렸다. 후크는 자기 포로를 잊어버리다시피 한 참이었지만, 이들을 바라보자 그의 얼굴에 환한 표정이 다시 떠올랐다.

"이 녀석들아!" 그가 선원들을 향해 외쳤다. "여기 방법이 하나 있다. 선실 문을 열고 저놈들을 집어넣어라. 저놈들이 목숨을 걸고 꼬꼬댁 하는 녀석과 싸우게 만드는 거지. 저놈들이 그놈을 죽이면 우리야 더할 나위 없이 좋고, 그놈이 저놈들을 죽이더라도 우리야 손해 볼 것이 없으니까."

후크의 개들은 정말 마지막으로 선장을 우러러보았으며, 열심히 그의 명령을 실행에 옮겼다. 아이들은 안 가려고 버티는 척하면서, 선실 안으로 떠밀려 들어갔고, 곧바로 문이 닫혔다.

"이제 귀를 기울여 볼까!" 후크가 외치자, 모두들 귀를 기울였다. 하지만 어느 누구도 차마 문을 똑바로 바라보지는 못했다. 아니, 한 사람이 있긴 있었는데, 이때까지 줄곧 돛대에 묶여 있던 웬디였다. 그런데 그녀가 신경 쓰고 있던 것은 비명도 수탉 울음소리도 아니었다. 그건 바로 다시 나타난 피터였다.

웬디야 오래 기다릴 필요도 없었다. 선실에서 피터는 찾던 물건을 발견했다. 아이들을 수갑에서 풀어 줄 열쇠였다. 이제 아이들은 찾아 낼 수 있는 한 온갖 무기로 무장하고 살금살금 밖으로 나왔다. 일단 아이들에게 숨으라고 손으로 신호를 보낸 다음, 피터는 웬디의 포박을 칼로 잘라 냈고, 바야흐로 이들 모두에게는 그냥 함께 하늘을 날아가는 것보다도 더 쉬운 일이 없을 참이었다. 그러나 한 가지가 피터의 앞길을 막았으니, 그것은 바로 맹세였다. "후크냐 나냐, 둘 중 하나다." 그리하여 웬디를 풀어 주자마자 피터는 다른 아이들과 함께 숨으라고 그녀에게 속삭였고, 자기가 대신 돛대에 있는 그녀의 자리에 서서, 그녀의 망토를 둘러서 마치 자기가 그녀인 양 꾸몄다. 그런 뒤에 그는 크게 숨을 들이마시고 수탉 울음소리를 냈다.

해적들에게는 이것이야말로 곧 아이들이 선실에서 모두 학살당했다고 알려 주는 소리였다. 이들은 당황해 마지않았다. 후크는 부하들을 격려하려고 무던 애를 썼다. 하지만 진짜 개들과 마찬가지로, 선장은 오히려 부하들이 자기를 향해 송곳니를 드러내게 만들었을 뿐이었고, 이제 자기가 부하들에게서 눈길을 거두기만 하면 곧바로 부하들이 자기에게 달려들리라는 사실을 깨달았다.

"이 녀석들아." 후크는 감언이설이건 공격이건 필요한 대로 내놓을 채비를 하면서 결코 잠시도 주춤하지 않았다. "무슨 영문인지 내가 알아냈다. 이 배에 요나[32]가 있었던 거야."

"그래." 해적들이 으르렁거렸다. "바로 갈고리 달린 사람이지."

"아니지, 이 녀석들아, 아니라고. 그건 바로 저 계집애야. 해적선에 여자가 타고 있으면 재수가 없게 마련이니까. 그러니 저 계집애만 없애 버리면 배도 정상으로 돌아올 거다."

해적 몇은 이것이 플린트의 명언이었다는 사실을 기억해 냈다. "한 번 해 볼 만한 가치는 있겠지." 그들은 미심쩍어하며 대꾸했다.

"저 계집애를 바다로 던져 버려라!" 후크가 외쳤다. 그러자 선원들은 망토를 두른 사람을 향해 달려갔다.

"이제 너를 구할 사람은 아무도 없군, 아가씨." 멀린스가 빈정거렸다.

"한 사람 있긴 하지." 망토를 두른 사람이 대꾸했다.

"그게 누군데?"

"복수자 피터 팬이다!" 끔찍한 답변이 튀어나왔다. 피터는 이렇게 말하면서 망토를 벗어 던졌다. 그제야 해적들은 선실에 숨어서 자기 동료들을 죽인 것이 누구인지를 알게 되었고, 후크는 두 번이나 뭐라고 말을 하려다가 두 번 모두 실패했다. 내 생각에는 바로 이 끔찍한 순간에 그의 광포한 가슴은 산산조각 나고 말았을 것 같다.

마침내 후크가 외쳤다. "그놈의 가슴팍을 찔러 버려!" 별 자신감은 없는 이야기였다.

"덤벼라, 애들아, 저놈들한테!" 피터의 목소리가 울리자 곧바로 무기 부딪치는 소리가 배 전체에 울려 퍼졌다. 함께 모여 있기만 했더라도 해적들이 이겼을 것이다. 하지만 전투는 이들이 아직 얼빠져 있던 상황에서 닥쳐왔기 때문에, 해적들은 이리저리로 뛰어다니면서 서로 세게 부딪쳤고, 저마다 자

기가 선원 가운데 마지막 생존자라고 생각했다. 일대일로 붙으면 해적들이 더 강했다. 그러나 이제 그들은 방어만 할 수 있었으므로, 아이들은 둘씩 짝지어 다니며 사냥감을 골랐다. 악당 몇 명은 자진해서 바다로 몸을 날렸다. 또 몇 명은 어두운 구석에 몸을 숨겼지만 결국에 가서는 슬라이틀리에게 발각되었으니, 그는 싸우지 않는 대신에 랜턴을 하나 들고 다니다가 해적들의 얼굴에 불빛을 비추어서, 반쯤 눈이 안 보이게 된 악당들을 다른 아이들의 피투성이 검 앞에 제물로 바쳤다. 무기 부딪치는 소리 이외에 다른 소리는 거의 없었으며, 다만 간혹 비명이나 첨벙 소리가 들릴 뿐이었다. 슬라이틀리는 단조로운 목소리로 숫자를 셌다. 다섯, 여섯, 일곱, 여덟, 아홉, 열, 열하나.

내가 보기에 해적들은 모조리 처치된 듯, 이제는 야만인 아이들이 후크 한 사람을 에워싸고 있었는데, 그는 불사의 생명이라도 가진 양 그 불구덩이 속에서도 침착하기만 했다. 아이들은 그의 개들을 모두 처치했지만, 이 남자만큼은 혼자서도 아이들 모두를 상대할 수 있을 것 같았다. 거듭하고 거듭해서 아이들은 그에게 다가갔으나, 거듭하고 거듭해서 그는 칼을 휘둘러 빈 공간을 만들어 냈다. 그는 갈고리로 한 아이를 들어 올려 일종의 방패로 사용하고 있었는데, 바로 그때 멀린스에게 검을 찔러 넣은 또 한 아이가 이 싸움에 새로 끼어들었다.

"모두들 검을 내려!" 새로 온 아이가 외쳤다. "이 사람은 내가 맡겠어!"

문득 후크는 자기가 피터와 마주 보고 있음을 깨달았다. 다른 아이들은 뒤로 물러나서 두 사람을 둥글게 에워쌌다.

오랫동안 적수는 서로를 바라보았다. 후크는 가볍게 몸을 떨었고, 피터의 얼굴에는 기묘한 미소가 떠올라 있었다.

"그래, 팬." 마침내 후크가 입을 열었다. "이게 다 네 짓이었던 거군."

"그래, 제임스 후크." 굳은 어조의 대답이 돌아왔다. "이게 다 내 짓이었다."

"건방지고 거만한 녀석 같으니!" 후크가 외쳤다. "네 죽음을 만날 준비나 해라!"

"어둡고도 사악한 인간 같으니!" 피터가 대답했다. "어디 붙어 보자!"

더 이상의 이야기가 필요 없이 이들은 싸움을 시작했고, 한동안은 둘 중 어느 한쪽도 우위에 서지 못했다. 피터는 뛰어난 검술사였으며, 놀라우리만치 빠르게 공격을 막아 냈다. 때때로 그는 거짓 공격에 이어 찌르기를 시도해서 자기 적수의 방어를 뚫었지만, 팔이 짧아서 오히려 불리한 지경에 이르렀으며, 상대를 찌르지 못하고 있었다. 후크는 검술의 탁월함에서는 피터보다 결코 못하지 않았지만, 팔목을 움직일 때에는 상대만큼 재빠르지 못했다. 대신 공격 때마다 힘을 실어서 상대를 뒤로 밀어내다가, 갑자기 유리한 일격을 날려서 만사를 끝내기를 고대했으니, 이것은 오래전에 그가 리우에서 바비큐에게 배운 방법이었다. 하지만 그로선 놀랍게도 자신의 일격이 거듭해서 옆으로 밀려나고 밀려난다는 사실을 알아차렸다. 곧이어 그는 상대에게 바짝 다가간 다음, 지금까지 내내 공중만 긁고 있었던 자신의 쇠갈고리로 최후의 일격을 가했다. 그러나 피터는 고개를 숙여서 이 공격을 피했

"THIS MAN IS MINE!"

고, 힘차게 찌르기 공격을 가하며 후크의 갈비뼈 사이로 칼을 집어넣었다. 자기 피가 흘러나온 것을 보자 후크는 불쾌감을 느꼈는데, 여러분도 기억하다시피 그 피는 색깔이 야릇했기 때문이었고, 급기야 그는 손에서 검을 떨어뜨리고 이제 피터의 처분에 생명을 내맡긴 셈이 되었다.

"지금이야!" 아이들이 모두 소리를 질렀지만, 당당한 몸짓으로 피터는 상대에게 검을 다시 집으라고 권했다. 후크는 곧바로 그렇게 했지만, 혹시 지금 피터가 좋은 모습을 보이는 것은 아닌가 하는 끔찍한 기분이 들었다.

이때까지만 해도 그는 자기가 어떤 악마와 싸우고 있다고 생각했는데, 이제는 더 어두운 의심이 떠올랐다.

"팬, 너는 누구냐, 아니, 무엇이냐?" 후크가 목쉰 소리로 물었다.

"나는 젊음이다, 나는 기쁨이다." 피터는 되는 대로 아무렇게나 대답했다. "나는 알을 깨고 나오는 작은 새다."

물론 터무니없는 말들이었다. 하지만 불운한 후크에게는 이것이야말로 자기가 누구인지, 또는 무엇인지 피터가 전혀 알지 못한다는 증거였으며, 이것이야말로 좋은 모습의 정점이나 다름없었다.

"다시 해 보자!" 그는 자포자기한 듯 외쳤다.

이제 후크는 인간 도리깨처럼 싸우고 있었으며, 그 끔찍한 검을 휘두르는 기세만 보면, 앞을 막아서는 사람은 어른이건 아이건 절반으로 갈라놓을 듯했다. 그러나 피터는 마치 바람에 날려 위험지역에서 벗어나듯 그의 주위에서 깡충거리며 뛰어다녔다. 거듭하고 거듭해서 그는 돌진하고 찔렀다.

후크는 이제 아무런 희망 없이 싸웠다. 그 열정 가득한 가슴도 더 이상 생명을 요구하지 않았다. 하지만 한 가지, 갈망하는 게 있었다. 몸이 영영 식기 전에 피터의 나쁜 모습을 보는 것이었다.

그는 아예 싸움을 포기하고, 화약고로 달려가서 거기에 총을 쏘았다.

"앞으로 2분 안에!" 그가 외쳤다. "이 배는 산산조각이 날 거다!"

이제는, 드디어 이제는 피터의 진정한 모습이 드러날 것이라고 그는 생각했다.

하지만 피터는 총알을 손으로 받아 쥐고 화약고에서 나오더니, 침착하게 바다에 버렸다.

후크 본인은 과연 어느 쪽의 모습을 보여 주었던가? 비록 길을 잘못 든 사람이기는 했어도 결국에 가서는 그가 자기네 종족의 전통에 충실했다는 사실에 우리는 기뻐하는 한편, 그에게 굳이 동정을 품지는 않아도 될 것이다. 다른 아이들도 이제는 그의 주위로 날아다니면서, 그를 비웃고 조롱했다. 갑판 위에서 비틀거리며 아이들과 힘없이 부딪치는 동안, 그의 정신은 더 이상 그와 함께 있지 않았다. 그런 구부정한 걸음걸이는 오래전에 운동장에서, 또는 좋은 일을 했다고 불려 올라갔을 때에, 또는 유명한 담장에 올라가서 담장 경기를 구경할 때에나 나왔던 것이었다.[33] 그의 신발은 제대로였고, 그의 조끼는 제대로였고, 그의 넥타이는 제대로였고, 그의 양말은 제대로였다.

제임스 후크, 그대는 전적으로 영웅답지 못한 인물이었도다, 안녕히.

우리는 이제 그의 마지막 순간에 도달했다.

피터가 단검을 겨냥한 채 공중에서 천천히 자기 쪽으로 다가오는 것을 보자, 후크는 난간에서 바다로 몸을 던졌다. 악어가 기다리고 있었다는 것은 그도 몰랐다. 왜냐하면 우리가 그 시계를 의도적으로 멈추었기 때문인데, 이 사실만 알았더라도 그는 아마 목숨을 건졌을 것이다. 이것이야말로 막판에 우리가 주는 작은 존경의 표시였다.

Thus perished
James Hook

그는 적어도 한 가지 마지막 승리를 거둔 셈이었는데, 내 생각에 우리는 이것 때문에 그를 미워할 필요는 없으리라 본다. 난간에 선 상태에서 그는 날아 다가오는 피터를 어깨 너머로 돌아보며, 칼 대신에 발을 쓰라고 몸짓으로 알렸다. 그러자 피터는 그를 칼로 찌르는 대신 발로 걷어찼다.

마침내 후크는 자기가 열망하던 소원을 이루었다.

"나쁜 모습!" 그는 조롱하듯 외쳤고, 만족한 채로 악어에게 떨어졌다.

이것이야말로 제임스 후크의 최후였다.

A melancholy
come down
for a
PIRATE

"열일곱!" 슬라이틀리가 외쳤다. 하지만 그의 계산은 아주 정확하지는 않았다. 그날 밤에 열다섯 명은 자기네 죄악에 대한 대가를 치렀다. 그러나 두 명은 바닷가로 도망쳤다. 스타키는 인디언에게 붙잡혀서 그곳 아이들의 유모 노릇을 해야만 했는데, 이는 해적으로서는 서글픈 최후가 아닐 수 없었다. 스미는 안경을 쓴 채로 세계를 떠돌아다니면서, 자기야말로 재스 후크가 유일하게 두려워한 사람이라고 주장함으로써 근근이 생계를 이어 나갔다.

물론 웬디는 싸움에 전혀 끼어들지 않고 지켜보기만 했는데, 그래도 빛나는 눈으로 피터를 바라보기는 했다. 하지만 모든 것이 끝나고 이제 그녀는 다시 권위를 갖게 되었다. 그녀는 아이들을 똑같이 칭찬해 주었으며, 마이클이 해적 한 명을 직접 죽인 자리를 보여 주자 기쁨에 몸을 떨었다. 곧이어 그녀는 아이들을 후크의 선실로 데려가서, 못에 걸려 있는 선장의 시계를 가리켜 보였다. 거기에는 이렇게 나와 있었다. '1시 반!'

시간이 이렇게 늦었다는 것이야말로 무엇보다도 가장 큰일이었다. 여러분도 짐작하겠지만, 그녀는 아주 재빨리 해적들의 침상에서 아이들을 모두 재웠다. 피터는 예외였으니 그는 갑판을 이리저리 걸어 다녔으며, 그러다가 마침내 '롱 톰' 옆에서 잠이 들었다. 그날 밤에 그는 평소의 꿈 가운데 하나를 꾸었고, 잠결에 한참 동안 울었으며, 웬디가 그를 꼭 끌어안아 주었다.

❧
제16장
—

집으로
돌아오다
The Return Home

그날 아침에 종이 두 번 울리자 그들은 모두 서둘러 움직였다. 큰 항해가 있을 예정이었다. 갑판장인 투틀스도 무리에 섞여, 밧줄을 한 손에 쥐고[34] 담배를 씹고 있었다. 모두들 무릎 근처에서 잘라 낸 해적 옷을 입고 깔끔하게 면도를 한 채 갑판에 모였으며, 진짜 뱃사람 같은 태도로 바지를 추켜올렸다.

선장이 누구인지는 굳이 말할 필요도 없을 것이다. 닙스와 존은 1등 항해사와 2등 항해사를 맡았다. 배에는 여성도 한 명 있었다. 나머지는 돛대 앞의 타르[35])였고, 앞 갑판에서 지냈다. 피터는 이미 타륜을 단단히 붙잡고 있었다. 하지만 그는 모든 선원을 호출했으며, 그들에게 짧은 연설을 했다. 그들이 씩씩한 선원으로서 임무를 다하기를 바란다고 말하면서, 자기는 그들이 리우와 골드 코스트[황금 해안]의 쓰레기들이라는 사실을 알기 때문에, 만약 그들이 그에게 말대꾸를 하면 그들을 찢어발길 것이라고 덧붙였다. 이처럼 퉁명스럽고 귀에 거슬리는 말들은 선원들이 잘 이해할 수 있는 것이었으므로, 이들은 그를 향해 신 나게 환호성을 올렸다. 곧이어 몇 가지 날카로운 명령이 내려지고, 이들은 배를 돌려서 영국을 향해 나아갔다.

팬 선장은 해도를 살펴본 다음에, 이 날씨가 계속된다면 6월 21일쯤에 아조레스 제도에 도착할 것이며, 그때 이후로는 날아가는 편이 오히려 시간을 절약해 주리라고 계산했다.

일부 아이들은 이 배를 정직한 배로 만들고 싶어 했지만, 또 다른 아이들은 해적선으로 유지하고 싶어 했다. 하지만 선장은 이들을 개처럼 대했으므로, 아이들은 차마 사발통문[36]에서라도 자기네 소원을 그에게 감히 드러내지는 못했다. 즉각적인 순종이야말로 유일하게 안전한 것이었다. 슬라이틀리는 측심을 하라는 이야기를 듣고도 멍한 표정을 짓는 바람에 열몇 대를 얻어맞았다. 전반적인 분위기는 피터가 지금은 웬디의 의심을 잠재우기 위한 정도로만 정직하다는 것이었다. 그러나 새로운 옷이 준비되면 변화가 있을 텐데, 그 옷으로 말하자면 후크의 가장 사악한 복장 일부를 고친 것으로, 웬디는 그 일에 반대했음에도 어쩔 수 없이 피터를 위해 옷을 만들고 있었다. 나중에 아이들 사이에서 오간 속삭임에 따르면, 피터는 그 새로운 옷을 입은 첫날 밤에 선실에 한참 동안 앉아서, 후크의 퀼런 물부리를 입에 물고, 한쪽 손은 움켜쥔 상태에서 가운뎃손가락만 펴고 있었는데, 그 손가락을 구부려서 마치 갈고리 같은 모습으로 만들어 위로 치켜들고 있었다는 것이었다.

하지만 배를 지켜보는 대신에, 이제 우리는 오래전에 주인공들이 무정하게도 날아가 버렸던 쓸쓸한 집으로 돌아가 봐야 하겠다. 지금까지 줄곧 14번지를 등한시했다는 점은 부끄러운 일 같다. 그래도 우리는 달링 부인이 이에 대해 비난하지는 않으리라고 확신할 수 있다. 만약 우리가 더 일찍 이곳으로 돌아와서 안타까운 동정심을 품고 바라보았다고 치면, 그녀는 아마 이렇게 외쳤을 것이다. "어리석은 짓 말아요! 내가 뭐 중요하겠어요? 어서 돌아가서 아이들이나 지켜봐 주세요." 어머니들이란 늘 이렇기 때문에, 아이들은 항상 어머니를 이용해 먹는다. 그들은 이 사실을 확신하고 있을 것이다.

이제 와서야 우리는 저 친숙한 육아실을 들여다볼 텐데, 왜냐하면 그곳의 적법한 주인들이 지금 집으로 돌아오는 중이었기 때문이었다. 우리는 단지 이들보다 한 걸음 먼저 달려와서, 이들의 침대가 잘 정돈되어 있고, 달링 씨와 부인은 저녁에 외출하지 않는다는 사실을 알게 된다. 우리는 기껏해야 하인일 뿐이다. 아이들이 부모님에게 전혀 고마워하지도 않고 서둘러 떠나 버렸는데도, 도대체 무엇 때문에 그들의 침대가 잘 정돈되어 있어야 하는 것일까? 돌아와 보니 부모님은 주말을 교외에서 보내고 있었더라는 것이야말로 아이들에게는 무척이나 적절하지 않을까? 그것이야말로 우리가 그들을 만난 이후로 줄곧 그들에게 필요했던 도덕적 교훈일 것이다. 하지만 우리가 이런 식으로 궁리한다면, 달링 부인은 우리를 결코 용서하지 않을 것이다.

내가 무척이나 하고 싶은 일 한 가지는, 바로 저자들이 하는 방식대로 아이들이 돌아오고 있다고, 목요일에는 이곳에 도착할 것이라고 그녀에게 말해 주는 것이다. 이 일은 웬디와 존과 마이클이 고대하던 '깜짝 등장'을 몹시도 완벽하게 망쳐 버릴 것이다. 그들은 배에서 이 계획을 세웠다. 어머니의 환희, 아버지의 기쁜 외침, 나나의 공중으로 뛰어오르기와 함께, 모두들 이들을 먼저 끌어안으려고 덤빌 텐데, 그러기 위해서 이들이 준비해야 할 것은 바로 잘 숨어 있기였다. 그런데 이 소식을 미리 폭로함으로써 그 모두를 망쳐 놓는다면 얼마나 달콤한 일일까. 그러니까 아이들이 당당하게 집에 들어섰을 때, 달링 부인은 웬디에게 심지어 입도 맞춰 주지 않고, 달링 씨는 토라진 듯 이렇게 외치는 것이다. "빌어먹을, 여기 이 녀석들이 다시 들어왔네!" 그러나 우리는 이런 일에 대해서도 아무런 감사의 인사를 얻지 못할 것이다. 이때쯤 우리는 달링 부인이 어떤 사람인지를 알게 되었으므로, 아이들에게서 작은 즐거움을 빼앗은 데 대해 그녀가 우리를 매우 야단 치리라고 충분히 확신할 수 있다.

"하지만 친애하는 부인, 목요일까지는 아직 열흘이 남아 있습니다. 그러니 사실대로 말씀드린다고 치면, 우리는 당신에게서 열흘 동안의 불행을 덜어 드리는 셈입니다."

"그래요, 하지만 그 대가를 보세요! 아이들에게서 10분 동안의 기쁨을 빼앗는 것이잖아요."

"아니, 당신께서 꼭 그런 방식으로 보시겠다면야."

"그렇다면 제가 그렇게 말고 다른 어떤 방식으로 봐야 할까요?"

여러분도 알다시피, 이 여성은 제대로 된 생각이란 것을 전혀 갖고 있지 않다. 나는 그녀에 관해서 이례적으로 좋은 이야기들을 할 참이었다. 그러나 나는 그녀를 경멸하며, 이제는 그 이야기들 중 단 하나도 하지 않을 작정이다. 그녀는 뭘 준비하라는 조언을 사실상 필요로 하지는 않는데, 왜냐하면 이미 모두 준비되어 있기 때문이다. 침대는 모두 정리되어 있으며, 그녀는 결코 집을 비우지 않았고, 창문이 열려 있는지 살펴본다. 우리가 그녀에게 무슨 소용이 있을지 생각해 본다면, 우리는 다시 배로 돌아가야 할 것이다. 하지만 여기 있는 동안 만큼은 계속 곁을 지키며 바라보는 게 좋겠다. 우리는 말 그대로 지켜보는 사람들이니까. 아무도 우리를 원하지 않는다. 그러니 우리는 가만히 지켜보다가 따끔한 이야기들을 하면서, 부디 그들 중 누군가는 아파하기를 고대하자.

야간 육아실에서 눈에 띄는 유일한 변화는 오전 9시부터 오후 6시까지 이곳에 개집이 더 이상 있지 않다는 것이었다. 아이들이 날아가 버리고 나서, 달링 씨는 이 모두가 나나를 쇠사슬에 묶어 둔 자기의 책임이라는 것을, 그리고 어느 면으로 보나 자기보다는 개가 더 현명했다는 것을 뼈저리게 느꼈다. 물론 우리가 이미 살펴본 대로 그는 상당히 단순한 사람이었다. 만약 대머리를 도로 없앨 수만 있다면, 그는 다시 남자아이로 돌아갈 수도 있을 것이었다. 하지만 또한 그는 자기가 옳다고 여기는 일을 하는 고결한 정의감과 투철한 용기를 지니고 있었다. 아이들이 날아가 버리고 나서, 이 문제를 무척이나 신중하게 생각한 끝에, 그는 네발로 기어서 개집으로 들어갔다. 달링 부인이 온갖 말로 어르고 꾀어서 나오라고 했지만, 그는 서글프면서도 단호하게 대답했다.

"아니, 여보, 나한테는 여기가 딱이야."

후회의 쏨쓸함 속에서 그는 아이들이 돌아오기 전까지는 결코 개
집에서 나오지 않겠다고 맹세했다. 이는 참으로 안타까운 일이었다.
그러나 달링 씨는 무슨 일을 하든지 간에 반드시 과도하게 해야만 했
으며, 그렇지 않으면 그는 금세 포기하고 말았다. 한때는 자부심이 강
했던 조지 달링보다 더 겸손한 사람은 이 세상에 없었으니, 그는 저녁
시간에 개집에 들어앉아 아이들에 관해서, 그리고 아이들의 귀여운
행동 모두에 관해서 부인과 이야기를 나누었다.

매우 감동적인 부분은 나나를 향한 그의 복종이었다. 그는 비록
이 개가 개집에 들어오지 못하게 했지만, 그 외의 다른 모든 문제에서
는 이 개의 의견에 암묵적으로 따랐다.

매일 아침 개집은 달링 씨가 그 안에 들어가 있는 채로 택시에 실
렸고, 그렇게 해서 그의 사무실까지 운반되었다가, 오후 6시면 같은
방식으로 집으로 돌아왔다. 과거에 그가 이웃의 의견에 얼마나 민감
했는지를 우리가 기억한다면, 이 남자의 성품에 들어 있는 강인함을
어느 정도 이해할 수 있을 것이다. 이 남자는 이제 일거수일투족마다
깜짝 놀란 사람들의 주목을 받았다. 내면적으로는 그 역시 고통을 겪
었음이 분명하다. 하지만 젊은 사람들이 그의 작은 집을 비판할 때에
도 그는 태연한 외관을 유지했으며, 그 안을 들여다보는 숙녀에게는
항상 정중하게 모자를 들어 올리며 인사를 했다.

그건 돈키호테 같은 일인지도 모르겠지만, 한편으로는 대단한 일
이기도 했다. 머지않아 그가 하는 행동의 숨은 의미가 외부로 흘러 나

It may have been
quixotic, but it was
magnificent. Soon
the inward meaning
of it leaked out, and
the great heart of
the public was touched

가면서 수많은 대중이 감동을 받았다. 사람들이 택시를 따라왔고, 크게 환호성을 질렀다. 예쁜 아가씨들이 택시에 올라와서 그의 사인을 받아 갔고, 비교적 고상한 축에 속하는 신문에 그의 인터뷰가 실렸으며, 사교계 인사들은 그를 저녁 식사에 초대하면서 이렇게 덧붙였다. "개집에 들어가 오셔도 무방합니다."

사건이 많았던 바로 그 목요일, 달링 부인은 야간 육아실에서 남편이 집에 돌아오기를 기다리고 있었다. 매우 슬픈 눈을 한 채로. 이제 우리가 그녀를 유심히 바라보노라면, 그녀가 예전에는 얼마나 쾌활한 여성이었는지를 떠올리게 되는데, 아이를 잃어버린 이후로 이 모두가 사라져 버렸으므로, 나로선 여하간 그녀에 관해서 나쁜 말을 할 수가 없었다. 자신의 하찮은 아이들이 그렇게나 좋다니 어쩌겠는가. 그녀가 의자에 앉아서 잠들어 버린 모습을 보라. 그녀의 입가, 사람들이 맨 처음 바라보는 그곳은 생기 없이 시들어 있었다. 그녀의 한 손은 침착하지 못하게 가슴에 놓여서, 마치 그곳의 고통이라도 느끼고 있는 듯했다. 어떤 사람은 피터를 가장 좋아하고, 또 어떤 사람은 웬디를 가장 좋아하지만, 나는 그녀를 가장 좋아한다. 그녀를 행복하게 해 주기 위해서, 그 개구쟁이들이 지금 돌아오고 있다고 우리가 잠결에 그녀에게 속삭인다고 가정해 보자. 그들은 실제로 이곳 창문에서 3킬로미터도 안 떨어진 지점에 도달했으며, 힘차게 날아오고 있었지만, 우리는 다만 그들이 오고 있다는 말만 속삭여도 그만일 것이다. 어서.

우리가 실제로 그렇게 하자, 안쓰럽게도 그녀는 화들짝 놀라 잠에서 깨어나며 아이들의 이름을 불렀다. 하지만 방 안에는 아무도 없고 오로지 나나뿐이었다.

"아아, 나나, 우리 귀여운 아이들이 돌아오는 꿈을 꾸었단다."

나나는 눈앞이 부옇게 흐려졌지만, 이 개가 할 수 있는 거라곤 자기 앞발을 여주인의 무릎에 올려놓는 일뿐이었다. 개집이 도착했을 때에도 이들은 그 상태로 앉아 있었다. 달링 씨가 고개를 내밀어 부인에게 입을 맞출 때, 우리는 그의 얼굴이 예전보다는 더 늙어 있음을, 그러나 더 부드러운 표정이 생겨 있음을 본다.

그는 모자를 라이자에게 건넸고, 하녀는 코웃음 치는 듯한 표정으로 받아 들었다. 왜냐하면 그녀에게는 상상력이 없었으므로, 이런 남자의 동기를 이해하기란 거의 불가능했기 때문이었다. 한편 바깥에서는 택시를 뒤따라 집까지 온 사람들이 여전히 환호성을 올려 댔으니, 그는 여기에 마음이 흔들리지 않을 수 없었다.

"저 소리 좀 들어 봐요." 그가 말했다. "무척 뿌듯하군."

"꼬마 남자아이들이 아주 많네요." 라이자가 빈정거렸다.

"오늘은 어른도 몇 있었어." 달링 씨는 살짝 얼굴을 붉히면서 그녀에게 장담했다. 하지만 그녀가 머리를 홱 치켜들었어도, 그는 차마 그녀를 야단칠 말을 찾지 못했다. 사회적인 성공에도 불구하고 그는 교만해지지 않았다. 오히려 이전보다 더 상냥해졌다. 한동안 그는 개집에서 몸을 반쯤 내밀고 앉아 있었으며, 이러한 성공에 관해 달링 부인과 이야기를 나누었고, 이러한 성공 때문에 남편이 초심을 잃지는 않았으면 좋겠다고 부인이 말하자, 안심시키려는 듯 그녀의 손을 꽉

쥐었다.

"하지만 내가 연약한 남자였다면" 그가 말했다. "이런, 세상에, 내가 만약에 연약한 남자였다면!"

"그리고, 조지." 그녀는 소심하게 말했다. "당신은 그 어느 때보다 더 후회로 가득하죠, 안 그래요?"

"후회로 가득하지, 여보! 내가 받는 벌을 좀 보라고요. 개집에서 살아가잖소."

"하지만 이건 벌이잖아요. 안 그래요, 조지? 이걸 즐기지 않는다고 당신은 자신할 수 있어요?"

"여보!"

여기서 부인은 남편에게 사과해야 한다고 여러분은 확신할 것이다. 곧이어 졸음이 오자, 그는 개집 안에서 둥글게 몸을 말았다.

"내가 잠들 때까지 당신이 연주를 해 주면 어떻겠소?" 그가 물었다. "육아실의 피아노로 말이에요." 그녀가 주간 육아실로 건너가는 동안, 그는 무심코 이렇게 덧붙였다. "그리고 저 창문은 좀 닫지 그래요. 바람이 찬데."

"어머 조지, 저더러 그렇게 하라고 부탁하지는 말아요. 저 창문은 언제나 아이들을 위해 열려 있어야 해요, 언제나, 언제나."

이번에는 오히려 남편이 부인에게 미안하다고 말할 차례였다. 그녀는 주간 육아실로 들어가 피아노를 연주했고, 그는 금세 잠이 들었다. 그가 잠든 사이에 웬디와 존과 마이클이 방 안으로 들어왔다.

아니, 이런, 그들이 아니다. 우리가 배를 떠나기 전에 아이들이 궁리한 귀여운 계획이 바로 이것이었으므로 당연히 그럴 줄 알았다. 하지만 그때 이후로 뭔가 다른 일이 일어났음이 분명한데, 지금 방으로 날아 들어온 것은 그들이 아니라 피터와 팅커 벨이었기 때문이다.

피터의 첫마디는 그간의 일을 모두 설명해 주었다.

"서둘러, 팅크." 그가 속삭였다. "창문을 닫아. 문고리도 걸고. 바로 그거야. 이제 너랑 나는 문을 통해 여기서 나가는 거야. 그러면 웬디는 여기 왔다가 어머니가 창문을 걸어 잠그고 자기를 내쫓았다고 생각하겠지. 그러면 그녀는 나와 함께 돌아가게 될 거야."

그제야 나는 지금까지 어리둥절했던 부분을 해결할 수 있었는데, 그건 바로 해적을 물리치고 난 뒤에도 왜 피터가 혼자 섬으로 돌아가지 않았는지, 팅크가 알아서 아이들을 영국까지 안내하게 내버려 두지 않았는지 하는 것이었다.

자기가 나쁜 행동을 하고 있다는 감정 대신에, 그는 오히려 기뻐서 춤을 추었다. 그러다가 그는 피아노를 치는 사람이 누구인가 보려고 주간 육아실을 흘끗 들여다보았다. 그는 팅크에게 속삭였다. "웬디의 어머니야. 예쁜 숙녀지만, 물론 우리 어머니만큼 예쁘지는 않아. 입가에는 골무가 수두룩하지만, 물론 우리 어머니만큼 수두룩하지는 않고."

물론 피터는 자기 어머니에 관해 아무것도 몰랐다. 하지만 때때로 이렇게 어머니에 관해 허풍을 떨었다.

그가 잘 알지도 못했던 그 곡조는 바로 〈즐거운 나의 집〉이었는데, 그는 이 노래가 이런 말을 하고 있음은 알았다. "돌아와라, 웬디, 웬

디, 웬디." 그러자 그는 의기양양하게 외쳤다. "당신은 결코 다시는 웬디를 보지 못할 거야, 숙녀님! 왜냐하면 창문은 걸어 잠갔으니까."

음악이 갑자기 멈추어서 그는 왜인지 알아보려고 다시 한 번 방을 들여다보았다. 피아노 뚜껑에 머리를 올려놓은 달링 부인이 눈에서 두 줄기 눈물을 흘리고 있었다.

'그녀는 내가 창문을 도로 열어 놓기를 원해.' 피터가 생각했다. '하지만 나는 안 할 거야, 안 할 거라고!'

그는 다시 한 번 방을 들여다보았는데, 여전히 눈물이 같은 자리에 있었다. 어쩌면 다른 눈물이 그 자리를 차지한 것인지도 모르고 말이다.

"그녀는 웬디를 끔찍이 좋아하는구나." 그가 혼잣말했다. 웬디를 가질 수 없다는 사실을 이해하지 못하는 그녀 때문에 그는 이제 화가 나 버렸다.

이유는 간단했다. "나도 그녀를 좋아하니까. 우리 두 사람이 나란히 그녀를 가질 수는 없어, 숙녀님."

하지만 숙녀는 웬디를 차지하기 위해 최선을 다하기를 주저하지 않을 것이어서 피터는 언짢았다. 그는 더 이상 그녀를 바라보지 않았으나, 그런 뒤에도 그녀는 호락호락 그를 놓아주지 않았다. 그는 까불고 뛰어놀면서 우스꽝스러운 얼굴을 지어 보였지만, 그런 행동을 멈추자마자 그녀가 다시 그의 마음속에 들어와 문을 두들기는 것만 같았다.

"아, 알았다고." 피터는 마침내 이렇게 말하고는 침을 꿀꺽 삼켰다. 그러더니 고리를 풀고 창문을 열어 버렸다. "어서, 팅크!" 그의 외침에는 자연의 법칙을 향한 섬뜩한 조롱이 섞여 있었다. "어리석은 어머니 따위, 우리한테는 필요 없어." 그는 날아가 버렸다.

그리하여 웬디와 존과 마이클은 자기들을 위해 활짝 열려 있는 창문을 발견했는데, 이는 물론 이들이 받아 마땅한 것 이상이었다. 이들은 마루에 내려앉았으며, 자신들의 행동에 대해서는 전혀 부끄러움이 없었다. 가장 어린 녀석은 이미 자기 집도 잊어버린 채였다.

"존." 마이클이 의심스럽게 주위를 둘러보며 입을 열었다. "내 생각에 여기는 예전에 한 번 와 본 것 같아."

"당연히 와 봤겠지, 이 멍청한 녀석. 저기 네 옛날 침대가 있잖아."

"정말 그러네." 마이클은 이렇게 말했지만, 아주 확신하지는 못하고 있었다.

"개집이 있어!" 존이 외쳤다. 그러면서 그는 그쪽으로 다가가 안을 들여다보았다.

"어쩌면 나나가 거기 있을지 몰라." 웬디가 말했다.

하지만 존은 놀랍다는 듯 휘파람을 불었다. "이런, 웬 아저씨가 있는데."

"아버지잖아!" 웬디가 깜짝 놀라 외쳤다.

"아버지면 나도 좀 보여 줘." 마이클이 간절히 애원하더니, 결국 유심히 들여다보았다. "내가 죽인 해적만큼 크지도 않은걸." 아이가 워낙 솔직한 실망을 드러냈기 때문에, 나로선 달링 씨가 잠들어 있는 것이 다행으로 여겨졌다. 만약 그가 꼬마 마이클에게서 맨 처음 듣는 말이 바로 그것이었다면, 무척이나 슬퍼했을 테니까.

웬디와 존은 자기 아버지가 개집에 누워 있는 것을 발견하자마자 당황하지 않을 수 없었다.

"분명히" 존은 자기 기억에 대한 믿음을 잃어버린 사람처럼 말했다. "아버지가 개집에서 주무신 적은 없지 않았어?"

"존." 웬디는 머뭇거리며 말했다. "어쩌면 우리의 예전 생활에 관해서 우리가 생각했던 것만큼 잘 기억하지는 못하는 건지도 몰라."

아이들은 서늘한 기분을 느꼈다. 그럴 만도 했다.

"어머니는 무척이나 무신경하셔." 어린 악당 존이 말했다. "우리가 돌아왔는데도 여기 계시지 않으니까."

바로 그때 달링 부인이 피아노를 다시 연주하기 시작했다.

"어머니야!" 웬디가 이렇게 외치며 그쪽을 돌아다보았다.

"정말이네!" 존이 말했다.

"그러면 누나는 사실 우리 어머니가 아닌 거야, 웬디?" 이렇게 말하는 마이클은 졸린 모습이 역력했다.

"어머, 얘!" 웬디는 깜짝 놀라 외쳤으며, 그제야 처음으로 진정한 후회의 고통을 느꼈다. "이제는 우리가 돌아올 때가 된 거야."

"우리 몰래 방으로 들어가자." 존이 제안했다. "그래서 우리 손으로 어머니 눈을 가리는 거야."

하지만 웬디는 이 기쁜 소식을 좀 더 부드럽게 폭로해야 한다고 생각했고, 그래서 더 나은 계획을 내놓았다.

"우리 모두 자기 침대로 들어가 있자. 어머니가 들어오시면 우리는 거기 있는 거지. 마치 한 번도 어디 다녀온 적이 없는 것처럼."

그리하여 남편이 잠들었는지 확인하려고 달링 부인이 야간 육아실로 돌아왔을 때, 침대에는 모두 사람이 누워 있었다. 아이들은 어머니가 기쁨의 외침을 내놓기를 기다렸지만, 그런 것은 나오지 않았다. 그녀는 아이들을 보았지만, 아이들이 거기 있다는 걸 믿지 못했다. 여러분도 알다시피, 그녀는 꿈에서 아이들이 침대에 누워 있는 모습을 워낙 자주 보았던 터라, 이 역시 여전히 자기 곁에 떠돌아다니는 꿈에 불과하다고 생각했다.

그녀는 난롯가의 의자에 앉았고, 그곳은 예전에 그녀가 아이들을 돌보던 자리였다.

아이들은 이런 상황을 이해하지 못했고, 셋 모두 싸늘한 공포를 느꼈다.

"어머니!" 웬디가 외쳤다.

"저건 웬디지." 그녀는 이렇게 말하면서도, 이게 꿈이라고 믿어 의심치 않았다.

"어머니!"

"저건 존이고." 그녀가 말했다.

"어머니!" 마이클이 외쳤다. 이제는 그도 어머니를 알아보았다.

"저건 마이클이네." 그녀가 말했다. 그러고는 두 번 다시는 품에 안

을 수 없을 저 작고 이기적인 세 아이를 향해 양팔을 벌렸다. 그러나 그녀는 품에 안고야 말았다. 침대에서 빠져나와 그녀에게 달려온 웬디와 존과 마이클을 양팔로 끌어안았던 것이다.

"조지, 조지!" 말문이 터지자마자 그녀는 외쳤다. 달링 씨도 자다 말고 일어나서 그녀가 받은 축복을 함께 나누었고, 나나도 달려 들어왔다. 이보다 더 사랑스러운 광경은 이 세상에 없을 것이었다. 하지만 그 모습을 지켜본 이는 창문에서 쳐다보던 기묘한 남자아이 하나뿐이었다. 다른 아이들은 결코 모를 황홀감을 그는 수없이 느낀 바 있었다. 그러나 지금 그가 창문 너머로 바라보고 있는 그 한 가지 기쁨으로 말하자면, 그로선 반드시 영영 멀리해야 할 것이었다.

제17장

웬디가
자라났을 때

When Wendy Grew Up

내 생각에 여러분은 다른 아이들이 어떻게 되었는지 궁금해하지 않을까 싶다. 그들은 웬디가 자신들에 관해 설명을 할 수 있도록 시간을 주고 아래층에서 기다리고 있었다. 그들은 500까지 숫자를 센 다음에 위층으로 올라갔다. 그들은 계단으로 올라갔는데, 그래야만 더 좋은 인상을 줄 수 있을 것 같아서였다. 그들은 달링 부인 앞에 한 줄로 서서 모자를 벗었으며, 차라리 지금처럼 해적 옷을 입지는 말걸 하고 후회했다. 그들은 아무 말도 하지 않았지만, 그들의 눈은 그녀에게 우리를 받아 달라고 애원하고 있었다. 그들은 달링 씨도 그렇게 바라보아야 마땅했겠지만, 그에 관해서는 그만 잊고 말았다.

물론 달링 부인은 그들을 받아들이겠다고 곧바로 대답했다. 하지만 달링 씨는 이상하게도 시무룩했는데, 그들이 생각하기에는 그가 여섯은 뭔가 좀 많은 수라고 여기는 것이 아닐까 싶었다.

"이 말은 해야겠구나." 아버지가 웬디에게 말했다. "뭐든지 절반만 가지고는 일이 제대로 안 된다고 말이야." 투덜거리는 이 말에 쌍둥이는 서로 자기를 가리키는 소리라고 생각했다.

쌍둥이 가운데 첫 번째는 자부심이 많은 녀석이어서 얼굴을 붉히며 물었다. "혹시 저희 숫자가 너무 많다고 생각하시는 건가요, 아저씨? 왜냐하면, 혹시 그렇게 생각하신다면, 저희는 그냥 가 버리면 되거든요."

"아버지!" 웬디가 깜짝 놀라 외쳤다. 그럼에도 여전히 달링 씨의 얼굴에는 수심이 가득했다. 그는 자기가 온당치 못하게 행동한다는 걸 알았지만, 그러지 않을 도리가 없었다.

"우리는 둘씩 같이 잘 수도 있어요." 닙스가 말했다.

"얘들 머리는 항상 제가 깎아 줬어요." 웬디가 말했다.

"조지!" 자기 남편이 이처럼 바람직하지 못한 태도를 보이는 것을 지켜보기 괴로웠던 달링 부인이 소리를 질렀다.

그러자 그는 눈물을 터뜨렸고, 결국 진실이 드러나고 말았다. 사실은 그 역시 아이들을 받아들이게 되어서 그녀만큼 기뻤다고, 하지만 아이들은 그녀의 허락뿐만 아니라 자기의 허락도 구했어야 마땅했다고, 즉 자기를 이 집에서 아무것도 아닌 사람으로 여겨서는 안 되었다고 그는 털어놓았다.

"저는 아저씨가 아무것도 아닌 사람이라고 생각 안 해요!" 투틀스가 곧바로 외쳤다. "너는 아저씨가 아무것도 아닌 사람이라고 생각하니, 컬리?"

"아니, 난 아니야. 너는 아저씨가 아무것도 아닌 사람이라고 생각하니, 슬라이틀리?"

"아닌 것 같은데. 쌍둥이, 네 생각은 어때?"

알고 보니 아이들 중 어느 누구도 그를 아무것도 아닌 사람으로 생각하지는 않았고, 달링 씨는 터무니없이 우쭐해진 나머지, 그들에게 비좁지 않은, 모두가 들어갈 수 있는 거실을 찾아내겠다고 말했다.

"비좁지 않을 거예요, 아저씨." 아이들은 그에게 장담했다.

"그러면 지휘관을 따라오도록!" 그는 쾌활하게 외쳤다. "잘 들어둬. 나는 우리가 거실을 갖고 있는지 확신할 수 없지만, 일단 갖고 있는 척하는 거고, 그거나 저거나 똑같을 거야. 신 난다!"

그는 춤추며 집 안을 돌아다녔고, 아이들도 "신 난다!"를 외치면서 그의 뒤를 따라 춤을 추며 거실을 찾으러 갔다. 그들이 과연 거실을 찾았는지 못 찾았는지는 나도 잊어버렸지만, 여하간 이들은 모퉁이를 찾아냈고, 아이들은 거기에 딱 맞아 들어갔다.

피터로 말하자면, 그는 날아가 버리기 전에 웬디를 다시 한 번 바라보았다. 그는 창문 가까이 오지는 않았으며, 다만 지나가면서 몸을 스쳤을 뿐인데, 그래야만 그녀가 원한다면 창문을 열고 그를 부를 수 있을 것이기 때문이었다. 그녀는 실제로 그렇게 했다.

"안녕, 웬디, 잘 있어." 피터가 말했다.

"아니, 이런, 가려는 거야?"

"그래."

"혹시 그런 생각 안 들어, 피터?" 그녀는 머뭇거리며 말했다. "아주 멋진 주제에 관해서 우리 부모님한테 뭐 이야기하고 싶다거나."

"아니."

"아니면 나에 관해서라도, 피터?"

"아니."

웬디를 유심히 지켜보던 달링 부인이 창가로 다가왔다. 그녀는 다른 아이들을 자기가 모두 입양했다고 말하면서, 피터 역시 입양하고 싶다고 말했다.

"그럼 날 학교에 보낼 거야?" 피터가 달링 부인에게 태연스레 물었다.

"그래."

"그다음에는 사무실에 나가게 하고?"

"아마 그러겠지."

"그럼 나는 머지않아 어른이 되는 거야?"

"머지않아 그러겠지."

"나는 학교에 가서 진지한 것들을 배우고 싶지는 않아." 그는 그녀에게 열변을 토했다. "나는 어른이 되고 싶지 않아. 아아, 웬디의 어머니, 내가 잠에서 깨어났는데 턱수염이 나 있다고 생각만 해도!"

"피터." 웬디가 위로했다. "턱수염이 나 있어도 나는 널 사랑할 거야." 달링 부인은 양팔을 그에게 내밀었지만, 그는 그녀를 거부했다.

"저리 가, 숙녀님, 세상 누구도 감히 나를 붙잡아서 어른으로 만들지는 못할 거니까."

"하지만 너는 앞으로 어디서 살려고?"

"팅크와 함께, 우리가 웬디를 위해 지은 집에서 살지. 요정들이 그 집을 번쩍 들어서, 자기들이 밤마다 잠자는 나무 꼭대기 사이에 올려 줄 거야."

"진짜 멋있겠다!" 웬디가 무척이나 부러워하는 목소리로 외쳤기에, 달링 부인은 딸을 붙잡은 손에 힘을 주었다.

"나는 요정들이 다 죽은 줄 알았는데." 달링 부인이 말했다.

"어린 요정들은 항상 많이 있어요." 이제는 그 분야의 권위자가 된 웬디가 설명했다. "왜냐하면 어머니도 아시다시피, 갓 태어난 아기가 처음으로 웃음을 터뜨릴 때, 바로 그때 새로운 요정도 태어나는 것인데, 이 세상에는 갓 태어난 아기가 항상 있기 때문에 새로운 요정도 항상 있는 거예요. 그들은 나무 꼭대기에 있는 보금자리에서 살아요. 담자색의 요정은 남자아이들이고, 흰색의 요정은 여자아이들이고, 파란색의 요정은 자기네가 뭔지도 잘 모르는 작고 어리석은 녀석들이에요."

"나는 재미있게 지낼 거야." 피터는 이렇게 말하면서 웬디를 흘끗 쳐다보았다.

"저녁에는 약간 외로울 텐데." 그녀가 말했다. "벽난롯가에 앉아 있으면."

"내 곁에는 팅크가 있을 거니까."

"팅크는 20분의 1도 제대로 하지 못할걸." 그녀는 약간 신랄하게 그에게 상기시켰다.

"비열한 고자질쟁이!" 어느 구석에선가 팅크가 소리를 질렀다.

"그건 중요하지가 않아." 피터가 말했다.

"아니, 피터, 중요하다는 걸 너도 알잖아."

"음, 그러면, 나랑 같이 작은 집으로 가자."

"그래도 돼요, 엄마?"

"당연히 안 되지. 네가 다시 집에 돌아왔으니, 나는 반드시 널 붙잡아 둘 거야."

"하지만 그에게는 어머니가 필요해요."

"너도 마찬가지란다, 내 아가."

"아아, 알았어." 피터가 말하는 투만 보면, 어디까지나 인사치레로 그녀에게 물었던 것 같았다. 그러나 달링 부인은 그의 입이 씰룩이는 것을 알아채고 멋진 제안을 내놓았다. 웬디가 매년 일주일 동안 그에게 가서 봄맞이 대청소를 해 주도록 허락한다는 것이었다. 웬디는 이보다 더 영구적인 계약을 원했는데, 그녀에게는 봄이 오려면 아직 먼 것만 같았기 때문이었다. 하지만 이 약속에 피터는 다시 쾌활해졌다. 그는 시간에 대한 감각이 없었으며, 어찌나 많은 모험을 했던지, 내가 그에 관해 여러분에게 이야기한 것은 반 푼어치에 불과했다. 내가 생각하기에는, 웬디도 이 사실을 알았기 때문에 그에게 건넨 마지막 말도 어딘가 애처로운 부탁이 아니었나 싶다.

"봄맞이 대청소를 할 때가 오기 전에 나를 잊어버리지 않을 거지, 피터? 그렇지?"

물론 피터는 약속했고, 날아가 버렸다. 그는 달링 부인의 키스도 함께 가져갔다. 다른 누구를 위한 것도 아니었던 그 키스를 피터는 매우 쉽게 가져갔다. 하지만 그녀는 만족한 것처럼 보였다.

그리고 잃어버린 아이들은 모두 학교에 다니게 되었다. 대부분 3반에 들어갔지만, 슬라이틀리는 처음에 4반에 들어갔다가 나중에는 5반으로 옮겼다. 1반이 가장 우수했다. 학교에 다닌 지 일주일도 채 되지 않아서, 아이들은 그 섬에 남지 않았던 게 얼마나 어리석은 짓이었는지를 깨달았다. 그러나 이제는 너무 늦었고, 머지않아 그들은 여러분이나 나나 작은 젱킨스처럼 평범하게 되기로 마음먹고 말았다. 하늘을 나는 능력도 점차 사라져 버렸다는 서글픈 소식도 전해야겠다. 처음에는 아이들이 밤중에 날아가 버리지 않도록 나나가 아이들의 발을 침대 기둥에 붙잡아 매야만 했다. 낮 동안의 이들의 소일거리 가운데 하나는 버스에서 떨어진 척하기였다. 하지만 시간이 흐르면서 아이들은 묶어 놓지 않아도 침대에서 잘 수 있게 되었으며, 버스에서 손을 놓으면 다친다는 사실을 깨달았다. 이내 그들은 모자를 잡으려고 나는 것조차도 못 하게 되었다. 연습이 부족해서라고 이들은 생각했다. 그러나 이것은 사실 아이들이 더 이상 자기들이 날 수 있다고 믿지 않는다는 의미였다.

마이클은 다른 아이들보다 더 오래 믿었지만, 아이들은 그를 비웃었다. 그래서 첫 번째 해가 끝나고 피터가 웬디를 데리러 왔을 때에는 마이클도 누나와 함께 있었다. 그녀는 네버랜드에서 잎사귀와 나무 열매를 엮어 만든 옷을 입고 피터와 날아갔는데, 그녀가 품은 한 가지 두려움은 그 옷이 얼마나 작아졌는지를 그가 혹시 눈치채면 어쩌나 하는 것이었다. 그러나 피터는 결코 눈치채지 못했으니, 왜냐하면

자기가 먼저 이야기할 것이 무
척 많았기 때문이었다.

그녀는 예전 일에 대해 그
와 신 나는 이야기를 나누게
되리라고 고대했지만, 새로운
모험들로 인해 예전의 모험들
은 그의 머릿속에서 밀려난
다음이었다.

"후크 선장이 누구야?" 불
구대천의 원수 이야기를 꺼내
자, 그는 도리어 흥미를 느끼
며 물었다.

"기억 안 나?" 그녀는 깜짝 놀라며 되물었다. "네가 어떻게 그를 죽
이고 우리 모두의 생명을 구했는지?"

"그를 죽인 뒤에는 모두 잊어버렸어." 그는 무신경하게 대답했다.

팅커 벨이 자기를 보면 혹시 반가워하지 않을까 하는 의심스러운
기대를 표현하자, 그는 이렇게 물었다. "팅커 벨이 누구야?"

"아아, 피터." 그녀는 충격을 받았다. 하지만 아무리 설명을 해 주
어도 그는 기억해 내지 못했다.

"그런 요정들은 워낙 많아서, 내 생각에는 그녀도 별다를 건 없었
을 거야." 그가 말했다.

나 역시 그가 옳으리라 생각한다. 요정은 오래 살지 못하는 데다

위낙 작으므로 짧은 시간도 그들에게는 오랜 기간이나 다름없기 때문이다.

심지어 작년조차도 피터에게는 어제에 불과하다는 사실을 깨닫자 웬디는 역시나 고통을 느꼈다. 그녀에게는 한 해 동안의 기다림이 몹시도 길게 여겨졌다. 그럼에도 불구하고 그는 여느 때와 마찬가지로 매력적이었고, 그들은 나무 꼭대기에 있는 작은 집에서 멋지게 봄맞이 대청소를 해치웠다.

이듬해에 그는 그녀를 데리러 오지 않았다. 예전 옷은 전혀 맞지 않아서 그녀는 새 옷을 입고 기다렸다. 피터는 끝끝내 오지 않았다.

"어쩌면 병이 난 건지도 몰라." 마이클이 말했다.

"피터는 결코 병이 나지 않는다는 건 너도 알잖아."

마이클은 그녀에게 가까이 다가와 부르르 몸을 떨면서 속삭였다. "어쩌면 그런 사람은 이 세상에 없는 건지도 몰라, 웬디." 마이클이 먼저 울고 있지 않았더라면, 웬디가 울었을 것이다.

피터는 이듬해에 봄맞이 대청소를 위해 찾아왔다. 그런데 이상한 점은 그가 한 해를 빼먹었다는 사실을 전혀 모르더라는 것이었다.

웬디가 여자아이로서 그를 본 것은 이때가 마지막이었다. 그를 생각하는 마음에, 그녀는 성장통을 겪지 않으려고 제법 오래 노력했다. 일반 상식 과목에서 상을 받았을 때에는, 어쩐지 자기가 그에게 불성실하게 군 것처럼 느끼기도 했다. 하지만 여러 해가 왔다 가는 사이에도 그 무신경한 소년은 찾아오지 않았다. 마침내 '그들이 다시 만났을 때 웬디는 이미 결혼한 여자였고, 피터는 그녀가 장난감을 넣어 둔 상자에 쌓인 작은 먼지에 불과한 존재가 되어 있었다. 여러분은 그녀를 안타깝게 생각할 필요가 없다. 그녀는 자라나기를 좋아했던 유형에 속하는 사람이었으니까. 결국 그녀는 자기 자신의 자유의지에 따라서 다른 여자아이들보다 하루나 더 빨리 자라나게 되었던 것이다.

이즈음에는 다른 아이들도 모두 자라나서 어른이 되어 있었다. 그러므로 그들에 관해서는 더 이상 이야기하는 게 별로 가치가 없을 것이다. 여러분은 쌍둥이와 닙스와 컬리가 매일같이 사무실로 출근하는 모습을 볼 수 있는데, 그들은 저마다 작은 가방과 우산을 하나씩 들었다. 마이클은 기관사가 되었다. 슬라이틀리는 작위를 가진 숙녀와 결혼해서, 결국 자기도 경卿이 되었다. 쇠로 만든 문에서 걸어 나오는 저 가발 쓴 판사가 여러분도 보이는가? 저 사람은 한때 투틀스라고 불렸다. 자기 아이들에게 해 줄 이야기라고는 전혀 모르는, 저 턱수염 난 사람은 한때 존이었다.

웬디는 분홍색 띠가 달린 흰 드레스를 입고 결혼했다. 피터가 교회로 달려와서 혼인 선포를 방해하지 않았다고 생각하니 기이한 느낌이었다.

여러 해가 또 흘렀고, 웬디는 딸을 하나 낳았다. 이 이야기는 그냥 잉크로 쓸 게 아니라 오히려 황금 잉크로 적어야 할 것이다.

딸의 이름은 제인이었고, 항상 기묘하게 캐묻는 듯한 표정을 짓고 있어서, 마치 영국에 태어난 그 순간부터 여러 가지를 묻고 싶었던 것처럼 보였다. 제인은 질문을 할 수 있을 만큼 나이를 먹자 주로 피터 팬에 관해 물었다. 그녀는 피터에 관한 이야기 듣기를 좋아했으며, 웬디는 자기가 기억하는 한 모든 것을 딸에게 들려주었는데, 두 사람이 있는 장소는 그 유명한 날아가기가 벌어졌던 바로 그 육아실이었다. 이제는 제인의 육아실이었으니, 왜냐하면 그녀의 아버지가 더 이상은 계단을 좋아하지 않았던 웬디의 아버지에게서 주택 융자 금리 3퍼센트로 이 집을 구입했기 때문이다. 달링 부인은 사망해서 지금은 잊혔다.

육아실에는 이제 침대가 두 개뿐이었다. 제인의 침대와 유모의 침대였다. 나나도 이미 사망한 터라 개집도 없었다. 그 개는 늙어서 죽었으며, 나중에 가서는 함께 지내기 어려울 정도로 변했다. 자기를 제외하면 어느 누구도 어린아이를 돌볼 줄 모른다고 워낙 단단히 확신한 까닭이었다.

일주일에 한 번씩, 제인의 유모는 저녁 외출을 했다. 그럴 때면 제인을 재우는 것은 웬디의 몫이 되었다. 이때야말로 이야기를 하는 시간이었다. 제인은 이불을 자기 어머니와 자기의 머리 위에 덮어쓰는 방법을 고안했는데, 이렇게 하면 일종의 텐트가 되어서, 깜깜한 어둠 속에서 속삭일 수 있었다.

"지금 뭐가 보여요?"

"오늘 밤에는 아무것도 안 보이는 것 같은데." 이 말을 하면서 웬디에게 떠오른 생각은, 만약 나나가 여기 있었더라면 더 이상의 대화를 금지했으리라는 것이었다.

"맞아요, 어머니는 그렇죠." 제인이 말했다. "어머니는 어린 여자아이였을 때에나 볼 수 있었어요."

"그건 오래전의 일이란다, 애야." 웬디가 말했다. "아, 이런, 세월이 어찌나 날아가듯 빠른지!"

"날아간다면" 영리한 꼬마가 물었다. "어머니가 어린 여자아이였을 때에 날아갔던 방법처럼 날아가나요?"

"내가 날아갔던 방법처럼? 그거 아니, 제인? 나도 가끔은 내가 정말로 날았던 적이 있었는지 궁금하단 걸."

"맞아요, 어머니는 날았어요."

"내가 날 수 있었던 건 아주 오래전의 일이야!"

"어째서 지금은 날지 못하나요, 어머니?"

"자랐기 때문이지, 제인. 사람이 자라고 나면, 그 방법을 잊어버리고 만단다."

"어째서 잊어버리는 거죠?"

"더 이상 쾌활하고 순진하고 무정하지가 않으니까. 오로지 쾌활하고 순진하고 무정한 사람만 날 수 있는 거야."

"쾌활하고 순진하고 무정한 게 뭔데요? 저도 쾌활하고 순진하고 무정했으면 좋겠어요."

혹은 어쩌면 웬디도 뭔가 보인다고 시인했는지 모른다. "내가 믿기로는 분명히" 그녀가 말했다. "바로 이 육아실이었어."

"나도 그렇다고 믿어요." 제인이 말했다. "계속 이야기해 주세요."

그들은 이제 피터가 자기 그림자를 찾아서 날아왔을 때의 대단한 모험에 관한 이야기로 넘어가 있었다.

"그 멍청한 아이는" 웬디가 말했다. "비누를 가지고 그걸 붙이려고

하다가, 안 되니까 울음을 터뜨렸고, 그것 때문에 내가 깨서 그를 위해 실로 꿰매어 주었지."

"어머니의 말은 약간 틀렸어요." 제인이 끼어들었는데, 그녀는 이제 자기 어머니보다도 그 이야기를 더 잘 알고 있었다. "그가 방바닥에 앉아 울고 있는 걸 봤을 때, 뭐라고 하셨어요?"

"나는 침대에서 일어나 앉아서 그랬지. '너 왜 울고 있니?'"

"맞아요, 바로 그거예요." 제인이 이렇게 말하며 큰 한숨을 내쉬었다.

"그러고 나서 그는 우리 모두를 데리고 네버랜드와 요정들과 해적들과 인디언들과 인어들의 석호와 땅속의 집과 작은 집이 있는 곳으로 날아갔어."

"맞아요! 그중에서 어머니는 뭐가 제일 좋았어요?"

"내 생각에 나는 땅속의 집을 제일 좋아했던 것 같아."

"맞아요. 저도 그래요. 피터가 어머니한테 맨 마지막으로 했던 말은 뭐였어요?"

"그가 내게 한 마지막 말은 이거였어. '나를 항상 기다려 줘. 그러면 어떤 날 밤에는 내 수탉 울음소리를 들을 수 있을 거야.'"

"맞아요."

"하지만, 아아, 그는 나를 완전히 잊어버리고 말았어." 웬디는 이 말을 하면서 미소를 지었다. 그 정도로 그녀는 자라나 버렸던 것이다.

"그 수탉 울음소리는 어떤 소리였어요?" 어느 날 저녁에는 제인이 이렇게 물었다.

"이런 소리였어." 웬디가 대답하면서 피터의 수탉 울음소리를 흉내 내려고 했다.

"그건 아니에요." 제인이 진지하게 대꾸했다. "이런 소리였어요." 그러면서 그녀는 자기 어머니보다 훨씬 더 잘 흉내 냈다.

웬디는 약간 당혹스러웠다. "애야, 그건 어떻게 알았니?"

"잠을 자고 있으면 종종 그 소리가 들려요." 제인이 대답했다.

"아, 그래, 잘 때 그 소리를 들었다는 여자아이는 많았지만, 깨어 있는 상태에서 그 소리를 들은 사람은 나 혼자뿐일 거야."

"운이 좋으시네요." 제인의 말이었다.

그러다가 어느 날 밤에 비극이 닥치고 말았다. 때는 봄이었고, 이 날 밤에도 피터 이야기가 나왔으며, 제인은 이제 침대에서 잠들어 있었다. 웬디는 벽난로 아주 가까이 바닥에 앉아 있었는데, 그래야만 바느질거리가 잘 보였던 것이, 육아실에는 다른 불빛이 없었기 때문이었다. 앉아서 바느질을 하는 사이에 그녀는 수탉 울음소리를 들었다. 곧이어 창문이 예전처럼 활짝 열리더니, 피터가 방바닥에 내려섰다.

그는 예전과 똑같았으며, 웬디는 지금도 그가 젖니를 고스란히 갖고 있음을 단번에 알아차렸다.

그는 어린 남자아이였고, 그녀는 어른이었다. 그녀는 난롯가에서 몸을 움츠린 채, 감히 움직일 엄두를 내지 못했으며, 성인 여성의 모습으로 무기력하고 죄의식에 사로잡혀 있었다.

"안녕, 웬디." 그는 아무런 차이도 깨닫지 못하고 말했는데, 평소에는 주로 자기에 대해서만 생각하기 때문이었다. 희미한 불빛 속에서 웬디의 흰 드레스는 그가 그녀를 처음 보았을 때의 잠옷처럼 여겨졌다.

"안녕, 피터." 그녀는 나지막이 대답하면서, 자기 몸을 최대한 작아 보이게 움츠렸다. 그녀의 몸속에서 뭔가가 이렇게 외치고 있었다. "아주머니, 아주머니, 저를 놓아주세요!"

"안녕, 존은 어디 있지?" 침대가 하나 없음을 문득 깨닫고 그가 물었다.

"존은 이제 여기 없어." 그녀가 숨을 헐떡였다.

"마이클은 자고 있어?" 그는 이렇게 물어보며 무신경하게 제인을 흘끗 바라보았다.

"그래." 그녀가 대답했다. 이제 그녀는 자기가 피터에게나 제인에게나 모두 진실하지 못하다는 느낌을 받았다.

"그 애는 마이클이 아니야." 그녀는 재빨리 덧붙였는데, 그러지 않으면 천벌이 떨어질까 두려워서였다.

피터가 바라보았다. "안녕, 그러면 새로운 아이야?"

"그래."

"남자아이야, 여자아이야?"

"여자아이야."

이제 그는 당연히 이해해야만 했다. 하지만 실제로는 전혀 그렇지 못했다.

"피터." 웬디는 머뭇거리며 말했다. "내가 너랑 같이 날아갔으면 하는 거야?"

"물론 그것 때문에 왔지." 그는 약간 엄숙하게 덧붙였다. "너 혹시 지금이 봄맞이 대청소 시간이라는 걸 잊어버렸던 거야?"

그가 이미 봄맞이 대청소 시간을 여러 차례 지나쳤다는 사실을 이야기해 보았자 소용이 없음을 그녀는 알았다.

"나는 갈 수가 없어." 그녀는 사과하듯 말했다. "날아가는 방법을 잊어버렸거든."

"내가 금방 다시 가르쳐 줄 수 있어."

"아아, 피터, 요정 가루를 공연히 나한테 낭비하지는 마."

그녀는 자리에서 일어났다. 그러자 마침내 그에게도 두려움이 엄습했다. "도대체 뭐야?" 그는 위축되며 외쳤다.

"내가 불을 켤게." 그녀가 말했다. "그러면 네 눈으로 직접 볼 수 있을 거야."

내가 알기로는 지금이야말로 피터가 살면서 처음으로 두려움을 느낀 때였다. "불 켜지 마!" 그가 외쳤다.

그녀는 이 불쌍한 남자아이의 머리카락을 두 손으로 어루만졌다. 그녀는 그를 안타깝게 생각하는 어린 여자아이가 아니었다. 그녀는 어른 여자로서 미소를 띠고 있었지만, 그 미소는 어쩐지 서글펐다.

곧이어 그녀는 불을 켰고, 피터는 보고야 말았다. 그는 고통스럽게 소리를 질렀다. 키가 크고 아름다운 여자가 그를 두 팔로 안아 올리려고 몸을 구부리자, 그는 재빨리 뒤로 물러났다.

"도대체 뭐야?" 그가 다시 한 번 외쳤다.

그녀는 그에게 이야기할 수밖에 없었다.

Peter and Wendy

"나는 나이가 들었어, 피터. 무려 스무 살이 훨씬 넘었지. 나는 오래전에 이미 자라나 버렸어."

"그러지 않겠다고 약속했잖아!"

"나도 어쩔 수 없었어. 이제 나는 결혼한 여자야, 피터."

"아니야, 그렇지 않아."

"사실이야, 그리고 침대에서 자는 여자아이는 내 딸이야."

"아니야, 그렇지 않아."

하지만 그는 정말인지도 모른다고 생각했다. 그래서 단검을 치켜들고는 잠자는 아이 쪽으로 한 걸음 내디뎠다. 물론 그는 아이를 찌르지는 않았다. 대신 방바닥에 주저앉아 울었을 뿐이었다. 마음만 먹으면야 쉽게 달랠 수도 있었겠지만, 이제 웬디는 그를 어떻게 달래야 할지 몰랐다. 그녀는 이제 성인 여성에 불과했기에, 생각을 좀 해 보려고 일단 방에서 뛰쳐나갔다.

피터는 계속 울기만 했고, 급기야 그의 울음소리에 제인이 깨어나고 말았다. 그녀는 침대에서 일어나 앉더니, 곧바로 관심을 가졌다.

"애," 그녀가 물었다. "너 왜 울고 있니?"

피터는 자리에서 일어나 그녀에게 절을 했고, 그녀도 침대에서 그에게 절을 했다.

"안녕." 그가 말했다.

"안녕." 제인이 말했다.

"내 이름은 피터 팬이야." 그가 그녀에게 말했다.

"그래, 나도 알아."

PETER AND JANE

"나는 네 어머니를 데리러 돌아왔어." 그가 설명했다. "네버랜드로 데려가려고 말이야."

"그래, 나도 알아." 제인이 말했다. "나도 너를 기다리고 있었어."

웬디가 머뭇거리며 방으로 돌아왔을 때, 그녀는 피터가 침대 기둥 위에 앉아 신 나게 수탉 울음소리를 내고, 제인은 잠옷 차림으로 이리저리 날아다니며 매우 즐거워하는 것을 보았다.

"이제 얘가 내 어머니야." 피터가 설명했다. 그러자 제인은 아래로 내려와 그의 곁에 섰고, 그녀의 얼굴에 떠오른 표정은 피터가 딱 좋아하는 표정, 즉 숙녀들이 그를 바라볼 때에 짓는 바로 그 표정이었다.

"그에게는 어머니가 무척 필요해요." 제인이 말했다.

"그래, 나도 알아." 웬디는 어딘가 쓸쓸한 어조로 시인했다. "그걸 나만큼 잘 아는 사람도 없지."

"안녕." 피터가 웬디에게 말했다. 그러고는 공중으로 떠올랐는데, 부끄러움도 모르는 제인이 그와 함께 떠올랐다. 이미 그것은 이 아이가 움직이는 방법 중에서도 가장 쉬운 방법이 되어 있었다.

웬디는 창문으로 달려갔다.

"안 돼! 안 된다고!" 그녀가 외쳤다.

"그냥 봄맞이 대청소 시간만이에요." 제인이 말했다. "그는 제가 봄맞이 대청소를 항상 해 주었으면 좋겠대요."

"내가 너희들과 함께 갈 수만 있었어도." 웬디는 한숨을 쉬었다.

"아시다시피, 어머니는 날 수가 없잖아요." 제인이 말했다.

물론 결국에 가서는 웬디도 두 사람이 함께 날아가도록 허락하고

Of course
in the end
Wendy let
them fly
away.

말았다. 우리가 본 웬디의 마
지막 모습은 창가에 서서 두
사람이 하늘 저편으로 별처
럼 작아질 때까지 바라보는
것이었다.

여러분이 이제 다시 웬디
를 본다면, 그녀의 머리카락
은 하얗게 변했고 체구는
다시 작아졌음을 알아챌
것이다. 왜냐하면 이 일
은 모두 오래전에 일어났
기 때문이다. 제인도 이제는
평범한 어른이 되었으며, 마거릿
이라는 딸을 두었다. 매년 봄맞이 대청소 시
간이 돌아오면, 잊어버렸을 때를 제외하고는 항상 피
터가 나타나서 마거릿을 데리고 네버랜드로 갔으며, 그곳에서 그녀는
그에 관한 이야기를 그에게 들려주었고, 그는 그 이야기를 열심히 들
었다. 마거릿도 자라나서는 딸을 하나 갖게 될 것이며, 그 딸은 또다
시 피터의 어머니가 될 것이다. 아이들이 쾌활하고 순진하고 무정한
한, 그 일은 그렇게 계속될 것이다.

옮긴이 주

1) 여기서 '키스'는 단순히 입을 맞추는 것 이상의 의미를 지닌다. 달링 부인이 딸에게도, 심지어 남편에게도 주지 않은 그 '키스'는 굳이 표현하자면 '한 여성에게 일생일대의 낭만적 사랑인 한 남자' 정도로 해석할 수 있다.

2) 1975년 이전의 영국에는 바이킹의 영향을 받은 12진법과 로마의 영향을 받은 10진법 모두에 기초한 복잡한 화폐단위가 존재했는데, 파운드, 크라운, 기니, 플로린, 실링, 페니 등이 그것이다. 1파운드=4크라운=20실링=240펜스, 1플로린=2실링, 1기니=21실링이며, 펜스는 페니의 복수형을 가리킨다.

3) 여기까지의 합계는 3파운드 7실링 9펜스가 되어야 맞는다. 그런데도 굳이 3파운드 9실링 7펜스라 쓴 것은, 달링 씨가 뭐든지 계산하기는 좋아하지만 정작 셈에는 그리 뛰어나지 않다는 사실을 암시하는 듯하다.

4) 런던의 공원으로 하이드 파크와 나란히 위치해 있으며, 원래는 왕궁의

정원으로 만들어졌지만 훗날 대중에 개방되었다. 제임스 매슈 배리는 이 곳을 즐겨 산책했으며, 『켄징턴 가든스의 피터 팬』(1906)의 무대로 삼기도 했다.

5) 영어에서 '네버네버Never-Never'는 19세기 이후로 오스트레일리아의 오지를 가리키는 표현이 되었다. 피터 팬을 소재로 한 희곡에서는 처음에 '네버네버네버랜드'였다가 나중에 '네버네버랜드'로 이름이 짧아졌으며, 소설에서는 '네버랜드'로 더욱 짧아졌다.

6) 가톨릭교회의 미사에서 참회 예식 때 하는, 죄를 고백하는 기도의 한 구절. '메아 쿨파'는 '내 탓이오'를 의미하는 라틴어이다.

7) 『보물섬』(1883)의 저자인 로버트 루이스 스티븐슨은 말년에 사모아 제도의 한 섬에서 살았는데, 배리에게 보내는 편지에서 자기 집을 찾아오는 방법을 이렇게 설명했다. "샌프란시스코에서 배를 타면, 왼쪽으로 두 번째에 있는 섬이 우리 집입니다." 피터가 말하는 네버랜드의 위치도 여기에서 착안한 것으로 보인다.

8) 카리브 제도와 미국 동부 해안을 중심으로 활동한 1700년대의 악명 높은 영국 해적 에드워드 티치의 별명. 잔인한 성정으로 해적들에게조차 공포의 대상이었던 그는 빽빽한 검은 수염과 공포스러운 외모로 인해 '검은 수염'이라는 별명을 얻었다.

9) 『보물섬』에 나오는 악당 롱 존 실버의 별명 가운데 하나. 『피터 팬과 웬디』에서는 해적 이야기를 할 때 이 작품의 내용이 자주 언급되기 때문에, 『보물섬』을 먼저 읽고 나서 『피터 팬과 웬디』를 연이어 읽은 독자라면 각별한 재미를 느낄 수 있을 것이다.

10) 상대방을 경멸하는 동작이다.

11) 런던 동부의 부두에 있는 해적 전용 처형장을 말한다.

Peter and Wendy

12) 16~17세기 영국 교회인 성공회의 신조를 따르지 않고 감독 제도에 반대한 개신교 집단을 가리킨다.

13) 『보물섬』에서 악당 롱 존 실버의 별명 가운데 하나.

14) 로마 신화에서 사냥의 여신이며, 그리스 신화의 아르테미스에 해당한다. 여기에서는 타이거릴리와 같은 여전사를 말한다.

15) 바다의 악마 또는 악령을 가리키는 뱃사람들의 은어이다.

16) 후크가 사용하는 욕설 중에는 '빌려 먹을'(빌어먹을), '삭아 빠질'(썩어 빠질), '되어지고'(뒈지고)처럼 기존의 욕설을 완곡하게 표현한 것도 있고, '망치에 부지깽이 같은'이나 '유황에 담즙 말아 먹을'처럼 오늘날에 와서는 출처나 의미가 불분명해진 것도 있다.

17) 초판에서는 '요리사Cook'이지만, 이후의 판본에서는 '후크Hook'로 바뀐 경우도 있다.

18) 폴리네시아 원산의 꾸지나무로 만든 천 두루마리로, 먹을 수가 없는 물건이다.

19) 하와이 특산 토란 요리를 담는 데 사용되는 호리병박을 말한다.

20) 아메리카인디언의 사후 세계는 멋진 사냥감이 풍부한 사냥터로 묘사되곤 한다.

21) 직역하면 '즐거운 로저'라는 뜻이며, 해골과 엑스 자 모양의 뼈가 그려진 해적 깃발을 가리킨다.

22) 빅토리아 시대의 거상居喪 기간의 하나. 여성의 경우, 1년하고도 1일간 완상完喪, 이후 9개월간 재상再喪, 이후 3개월 내지 6개월간 반상半喪을 거친다.

23) 매달 첫 번째 목요일마다 이웃과 지인을 초대하는 '초대회'를 말한다.

24) 이하의 단락에서 화자는 백인과 인디언의 전투를 묘사한 모험소설마다

마치 판에 박은 듯 반복되는 진부한 설정들을 하나하나 꼬집고 있다.

25) 발자국의 진행 방향을 숨기기 위해 신발을 거꾸로 신었다는 의미이다.

26) 비밀 용기에 독약을 담은 반지. 16세기 유럽에서 암살이나 자살에 이용되었다.

27) '부두 처형장'에서 교수형 당한 악명 높은 해적 윌리엄 키드를 말한다. 영국 왕실에서는 해적에게 본때를 보이기 위해 윌리엄 키드가 죽은 뒤에도 완전히 부패할 때까지 그대로 매달아 두었다. 그의 보물 전설은 수많은 문학작품에 소개되어 유명하다.

28) 이하에 암시된 바에 따르면, 후크는 영국의 명문 사립학교 이튼 칼리지 출신이다.

29) 이튼의 최고 엘리트만 가입하는 토론 및 사교 동아리.

30) 해적이 포로를 처형할 때에 쓰는 방법으로, 손이 묶인 상태에서 배 밖으로 내밀어진 판자 위를 걷다가 결국 바다에 떨어지게 만드는 것이다.

31) '꼬리 아홉 달린 고양이'는 끝이 아홉 갈래로 갈라진 채찍을 가리킨다. 19세기 말까지도 영국의 육군과 해군에서 체벌용으로 사용되었다.

32) 구약성경에 나오는 예언자. 하느님의 명령에 따르지 않았기 때문에, 그가 탄 배도 풍랑을 만나 침몰 위기에 처한다. 결국 뱃사람들은 문제의 원인인 그를 바다에 내던짐으로써 풍랑을 그치게 만들었고, 그는 커다란 물고기에게 삼켜졌다가 다시 육지로 나온다.

33) 모두 이튼 칼리지의 전통을 암시하는 표현이다. 전자는 성적이나 품행 우수 학생이 교장실로 '불려 올라가는' 것을 말하며, 후자는 매년 이튼의 벽돌 담장 옆에 있는 경기장에서 재학생들 간에 벌어지는 럭비 경기를 말한다.

34) 갑판장의 임무 가운데 하나는 꾸물거리는 선원들에게 밧줄을 채찍처

럼 휘둘러 체벌을 가하는 것이었다.

35) '잭 타르'는 일반 선원을 지칭하는 표현이며, 이들의 거처는 대부분 배 한가운데인 돛대 근처였다.

36) 맨 처음 서명한 주모자가 누구인지 알 수 없도록 원 둘레에 돌아가며 서명을 적은 연판장의 일종.

옮긴이의 말

1

제임스 매슈 배리는 1860년 5월 9일 스코틀랜드의 키리뮈어에서 직조공인 데이비드 배리와 마거릿 오글비 부부의 열 남매 가운데 아홉째로(아들로는 셋째로) 태어났다. 학창 시절부터 독서와 연극에 각별한 관심을 가졌으며, 에든버러 대학 재학 시절 본격적으로 신문에 연극 비평을 기고하면서 작가의 꿈을 키우기 시작했다. 대학 졸업 후인 1885년 언론인으로 성공하겠다는 포부를 품고 런던으로 이주했는데, 여러 권의 소설을 간행해 호평을 받으며 소설가로 먼저 문단에 이름을 알렸다. 고향인 키리뮈어를 배경으로 한 『올드리흐트의 목가』 (1888), 『스럼스의 창문』(1889), 『젊은 목사』(1891), 자전적인 요소가 강한 『마거릿 오글비』(1896)와 『감상적인 토미』(1896), 『토미와 그리

즐』(1900) 등이 그의 초기 대표작이다.

하지만 그의 진정한 재능이 만발한 분야는 바로 연극이었다. 「훌륭한 크라이턴」(1902)과 「메리 로즈」(1920) 같은 대표작뿐만 아니라, 그의 최고 걸작인 '피터 팬' 이야기도 원래는 1904년에 희곡 「피터 팬, 또는 자라지 않는 아이」로 첫선을 보였기 때문이다. '피터 팬'의 창작 과정에 대해서는 흥미로운 일화가 하나 전해진다. 배리는 '포르토스'라는 세인트버나드종 애견과 함께 자택 인근의 공원 켄징턴 가든스를 산책하는 습관이 있었는데, 1897년 바로 이 공원에서 이웃인 데이비스(러웰린 데이비스) 집안의 아이들과 처음 만나게 되었다. 이후 그는 이 아이들의 부모인 아서와 실비아 데이비스 부부와도 인사를 나누게 되었으며, 이들 가족과 가깝게 교제하며 아이들의 모습에서 영감을 얻어 '피터 팬'을 창작했던 것이다.

배리는 1894년 자기 희곡의 공연에도 참여했던 여배우 메리 안셀과 결혼하지만, 15년 뒤인 1909년 이혼하고 만다. 원만치 않았던 그의 결혼 생활 때문에, 한편에서는 배리와 실비아 데이비스의 불륜 의혹이 제기되기도 한다. 심지어 데이비스 집안 아들들을 지나치리만치 예뻐했다는 사실로 인해 그가 아동성애자나 동성애자였을지 모른다는 추측까지 나오곤 하는데, 대개는 그의 행적이나 작품의 일부분을 가지고 시도한 추측일 뿐이고 이를 확증해 주는 증거까지 나온 것은 아니다. 배리는 어려서부터 왜소한 체구였고, 그래서인지 갖가지 콤플렉스에 시달렸으며 애정 결핍증을 드러냈다. 수줍어하는 성격인데도 종종 변덕을 부렸기 때문에, 아이들과는 친하게 지냈어도 성인들과의

관계에서는 어려움을 느꼈다고도 전해진다.

아서와 실비아 데이비스 부부가 1907년과 1910년에 연이어 세상을 떠나자, 배리는 고아가 된 다섯 아이를 입양해서 부모 노릇을 대신했다. 1912년 켄징턴 가든스에 '피터 팬' 동상이 세워지고, 이듬해에는 준남작 작위를 수여받아 배리의 명성은 절정에 이르렀지만, 이때를 기점으로 소중한 사람들이 하나씩 그의 곁을 떠난다. 1913년에는 정신적 지주였던 큰형 알렉산더가 사망했고, 1915년에는 절친한 친구인 연극 제작자 찰스 프로먼이 사망했다. 장성한 데이비스 5형제에게도 비극이 닥쳤다. 첫째 조지가 1915년에 전사하고, 넷째 마이클이 1921년에 익사한 것이다. 배리는 나날이 실의에 잠겼고, 건강 악화와 우울증으로 자택에 칩거했으며, 1937년 6월 19일 런던에서 쓸쓸히 사망해 고향 키리뮈어에 매장되었다.

2

'피터 팬'을 아는 사람은 많지만, 실제로 이 주인공이 등장하는 소설을(또는 희곡을) 제대로 읽어 본 사람은 많지 않을 것이다. 이 작품의 제목을 '피터 팬Peter Pan'이라고만 알고 있는 독자라면 분명히 그러할 텐데, 왜냐하면 『피터 팬』이라는 소설은 사실 이 세상에 없기 때문이다. '피터 팬'이라는 등장인물은 1904년의 희곡 「피터 팬, 또는 자라지 않는 아이Peter Pan; or, the Boy Who Wouldn't Grow Up」에서 첫선을 보였다. 1911년에는 이 희곡을 토대로 한 소설이 '피터와 웬디Peter

Peter and Wendy

and Wendy'라는 제목으로 나왔는데, 이것이 바로 우리가 '피터 팬'이라고 일컫는 작품이다. 1921년부터는 제목이 '피터 팬과 웬디Peter Pan and Wendy'로 바뀌어 간행되었으니, 소설 제목이 '피터 팬'이었던 적은 한 번도 없었던 셈이다.

물론 '피터 팬'이라는 등장인물은 방금 언급한 희곡과 소설에서보다 더 먼저 나왔다. 1902년에 나온 배리의 소설『작고 하얀 새Little White Bird』의 제13∼18장에, '피터 팬'이라는 아기가 켄징턴 가든스에서 요정과 만나는 이야기가 나오기 때문이다. 1906년 배리는 이 여섯 장을 약간 수정한 단행본『켄징턴 가든스의 피터 팬Peter Pan in Kensington Gardens』을 간행했지만, 이 작품의 '피터 팬'은 희곡과 소설에 묘사된 '피터 팬'과는 확연히 다른 모습이었다. 배리는 어려서 죽은 둘째 형을 자기 어머니가 이후로도 줄곧 '아이'의 모습으로 회고하는 것을 지켜보다가 '자라지 않는 아이'의 소재를 얻었으며, 여기에다가 데이비스 5형제 가운데 가장 활기 넘치는 아이였던 '피터'의 이름을 붙여 주었다고 한다.

한편, '피터 팬' 이야기에서 '요정'이란 소재와 쌍벽을 이루는 것이 바로 '해적'이란 소재인데, 이는 1901년 데이비스 가족이 배리의 시골 별장에서 여름휴가를 보내는 과정에서 창안되었다. 배리는 섬에 표류한 아이들이 호랑이(즉 '포르토스')를 사냥하고 해적 '스워디 선장'(즉 '배리')을 물리친다는 내용의 상황극을 연출하고, 사진으로 찍어 '블랙 레이크 섬의 소년 표류자들'이라는 제목의 기념 앨범을 만들었다. 그로부터 몇 년 뒤에 '피터 팬'과 '요정'과 '해적'이란 소재는 희곡「피터 팬, 또는 자라지 않는 아이」에서 하나로 결합되었다. 이 희곡은 공연을 거듭하면서 계속해서 첨삭이 이루어지다가 1911년에 간행된 소설 『피터와 웬디』에 와서 지금과 같은 결말로 마무리되었다.

흥미로운 점은 배리의 소설이 희곡에 대한 일종의 '해설판' 기능을 한다는 점이다. '피터 팬' 이야기를 처음 읽는 독자라면 약간의 당혹감을 느낄 정도로, 소설에는 우리가 익히 알고 있는 줄거리 말고도 이런저런 부연 설명이 많다. 그런 설명 대부분은 주 독자층으로 짐작되는 '어린이' 독자보다는 오히려 '어른' 독자를 곧장 겨냥하고 있으며, 주로 어린 시절의 순수와 추억에 대한 회고와 체념으로 이루어져 있다. 작자는 다시 돌아갈 수 없는 시절을 향한 그리움을 고백하면서, 어느새 흘러가 버린 세월을 실감하며 느끼는 아쉬움을 토로한다. 아동용 각색판에서는 십중팔구 불필요하게 여겨져서 삭제되게 마련이지만, 성인 독자에게 본래의 줄거리보다도 더 큰 공감을 자아내는 것은 오히려 이런 작자의 독백일 것이다.

『피터 팬과 웬디』는 우리나라에서도 '어린이 연극'의 대명사로 여겨지는데, 영국에서는 무려 반세기 동안 거의 매년 공연되었을 정도로 대단한 인기를 끌었고, 주연을 맡은 배우들마다 스타가 되었다. 디즈니의 애니메이션 〈피터 팬〉(1953)은 그 주인공의 명성을 전 세계에 확고히 해 준 계기가 되어서, 오늘날 '피터 팬'이라면 배리의 원작보다 오히려 디즈니의 각색을 떠올리는 것이 더 자연스러울 지경이 되고 말았다. 영화로는 1924년에 나온 〈피터 팬〉이 최초이고, 원작을 색다른 시각에서 재조명한 작품으로는 스티븐 스필버그의 〈후크〉(1991)가 대표적이다. '피터 팬' 탄생 100주년을 전후해서는 P. J. 호건 감독의 영화 〈피터 팬〉(2003)이 개봉되었고, J. M. 배리와 데이비스 가족의 남다른 인연을 그린 영화 〈네버랜드를 찾아서〉(2004)도 제작되었다.

같은 시기에 여러 현존 작가들이 『피터 팬과 웬디』의 속편을 간행하는 과정에서 저작권 보호 문제가 불거지기도 했는데, 이는 일반적인 저작권 보호 기간인 저자 사후 50년이 지난 지금까지도 '피터 팬' 관련 작품이 영국 내에서는 예외적으로 저작권을 인정받기 때문이다. 생전부터 기부 사업에 적극적이었던 배리는 '피터 팬'이 등장하는 희곡과 소설의 저작권을 1929년에 '그레이트 오먼드 스트리트 어린이 병원'에 양도했고, 그때 이후로 '피터 팬'의 출판과 공연과 각색에서 나오는 저작권자의 수익은 모두 이 병원의 기금으로 사용되고 있다. 이에 영국 하원에서는 그 뜻을 기려 본래 저자 사후 50년인 1987년까지였던 이 작품의 저작권을 영구히 연장함으로써 병원이 앞으로도 계속해서 이 작품으로 수익을 얻을 수 있도록 배려했다.

3

이 책은 1911년에 간행된 『피터와 웬디PETER AND WENDY』의 완역본이다. '피터 팬' 이야기는 워낙 아동용으로 많이 각색되었으며, 간혹 '완역본'이라고 나온 것들조차 어린이 독자를 너무 의식한 까닭에 지나치게 문장을 첨삭하는 한편, 원작의 문단과 행을 무시하고 멋대로 배열하는 경우가 대부분이었다. 반면 이 책에서는 저자의 의도를 고려하여 약간 어색한 느낌이 있더라도 가급적 직역 위주로 옮겼으며, 필요한 경우 주를 달아 설명해 두었다. 특히 『주석 달린 피터 팬 *THE ANNOTATED PETER PAN*』(ed. by Maria Tatar, New York: W. W. Norton & Company, 2011)에는 '피터 팬'과 관련된 다양한 자료가 수록되어 있어서 큰 도움이 되었다. 이 번역본을 통해 독자 여러분이 '피터 팬'의 진정한 재미를 느낄 수 있기를 바란다.

2014년 1월
박중서

피터 팬과 웬디

지은이 I 제임스 매슈 배리
옮긴이 I 박중서
펴낸이 I 양숙진

초판 1쇄 펴낸날 I 2014년 2월 24일

펴낸곳 I ㈜ **현대문학**
등록번호 I 제1-452호
주소 I 137-905 서울시 서초구 신반포로 321(잠원동)
전화 I 02-2017-0280
팩스 I 02-516-5433
홈페이지 www.hdmh.co.kr

© 2014, 현대문학

ISBN 978-89-7275-691-0 04840
ISBN 978-89-7275-563-0 (세트)

* 책값은 뒤표지에 있습니다.